HEYNE
HARDCORE

SOPHIE ANDRESKY

LOVECOACH

Erotischer Roman

Wilhelm Heyne Verlag
München

Unter www.heyne-hardcore.de finden Sie das komplette Hardcore-Programm, den monatlichen Newsletter sowie alles rund um das Hardcore-Universum.

Weitere News unter www.heyne-hardcore.de/facebook

MIX
Papier aus verantwortungsvollen Quellen
FSC® C083411
FSC www.fsc.org

Verlagsgruppe Random House FSC® N001967

Neumarkter Str. 28, 81673 München
Redaktion: Caro Müller
Umschlaggestaltung: Eisele Grafik-Design, München, unter Verwendung von Motiven von Bigstock, Nadja Korobkova
Satz: Satzwerk Huber, Germering
Druck und Bindung: CPI books GmbH, Leck
Printed in Germany

ISBN: 978-3-453-27216-3

www.heyne-hardcore.de

»Das Glück der Ehe kann nicht aus dem Glücklichseinwollen, sondern allein aus dem Glücklichmachen heraus wachsen. Wirklich glücklich aber kann ich meinen Ehepartner nicht mit einmaligen, seltenen großen Dingen machen, viel mehr Glück bereitet es, wenn jeden Tag in einer Kleinigkeit meine Liebe deutlich wird, das wirkt wie ein wahrer Sonnenschein, der auch dem grauesten Tag ein unerwartetes Glänzen erweckt.«

(Otto Schlißke:
Ehe im Alltag,
Schriftenmissionsverlag 1965)

»Wir verwenden die uns zur Verfügung stehenden Daten – beispielsweise über von dir hergestellte Verbindungen, Optionen und Einstellungen, die du wählst, und was du auf unseren Produkten sowie außerhalb dieser tust –, um dein Erlebnis zu personalisieren.«

(AGB Facebook)

»Da muss ich jetzt wischen?«
»Ja, nach links! Nein!«
»Was?«
»Zu spät.«

(zwei Freundinnen am Nachbartisch
in einem Café)

Für Marcus.
Geliebter, Partner, Leser, Komplize und bester Freund.
Ich liebe dich.

EINS

Lovecoach-Tipp:
Wer sind Sie, und wenn ja, wie viele?
Wagen Sie ein Meet and Greet mit all Ihren
Ichs, den braven und den bösen.

»Wird man Penisse sehen?«

Die Showrunnerin mit den blauen Dreadlocks starrt Karla so fassungslos an, als wäre das die dümmste Frage überhaupt. Sie zieht die Augenbraue hoch und erklärt Karla in einem Therapeutinnenton: »Schätzchen, aber ja! Schwänze. Muschis. Schwänze in Muschis. Muschis auf Muschis. Schwänze mit Schwänzen. Das ist der Sinn dieser Show. Hast du ein Problem damit?«

»Nein, ich bin seit drei Wochen solo.«

»Uuups. Solo und professionell hoffentlich. Die Show ist intim, aber nicht privat, du verstehst.«

Karla ärgert sich über diese Ansprache. Sie ist ja nicht bescheuert, sondern nur zum ersten Mal bei der Produktion einer TV-Show dabei. Mehr aber wurmt es Karla, dass sie sich so schnell verunsichern lässt. Das liegt eben daran, dass sie gerade verlassen wurde. Matthis, ihr langjähriger Lebenspartner, ihr Seelenverwandter, ihre große Liebe, hat sich einfach verkrümelt, in Luft aufgelöst, ist klammheimlich verschwunden. Karla schiebt den Gedanken an ihn weg und konzentriert sich auf ihre neue Kollegin. So busy und überlegen diese Dreadlockqueen auch tut, sie wird wie alle nur mit Wasser kochen. Also besinnt Karla sich darauf, was sie ihren Kunden immer sagt, wenn die in ihrer Liebeskummerpraxis sitzen und von ihren Demütigungen berichten.

»Kritik ist erst mal nur eine Art von Information. Versuchen Sie, die Sachebene und die persönliche Ebene zu trennen. Schieben Sie die Gefühle weit weg, und sehen Sie sich die Sache an: Ist die Kritik berechtigt? Dann lernen Sie jetzt etwas. Ist sie substanzlos und besteht nur aus Gehässigkeit? Dann braucht sie Sie nicht zu interessieren. Sie ist bedeutungslos für Sie. Und der Mensch, der sie geäußert hat, ist es auch. Gehässigkeiten interessieren uns nicht. An echter Kritik können wir wachsen.«

Das fällt Karla leicht, wenn sie in ihrem Sprechzimmer sitzt mit den schönen Blumen auf der Fensterbank und dem Muschelwindspiel, mit dem duftenden Tee und den Keksen und den flackernden Kerzen. Und vor allem in ihrer Rolle. Als Liebeskummerexpertin hat sie immer eine Idee, und meistens hilft es den Kunden weiter, aber wenn es um sie selbst geht, ist sie wie eine kettenrauchende Lungenärztin: Obwohl sie es theoretisch weiß, kann sie es nicht umsetzen.

Karla hört die Showrunnerin neben sich Regieanweisungen in ihr Headset zischen und versucht diese kurze

Pause zu nutzen, um sich von einer TV-Anfängerin in einen Kuppelspielprofi zu verwandeln. Immerhin wollte die Showleitung genau sie haben, um die Kandidaten dieses neuen Formats zu betreuen. Sie, Karla. Also strafft sie die Schultern, schiebt sich die Nerdbrille etwas höher auf die Nase und streicht sich über den schwarzen Bob. Als zwei Bühnenarbeiter einen großen Spiegel vorbeitragen, bemerkt sie sehr wohlwollend, dass sie in diesem schwarzen Bleistiftrock mit der violetten Seidenbluse und den Ballerinas genau den richtigen Look hat, halb Fräulein Rottenmeier, halb beste Freundin, so fühlt sie sich am wohlsten. Und die Showrunnerin, dieses junge Mädel, die nebenher Dildos aus einem Koffer aussucht und von ihrer Assistentin einen Smoothie gereicht bekommt, der grünlich wie vergammeltes Sperma im Plastikbecher herumschwappt, ist vielleicht gar nicht überheblich, sondern unsicher und kaschiert das mit übertriebener Selbstgefälligkeit. Karla fühlt sich gleich besser, sie ist wieder in ihrem Analysemodus. Damit wird die Welt übersichtlich. »Es ist viel angenehmer, wenn man sich nicht ständig beleidigt fühlt«, sagt sie ihren Kunden immer.

Die Showrunnerin macht es ihr aber schwer. Jetzt tätschelt sie Karla auch noch herablassend den Arm.

»Das Showbiz kann verwirrend sein. Dauernd Neues. Und das in deinem Alter.«

Karla atmet tief durch. Sachebene sehen. Faktisch richtig, sie ist Mitte dreißig, also deutlich älter als ihr Gegenüber. Und es stimmt, sie hört gerade viel Neues.

Karla nickt und bemüht sich, freundlich zu lächeln. Aber dieses therapeutische Säuseln, das die Showrunnerin wohl für einfühlsam hält, macht sie irre. So würde sie nie mit ihren Kunden sprechen.

In ihrer Zeit als Kummerkastentante eines Männermagazins – *KARLA: NA KLAR* – hat sie jahrelang die Sorgen und Nöte der Leser verarztet. Da musste sie schnell und knackig auf den Punkt kommen. Wobei das damals gegen ihr heutiges Leben ein echter Spaziergang war.

Eigentlich liefen die Leserprobleme bei all den Variationen immer auf die drei großen Fragen des Sexuallebens hinaus: Ist das normal? Oder: Wie bekomme ich mehr Sex? Oder: Wie bekomme ich überhaupt mal Sex? Und ihre Antworten waren im Grunde auch immer die gleichen: Wenn es juckt, gehen Sie zum Arzt. Ansonsten: Reden Sie miteinander.

Selbst ihr Ausflug in den Beruf der Sexualassistentin erscheint ihr rückblickend übersichtlicher als dieses bunte Chaos hier. Sie fand die Idee, Menschen, die es alleine nicht schaffen, zu einem erotisch befriedigenden Leben zu verhelfen, immer schon faszinierend. Sie hatte sich extra ausbilden lassen, aber dann war es ihr doch zu viel geworden, die Schicksale, die Nöte und dass es immer auf Sex hinauslief. Sie hat eigentlich keine Probleme damit, bei ihren Kunden auch mal Hand anzulegen, wenn es ihr berechtigt erscheint, bei manchen hilft reden einfach nicht weiter. Matthis wusste immer, dass es in ihrer Praxis auch zu Körperkontakt kommen kann, aber das hat ihn doch nie wirklich gestört. Oder hat er sie am Ende deswegen verlassen? Wie soll etwas jahrelang okay sein und dann ganz plötzlich gar nicht mehr? Warum ist auf einmal alles so verwirrend?

Karla schüttelt die leicht klebrige Hand auf ihrem Arm ab und wünscht sich eine Sekunde zurück in ihr altes Leben als Tittenmagazin-Ratgeberin. Da war wirklich alles viel simpler. Sie klappte einfach ihren Laptop auf und gab ihren Senf zu den immer gleichen Würstchen. Jetzt hat sie die Praxis, wo sie realen Menschen gegenübersitzt. Unglücklichen Menschen. Oder völlig verkorksten. Der Erfolgsdruck ist wesentlich höher, als bloß eine E-Mail zu beantworten. Aber wenn eine Klientin, nachdem sie ein paar Sitzungen durchgeheult hat, plötzlich wieder lacht und ausgeht und flirtet, dann liebt Karla ihren Job. Und der Erfolg gibt ihr ja auch recht, die meisten ihrer Kunden beherzigen Karlas Programm, und irgendwann stehen sie dann mit Pralinen in der winzigen Wohnung, die Karla für ihre Sprechstunde angemietet hat, und fallen ihr dankbar um den Hals. Es macht nicht nur die Klienten, sondern auch sie selbst glücklich, und eigentlich wollte sie, dass alles genau so weiterging. Tagsüber in der Praxis Menschen glücklicher machen und sich selbst abends von Matthis beglücken lassen. Und das konnte er gut. Er kam nach Hause, fragte, wie ihr Tag war, sie kochten Pasta, dann vögelten sie, und alles war irgendwie klar und einfach. Aber das ist jetzt vorbei.

Und dass sie jetzt zusätzlich bei dieser Show beteiligt sein wird, verkompliziert alles noch. Als ihr der Job angeboten wurde, hatte sie gedacht, es sei eine gute Werbung für ihre Praxis. Außerdem ist ein zweites Standbein ja nie verkehrt. Und *Nackt-Dating-Show* hörte sich auch lustig an, Matthis und sie hatten beim Lesen des Exposés so gelacht. *Genital-Dating*, wer bitte denkt sich so was aus? Sie hatte einfach geglaubt, es sei eine gute, witzige Sache. Aber dann war Matthis plötzlich weg, von heute auf morgen, ohne ein Wort. Jedenfalls ohne ein persönliches. Es lag nur ein Zettel auf seinem Arbeitstisch:

Ich muss allein sein und einiges für mich klären. Such mich nicht, wir sprechen, wenn ich so weit bin. Ich brauche eine Beziehungspause.

Was bitte sollte sie damit anfangen? Mieze, die einzige ihrer Freundinnen, die verheiratet ist, würde jetzt zu einem Monolog ansetzen, dass eine Pause nie eine Pause bedeutet, sondern das Ende, nur hübscher angezogen. Trennung mit rosa Tüll drüber. Oder Zuckerguss. Eher Zuckerguss. Miezes Metaphern stammen meistens aus dem Backbereich.

Gerade jetzt, wo Karla so gar nicht in Dating-Laune ist und am Konzept der wahren Liebe schwer zweifelt, fühlt sie sich hier fehl am Platz. In dieser Show und auch in ihrer Liebeskummerpraxis. Eine Liebeslebenexpertin, die ihre eigene Beziehung nicht auf die Reihe bekommt, wie glaubwürdig soll das denn bitte sein? Das ist doch wie eine Kosmetikerin mit Akne, ein vegetarischer Metzger oder eine allergische Katzenzüchterin. Prompt, als hätte die Showrunnerin Karlas Gedanken gelesen, sagt sie etwas von »Muschis«. Karla versucht sich zu konzentrieren. Muschis?

»Das da, da drüben, das sind die Peep-Kabinen für die Muschis«, erklärt die Showrunnerin und deutet auf die neonpink bemalten Nischen, in denen Gynäkologenstühle stehen. Auf einem liegt eine Statistin mit entblößtem Unterkörper und liest mit weit gespreizten Beinen eine Taschenbuchausgabe von *Einkommenssteuer und Abgabenordnung*, während Arbeiter um sie herumräumen und ein Beleuchter einen grellen Lichtkegel zwischen ihre Beine richtet.

Schau an, ich habe nicht den schrägsten Job bei dieser Produktion, denkt Karla, während die Statistin mit einem Textmarker etwas in ihrem Buch unterstreicht. Wie, oh Herrin, wird man Vagina-Lichtdouble? Ihre Freundin Fine, die Künstlerin mit der großen Klappe, würde jetzt wahrscheinlich fragen, ob der Beruf vielleicht Mösenmodel heißt.

»Mehr Licht aufs Mumu-Tal!«, brüllt die Showrunnerin neben Karla so laut, dass sie zusammenzuckt.

»Noch mehr Licht, ich will die Kitzler glitzern sehen. Die Klittis sind die Diamanten der Show, da muss es funkeln!«

Sie stellt sich neben die Beine der Statistin, sagt: »Ich darf doch mal, Schnuggi?«, und zieht ihr mit Daumen und Zeigefinger die Mösenlippen auseinander. Die Statistin blättert ungerührt eine weitere Seite um.

»Hier, Beleuchter mit dem schütteren Haar und dem sichtbaren Ständer! Haste schon lang nicht mehr gesehen, was? Genau hier brauch ich den Hotspot. Also mach's mir helle, Glatzen-Joe!«

Zwei Bühnenarbeiter schieben eine schwarze Ottomane neben den pinken Stuhl. Darauf liegt ein nackter Mann und daddelt auf seinem Handy, während er sich gemächlich den Sack krault. Das ist dann wohl das männliche Pendant. Beide Lichtdoubles nicken sich kurz zu, kümmern sich aber nicht weiter umeinander.

Karla überlegt, wann sie selbst das letzte Mal so ihre Möse hergezeigt hat. Also privat, denn beruflich weiß sie es genau, vor zwei Wochen in der Sitzung mit diesem Klienten, der in ihre Praxis kam, weil er unter seiner vierzigjährigen Jungfräulichkeit litt, aber daran will sie jetzt nicht denken. Privat liegt es schon eine Weile zurück. Sie ist – *pardon, sie war!* – seit Jahren mit Matthis zusammen, da kennt man sich und weiß, wo alles ist, da treibt man keine Höhlenforscherspielchen mehr.

Aber damals, als sie ganz frisch ein Paar waren, da haben sie sich mal im Bett erzählt, was sie noch nie gemacht haben. Und Matthis sagte, er habe noch nie einer Frau beim Masturbieren zugesehen. Auch sie selbst hatte noch keinen Mann dabei beobachtet. Also taten sie es voreinander. Und dabei entstand Karlas Konzept der ersten Male. Denn etwas zum ersten Mal zu tun, so ihre These, ist der Kick schlechthin, solo und als Paar. Deshalb erteilt sie ihren Patienten auch regelmäßig die Hausaufgabe, drei, fünf oder zehn erste Male bis zur nächsten Sitzung zu bestreiten. Das muss nicht zwingend etwas Erotisches sein. Und fast alle bestätigen ihr anschließend, wie aufregend und energetisierend diese Praxisübung auf sie gewirkt habe. Aber damals mit Matthis, als sie noch gar nicht genau wussten, wer der andere eigentlich ist, nur dass sie beide Schnappatmung hatten vor Begeisterung, sobald sie zusammen waren, und immerzu kichern und sich anfassen mussten, da war es noch kein therapeutisches Konzept, sondern reine Neugier.

Sie saßen auf dem großen Bett in Matthis' Wohnung, das eigentlich nur eine Matratze auf mehreren zusammengeschraubten Europaletten war. Matthis hatte sich schnell ausgezogen, die Sachen einfach neben dem Studentenbuden-Bett auf den Boden fallen lassen und sah Karla erwartungsvoll an. Karla löste ihren BH und schob sich das Höschen runter. Dann lehnte sie sich zurück an die Wand, die sich kalt und uneben in ihrem Rücken anfühlte, und öffnete langsam die Beine. Matthis' Schwanz wurde hart, als er ihren Körper musterte.

»Du bist ganz schön schön.«

Sie warf ihm einen Luftkuss zu.

»Selber.«

Seine Finger umfassten seinen Schaft, locker bewegte er die Hand rauf und runter. Karla zögerte. Sie strich sich über die kleinen Brüste, massierte sie, spielte mit den harten Nippeln und ließ ihre Hände dann tiefer wandern. Sie berührte ihre Pflaume zunächst kaum, tastete sich vorsichtig über den schmalen Streifen, der bei der letzten Rasur von ihrem lockigen Mösenhaar stehen geblieben war. Sie rutschte mit dem Hintern ein Stückchen nach vorn, damit sie sich besser fingern konnte, rieb mit der einen Hand ihre Brust und ließ den Mittelfinger der anderen zwischen ihre Vulvalippen gleiten. Sachte verteilte sie die Feuchtigkeit auf ihrer Möse und schloss kurz die Augen, während ihr Finger weiter vordrang. Als sie sich an der Klitoris berührte, atmete sie kurz heftiger ein und sah Matthis lächeln. Er schob seine Vorhaut jetzt fester vor und zurück und knetete mit der anderen Hand seine Hoden.

Karla reizte ihre Klit mit Zeige- und Mittelfinger, strich mal fester darüber und tupfte dann wieder nur. Schließlich hatte sie ihren Rhythmus gefunden und rieb sich die Spalte, während sie immer schneller atmete.

»Ich würde dir jetzt gern den Kitzler lecken«, sagte Matthis mit rauer Stimme. Karla nickte und meinte: »Sonst sofort. Heute nicht. Heute gucken wir nur.«

»Aber dein Fötzchen sieht schon ziemlich lecker aus.«

»Ich würde auch gern die Beine ganz breit machen, damit du deinen Schwanz in mich reinschieben kannst, ich bin so nass, aber wir haben das abgemacht.«

Matthis' Schwanzspitze glänzte, sein Körper war gespannt, sein Blick wurde etwas gläsern, aber er wandte ihn nicht von Karlas Möse ab. Und als sie sich einen Finger hineinsteckte, stöhnten sie beide. Karla zog ihn nass wieder hervor, spreizte ihren Mösenspalt mit einer Hand und wichste sich den Kitzler, schnell und gleichmäßig, bis sie den Kopf zurücklegte, die Knie noch weiter auseinanderspreizte und stöhnte. Als sie kam, hielt sie inne und presste ihren Handballen fest auf ihren Kitzler. Mit einem langen Seufzer rutschte sie tiefer in die Kissen und beobachtete Matthis dabei, wie auch er stöhnend kam. Sein Samen spritzte bis auf ihren Bauch, sie lachte. Matthis rutschte neben sie, schob seine Hand zwischen ihre Beine, drang vorsichtig mit einem Finger in ihre seimige Möse ein und legte den Kopf auf ihre Brust.

»Dein Fötzchen zuckt noch.«

Sie lachte.

»Das war ein sehr interessantes erstes Mal, jetzt sind wir Wichs-Entjungferte.«

Die Showrunnerin sieht sie mit großen Augen an und zieht mit einem lauten Schlürfen ihren sperma-artigen Smoothie durch den Strohhalm. Offenbar hat sie Karla etwas gefragt. Die schüttelt sich kurz.

»Bitte?«

»Ob du noch Fragen hast. Wegen der Show.«

Karla kratzt in ihrem Kopf alles zusammen, was ihr einfällt, und leiert es herunter wie einen Einkaufszettel: »Also. Die Castings laufen. Zehn Männer, zehn Frauen. Sie lernen sich in der Show kennen, bzw. ihre Genitalien. Sie sitzen und stehen in Boxen, die Oberkörper sind verhüllt. Es gibt erotische Spiele und Aufgaben. Jede Woche werden zwei Paare rausgewählt. Das Traumpaar am Ende gewinnt. Maskierter Live-Coitus im Studio, danach erst sehen sie, mit wem sie es zu tun … oder vielmehr getrieben haben. Inklusive Auftakt- und Reunion-

Show sind es sieben Sendetermine. Pilotfolge in drei Wochen.«

Wieder dieses Schlürfen. Karla beobachtet, wie der grünliche Schleim durch den Strohhalm gesaugt wird und zwischen den pinken, muschiähnlichen Lippen der Showrunnerin verschwindet. Noch ist ihre Prüfung nicht vorbei.

»Warum bin ich die Showrunnerin?«

»Weil du dafür sorgst, dass die Show läuft.«

Sie nickt befriedigt: »Ich tue, was getan werden muss, damit wir hier Action haben. Nur wenn die Kandidaten kommen, kommen auch die Werbekunden, und nur dann behalten wir unsere Jobs. Und was tust du, Liebesdoc?«

»Ich betreue die Kandidaten während der Live-Sendungen und zwischen den Ausstrahlungen. Ich kümmere mich um Krisen, ich verhüte Geschlechtskrankheiten, Zusammenbrüche, Skandale und halte jedes Unheil von der Show fern.«

Eine klebrige Hand klopft ihr anerkennend auf die Schulter.

»Ganz genau. Du sorgst dafür, dass alle steif, heiß, feucht und willig sind. Und ich sorge dafür, dass wir das auch optimal zu sehen kriegen. Wir müssen geil abliefern. Gemeinsam sind wir …«

Sie legt Karla den Arm um die Schulter und drückt sie fest an sich. Die Achselhöhle, die sich auf ihre Schulter presst, ist warm und feucht, der grüne Smoothie im Becher schwappt. Die blauen Dreadlocks riechen nach Zoohandlung.

»Gemeinsam sind wir, meine liebe Dottoressa, das megafotzige Dreamteam der erotischen Unterhaltung. Showbiz, Baby!«

Die Runnerin hebt die andere Hand, damit Karla abklatscht. Karla überlegt, ob das die Hand ist, die eben noch die Mösenlippen des Vaginamodels gespreizt hat, und schlägt widerstrebend ein. Mental macht sie sich eine Notiz, Sagrotan zu besorgen, Feuchttücher fürs Auto und für die Handtasche.

Endlich lässt die Runnerin sie wieder los und mustert sie zum Abschied noch mal ausgiebig von oben bis unten.

»Haben sie dich nach dem Look ausgesucht? Du bist schon irgendwie scharf, so ein bisschen Addams-Family-Style … aber ich weiß nicht, brauchen wir das wirklich: Sexpertin und Liebesdoc? Ich betreue Kandidaten seit Jahren, das ist doch immer dasselbe, ob sie nun Klamotten anhaben oder nicht, das hätte ich schon hingekriegt. Na gut, wenn die Cheffes unbedingt wollen, dass du die Muschis zum Schnurren und die Schniedel zum Stehen bringst … dann zeig mal, dass du dein Geld wert bist und wir nicht bloß eine schicke Labertasche eingekauft haben.«

Karla lächelt und hofft, dass sie selbstbewusster aussieht, als sie sich gerade fühlt. Denn wenn sie wirklich so scharf ist und so toll und von der Liebe so viel Ahnung hat: Warum hat Matthis sie dann verlassen? Und warum versteht sie es nicht? Warum ist er einfach abgetaucht? Kein Gespräch, keine Szene, nur dieser Zettel. So was macht man doch nicht.

Und dann denkt sie, dass es mit ihrer Liebeskummer-Praxis genauso ist wie mit einer Metzgerei. Ob man hinter dem Tresen steht oder in der Auslage liegt, ist doch alles Zufall.

Sie packt ihre Sachen zusammen und verlässt das Studio, denn in nicht mal einer halben Stunde hat sie einen Kunden, und bis dahin sollte sie dringendst Ordnung schaffen in ihrem Kopf, in dem gerade alles durcheinandergeht. Und sie sollte sich wirklich die Hände waschen.

ZWEI

Lovecoach-Tipp:
Sie sind ein Überraschungsei.
Tief in Ihnen ist etwas versteckt, das Sie entdecken sollten. Spiel, Spannung, Lust.

Der Geruch von frisch gemähtem Gras ist so durchdringend, und es riecht so satt und frisch nach Sommer, dass Tilda tief die Luft einzieht und die Augen schließt. Sie hält ihr sommersprossiges Gesicht der Sonne entgegen und genießt die Wärme auf ihrer Haut. Jetzt am frühen Abend ist es nicht mehr ganz so heiß, und sie muss nicht mehr aufpassen, dass ihre helle Haut verbrennt, also steigt sie aus dem weißen kurzen Häkelkleid und steht nackt im Garten. Sie spürt die Erde unter den Füßen, und als ihr der leichte Wind durchs kupferrote Haar streicht, muss sie einfach lächeln, weil das alles so unglaublich schön ist und sie die Gegenwart der Natur fühlt, als würde jemand sie fest umarmen.

Das Geräusch von Rechen auf dem Boden bringt sie zurück, zögernd öffnet sie die Augen, lila Flecken tanzen vor ihrem Blick, aber trotzdem erkennt sie zwei Schwestermägde, die das Gras zusammenharken. Eine von ihnen, eine große Dunkelhaarige, ist ebenfalls nackt, die andere trägt einen luftigen Kittel aus Leinen, der ihre Brüste frei lässt. Tilda streckt ihnen einladend die Hände hin, und die beiden Frauen legen die Harken für einen Moment weg, stehen mit Tilda im Kreis, während sie gemeinsam der Sonne danken, die den ganzen Tag geschienen hat, und dem Regen, der nachts wohl kommen wird. Dann arbeiten sie weiter. Tilda knotet sich ihr Kleid um die Taille und hilft den Bruderknechten, die schweren Körbe voller Obst ins Haus zu tragen. Dieses Jahr haben sie Erdbeeren und Johannisbeeren in Hülle und Fülle. Die Stachelbeeren haben es wieder nicht geschafft, die Strauchpest macht ihnen nun schon das dritte Jahr zu schaffen. Ein Bruderknecht will bald in die Stadt fahren und sich mit einem befreundeten Biologen treffen, vielleicht hat der eine Idee. Die Begrüßung der ersten Beeren durch die Schwestermägde, die jeden Morgen vor den Sträuchern gesungen haben, hat jedenfalls nicht geholfen. Aber die Zucchini, Tomaten und Gurken wachsen ganz wunderbar. Keuchend stellen Tilda und der Bruderknecht den Korb ab und gehen zurück zu den Beeten, um den nächsten zu holen.

Tilda liebt die Erntezeit, bei der sie alle in der Erde graben, tief in die Sträucher hineinfassen und die Geschenke der Natur entgegennehmen. Und sie fühlt sich reich beschenkt. Das muss sie unbedingt nachher beim Abendritual sagen, wenn sie an der Reihe ist, dem Tag zu danken. Sie nimmt sich eine Erdbeere aus dem Korb, steckt sie mitsamt dem grünen Stiel in den Mund und zerdrückt das süße Fruchtfleisch mit der Zunge am Gaumen. Ihr Bruderknecht nutzt die Pause, um ebenfalls aus seiner Kleidung zu steigen, bevor sie den nächsten Korb ins Haus tragen. Die anderen kommen nach und nach vom Acker oder vom hinteren Garten zurück, sie haben Rettich, Spinat, Rote Bete und Radieschen gesät oder die Hecken zurückgeschnitten. Es gibt immer etwas zu tun, aber wenn man sich der Natur mit Respekt und Liebe nähert, dann gibt sie ein Vielfaches zurück.

Der Bruderknecht, der diese Woche für die Vorbereitung des Abendrituals zuständig ist, schlägt den Gong. Nach einem Moment hört man den Widerhall vom Acker und vom hinteren Garten. Jetzt haben alle eine halbe Stunde Zeit, um ihr Tagwerk zu beenden und sich zu waschen. Dann versammeln sie sich um das Feuer vor dem Haus und beschließen gemeinsam diesen Tag.

Angefangen hatte die Gruppe mit einer Handvoll Idealisten. Als Tilda vor vier Jahren dazukam, waren sie schon fast zwanzig. Das alte Bauernhaus bietet jedem Platz, der hier leben will und die Grundsätze harter Arbeit, Keuschheit, Demut, Güte und Spiritualität anerkennt.

Der Bruderknecht schlägt wieder den Gong, alle bilden einen Kreis ums Feuer, halten sich an den Händen und singen das Lied dieser Woche. Die meisten sind nackt, andere tragen weite Kleider oder Leinenhosen. Tilda sieht den Funken hinterher, die vom Feuer hochsteigen und in der zunehmenden Dämmerung verglühen, und denkt, dass sie doch alle Sterne sind. Reihum sagt nun jeder, wofür er heute dankbar ist. Als Tilda an die Reihe kommt, fallen ihr zuerst ihre Freundinnen ein. Sie kennt Mieze, Karla und Fine schon lange. Obwohl sie heute so unterschiedliche Leben führen, sind sie sich immer nah, und Tilda empfindet sie als ihre eigentliche Familie. Einmal hat Schwestermagd Milena ihr nach dem Abendritual zugezischt: »Sie sind aber nicht hier, deine tollen Freundinnen«, doch Tilda hat nur gelächelt und Milena eine friedliche Nacht gewünscht. Gerade dass sie immer noch so eng befreundet sind, obwohl die anderen drei mit ihrer Lebensweise und mit Spiritualität so gar nichts anfangen können, ist doch das Besondere, aber das versteht Milena nicht. Jemanden zu lieben, der einem sehr ähnelt, ist ja kein Problem. Bei ihrem Viererkleeblatt passt es einfach: Karla ist die Theoretikerin, Mieze die Konservative, Fine die Künstlerin und sie die Spirituelle, sie brauchen und ergänzen sich. Vielleicht ist Schwestermagd Milena auch eifersüchtig.

Nach den Dankeswünschen opfert jeder eine Kleinigkeit dem Feuer, ein Haar oder ein besonders schönes Blatt, das er tagsüber gefunden hat, einen aufgeschriebenen Reim oder eine abgesparte Rosine aus der Morgenwecke. Dann zerstreut sich die Gruppe. Diejenigen, die Küchendienst haben, kümmern sich ums Essen, die anderen erledigen Dinge im Büro oder im Haushalt. Freizeit gibt es erst spätabends, und Tilda meldet sich beim Bruderknecht der Woche freiwillig für den Nachtgruß. Sie wird draußen bleiben und warten, bis der Mond aufgegangen ist, einen Zweizeiler in den Himmel schicken und als Letzte zu Bett gehen – im Sommer eine schwierige Aufgabe, dann sind die Nächte kurz, denn der Gong schlägt schon wieder vor Sonnenaufgang zur Versammlung. Aber Tilda meldet sich oft, sie liebt die einsame Zeit im Garten, wenn die Grillen zirpen und es immer kühler und dunkler wird.

Nach dem gemeinsamen Essen schreitet sie über den Rasen, wartet, bis auch die letzte Schwestermagd das Licht gelöscht hat, sieht sich noch einmal um, ob Bruderknecht Frieder nicht doch am offenen Fenster kifft, und schlendert dann zu dem Holzverschlag, in dem sie die Gartengeräte aufbewahren. Ganz hinten, unter den Abdeckplanen für die Sträucher, stehen die unbenutzten Tontöpfe. Einen davon rückt sie zur Seite und lockert eine Holzlatte. Sie tastet im Dunkeln und findet schließlich die Tupperdose, die sie dort deponiert hat. Mit einem leisen Schmatzen öffnet sich der Deckel, und Tilda nimmt ihr Smartphone heraus.

Anders als ihre Geistesgeschwister findet Tilda nicht, dass das Internet ignoriert werden muss. Alles, was da ist, gehört doch irgendwie zum Kosmos. Auch solche abstrakten Dinge wie Bits und Bytes wurden ihnen doch geschenkt. Tilda schaltet es ein und surft kurz durch ihre E-Mails und die wichtigsten Onlinezeitungen. Dann öffnet sie die Lovecoach-App. Sie tippt ihren Benutzernamen ein: MistressDaisy.

Immer warten schon Dutzende Nachrichten und Matches. Tilda kann sich über mangelndes Interesse nicht beklagen. Es gibt offenbar wenige Frauen, die so unschuldig und süß aussehen wie sie mit ihren Sommersprossen, der Stupsnase und den roten Wallelocken und die gleichzeitig streng sind und Befehle erteilen. Tilda findet auch nicht, dass diese Kontakte im Widerspruch zu den Lehren ihrer Gemeinschaft stehen, obwohl die das höchst wahrscheinlich sehr anders sehen würde. Das Verlangen, das sie in sich spürt, ist Teil der Natur, ihrer Natur, und sie ist dankbar dafür, dass dieses Feuer so heiß brennt und ihr so viel Energie gibt. Sie hat keine Probleme mit den Grundsätzen der Gruppe wie Demut oder Güte, und die harte Arbeit im Garten oder auf dem Feld macht ihr nichts aus, sie ist gern draußen und liebt es, das Wetter am eigenen Körper zu spüren, zu schwitzen oder zu frieren, aber die Sache mit der Keuschheit, die kann sie nur bedingt annehmen. Drei Tage Sex im Jahr sind schlicht und einfach zu wenig. Bis auf die Sommerfeuer Ende Juli, an denen es drunter und drüber geht und alle wild durcheinandervögeln, lebt die Gruppe den Rest des Jahres in schwesterlicher beziehungsweise brüderlicher Keuschheit und beherrscht ihre Begierden.

Na ja, es gibt kleine Verstöße.

Tilda weiß, dass Schwestermagd Nastya einen Vibrator und einen Vorrat Karamellbonbons hortet, dass Bruderknecht Frieder nicht nur kifft, sondern auch kleine Pillen schluckt und dass Schwestermagd Ayse verdächtig oft mit Bruderknecht Juri hinter ebendiesem Schuppen verschwindet. Tilda findet das alles menschlich, und sie glaubt auch nicht, dass ihr Intimleben die Gruppe irgendwas angeht. Sie arbeitet oder meditiert nicht schlechter, nur weil sie dafür sorgt, dass ihr naturgegebener Trieb befriedigt wird.

Sie sieht die Zuschriften und Matches durch und klickt Gutfriedmeintsgut an. Er meint es nicht nur gut, er hat auch sofort Zeit. Also verabredet sie sich mit ihm in einer halben Stunde hinter der großen Eiche. Die Eiche ist in der Gegend berühmt, es gibt einen alten Roman über sie, und manchmal kommen sogar Touristenpärchen, um ein Selfie vor dem mächtigen Stamm zu machen. Tilda versteckt ihr Handy wieder unter den Tontöpfen. Dann macht sie sich auf den Weg zur alten Eiche.

Während sie durch das Tor huscht und dann den Weg zum Wäldchen läuft, hört sie es in weiter Entfernung grollen. Es kommt heute also wirklich noch ein Gewitter, das wird die Pflanzen freuen. Tilda fühlt den Wind auf der Haut, der schon ein bisschen heftiger bläst, das Laub über ihr raschelt, die Schritte ihrer nackten Füße auf dem weichen Waldboden sind nur leise zu hören. Tilda spannt ihren Körper an und läuft schneller, sie fühlt sich wie ein wildes Tier, das frei und stark ist und tun kann, was es will. Sie will jagen. Und sie wird ihre Beute erlegen. Nichts an ihr zögert, nichts ist schwach oder verkopft, sie folgt ihren Instinkten, die sie so stark fühlt, dass das Blut in ihren Ohren rauscht. Ihr Brustkorb hebt sich, wenn sie die kühle Nachtluft einsaugt. Ihre Beine schnellen abwechselnd hoch, ihre Füße stoßen sie vom Boden ab, und ihre Locken wehen. Fast hat sie das Gefühl, fliegen zu können. Atemlos kommt sie an der alten Eiche an.

Der Mann ist schon da, er kniet nackt vor dem mächtigen Stamm und wagt es nicht, den Kopf zu heben. Der Mond scheint heute Nacht, sie können sich gut erkennen. Tilda hatte auch schon Treffen, die komplett im Dunkeln stattfanden, aber heute sieht sie genau, mit wem sie es zu tun hat.

Sie stellt sich vor ihn und hebt sein Kinn mit ihrem Fuß an. Er darf sie ansehen, er darf ihren nackten, glänzenden, weißen Körper mustern, das wilde Haar, die Brüste, die sich heben und senken. Er lächelt dankbar.

»Du bist wunderbar, Herrin.«

Ihr Tritt trifft ihn so hart im Gesicht, dass er nach hinten umfällt. Tilda hat ihm nicht erlaubt zu sprechen, und er weiß, dass er das nicht darf, bis sie ihn aufgefordert hat. Er darf gar nichts, ohne dass sie vorher einen Befehl erteilt hat.

Gutfriedmeintsgut liegt vor ihr im Gras und rührt sich nicht. Sie schreitet über ihn, stellt sich breitbeinig hin, sodass er ihr direkt in die Möse sehen könnte, wenn er den Kopf etwas drehen würde. Aber dazu hat er noch keine Erlaubnis bekommen. Ihr Fuß rutscht bis an sein Gesicht heran.

»Du darfst mich jetzt begrüßen.«

Seine Zunge schiebt sich aus seinem Mund, er reckt das Kinn, bis er gerade eben ihren Knöchel bezüngeln kann. Dann dreht er sich weiter herum und leckt ihr den Spann. Sie beugt sich über ihn und streichelt ihm kurz durchs Haar.

»Dreh dich wieder auf den Rücken.«

Tildas Stimme ist ganz ruhig und etwas rauchig, ihre Atmung hat sich normalisiert. Ihr Herz schlägt schneller als gewöhnlich, aber das wird sie ihm nicht zeigen. Ihre Lust zu sehen, muss er sich erst verdienen.

Der Mann hat einen Strick mitgebracht und legt ihn sich um die Taille, er kennt den Ablauf. Tilda zieht das Seil stramm zu, sodass seine Arme seitlich vom Oberkörper fixiert sind. Sie steigt auf allen vieren verkehrt herum über ihn und senkt sich langsam auf sein Gesicht.

Gierig streckt er die Zunge heraus, um ihre Möse zu erreichen, sie lässt ihn ein bisschen zappeln, hält dann aber still, damit er sie lecken kann. Sein aufgerichteter Schwanz steht steil vor ihrem Gesicht, sie nimmt ihn nicht in den Mund, sondern greift sich einen dünnen, biegsamen Ast und peitscht damit seine Oberschenkel. Der Mann öffnet die Beine weit, damit sie auch seine Hoden erwischt. Er zuckt jedes Mal zusammen, wenn die improvisierte Gerte ihn trifft, leckt aber dienstfertig weiter. Tilda tastet im Dunkel nach seiner Tasche, die er neben den Baum gestellt hat. Obenauf liegen die Kondome. Sie zieht eines über seinen harten Schwanz und rutscht über seine Brust tiefer. Sie stützt sich mit den Händen auf seinen Schienbeinen ab und schiebt sich seinen Schwanz in die nass geleckte Möse. Sie liebt diesen Moment, die Verbindung, ihre Macht, wenn sie ihn reitet. Sie fühlt, wie er den Kopf hebt, seine Bauchmuskeln zittern, so sehr strengt er sich an. Er würde ihr zu gern das Arschloch lecken oder es wenigstens sehen, bestimmt würde er am liebsten seine Finger hineinstecken, jeden einzelnen nacheinander, aber er ist gefesselt und muss bewegungsunfähig daliegen und sich von Tilda ficken lassen. Und Tilda fickt ihn hart, sie hebt und senkt ihren Hintern, fühlt genüsslich, wie sein Schwanz in ihre Möse rutscht und wieder hinausgleitet. Sie stößt kehlige Laute aus, lacht und hört dem Schmatzen zu, dem Fickgeräusch, das ist wie kein zweites. Sie fühlt, dass sie kommt, und steigt von ihm runter. Sein Schwanz steht aufgerichtet wie der große Eichenstamm neben ihnen. Endlich dreht sie sich um, sodass er ihr Gesicht sehen kann. Seines ist verzerrt und fast abwesend vor Lust. Sie rutscht ein bisschen zur Seite und öffnet die Beine weiter. Er kann mit seinen Fingerspitzen gerade eben ihre Möse berühren, wenn er sich sehr anstrengt, erreicht er mühsam ihren Kitzler. Durch die Fesselung kann er sie nicht reiben, er kann ihre Klit nur antippen. Und das tut er. Gutfriedmeintsgut strengt sich so an, dass er keucht und die Arme in der Schnürung verdreht. Endlich hat er eine Position gefunden und lässt seine Fingerspitze auf Tildas Klit vibrieren. Sie kommt ihm eine Winzigkeit entgegen, und dann überrollt sie der Höhepunkt, und sie schreit ihre Lust in den dunklen Wald.

Als sie die Augen wieder öffnet, starrt er sie immer noch unverwandt an. Gemächlich steht sie auf, stellt sich breitbeinig über ihn und seinen harten Schwanz. Soll er ihr jetzt ruhig in die Möse sehen, das hat er sich verdient. Er winselt mit geschlossenen Lippen, er hält sich daran, dass er nicht sprechen darf, aber sie weiß auch so, was er will. Tilda hebt die Arme zum Himmel, fühlt den Wind, streckt und wiegt sich wie ein Baum oder wie ein Tier, das etwas wittert, und dann entspannt sie diesen Muskel in ihrer gefickten, befriedigten und satten Möse und lässt es laufen. Ihr Urin plätschert auf ihn, er stöhnt und suhlt sich, um möglichst viel davon abzubekommen. Sie lacht laut, schüttelt sich noch einmal und geht dann. Er hat in der Tasche ein Messer, und sie hat das Seil nicht sehr fest gebunden, er wird ein bisschen zappeln müssen, sich dann aber befreien können, das kriegt er immer irgendwie hin.

Die ersten Schritte nach der Eiche geht Tilda noch langsam. Gutfriedmeintsgut ruft ihr ein »Danke« hinterher, aber darauf antwortet sie nicht, sie ist schon wieder losgesprintet. Tildas Beine sind noch ein bisschen wacklig, als sie durch den nächtlichen Park zurück zum Gutshof läuft. Sie kann genau spüren, wie der Wind zunimmt, und auch sie selbst ist ganz leicht. Sie verfällt in einen lockeren Trab und hüpft schließlich auch ein paar Mal.

Es donnert wieder, und weiter hinten blitzt es. Sie überlegt, ob der Himmel gerade eine Art kosmischen Orgasmus hat, aber das ist dann selbst ihr zu esoterisch. Als die ersten Tropfen auf Tildas Haut platzen, lacht sie und streckt die Arme hoch. Es donnert wieder, sehr nah diesmal, und dann bricht wie ein Schwall aus einem großen Bottich eine Regenwand herunter, es gießt und schüttet in Strömen. Tilda öffnet den Mund und trinkt gierig, sie lässt sich umspülen von der Nässe und der Gewalt des Gewitters. Da ist schon die Holzpforte. Sie schlüpft in den Garten. Wo heute Nachmittag noch die Schwestermägde das frisch gemähte Gras zusammengerecht haben, hat sich eine große Pfütze gebildet. Sie schimmert im Mondlicht, und das Geprassel der dicken Tropfen lässt die Wasseroberfläche spritzen. Tilda zögert keinen Moment. Sie nimmt Anlauf, rennt die paar Meter bis in die Mitte des Gartens und springt mit voller Kraft hinein. Der Boden ist rutschig, und sie schlittert ein Stück durch den Schlamm, bevor sie mit einem lauten Platschen auf dem Hintern landet. Tilda lacht aus vollem Hals und hofft, dass der kiffende Bruderknecht Frieder sie nicht beobachtet. Aber selbst wenn, soll er doch. Dann sagt sie eben, sie hat den Regen begrüßt und gefeiert, das wäre ja nicht mal gelogen.

Sie rappelt sich auf und läuft zur Veranda. Die Tür ist immer offen, Tilda schlüpft hinein. Während sie sich wäscht und abtrocknet, denkt sie darüber nach, wer sie ist und was andere über sie denken. Niemand kennt sie ganz. Sie ist eine Frau mit Geheimnissen. Der Gruppe verschweigt sie ihre nächtlichen Ausflüge. Trifft sie Bekannte von früher in der Stadt, verschweigt sie, dass sie in einer Kommune lebt. Und ihrer Freundin Karla verschweigt sie, dass einer der Männer, die sie nachts hinter der alten Eiche getroffen hat, Matthis war.

DREI

Lovecoach-Tipp:
Manche Mitmenschen sind Feierbiester.
Und andere nur biestig. Kicken Sie die raus,
die kein Feuerwerk in Ihnen zünden.
Spaßverderber braucht niemand.

Heywasgeht-Chat:
Fine hat Tilda und Mieze hinzugefügt.
Fine hat den Namen der Gruppe umbenannt in *Kriegerinnen aus dem Tal der Tränen.*

Mieze
Sind wir auf dem Kriegspfad? Soll ich mich in einen Brustpanzer quetschen? Passt uns allen der Wonderwoman-Suit noch? Muss ich mir die Beine rasieren, oder darf ich aussehen wie Supergrobi?

Fine
Frauen des Jammertals, ich grüße euch!

Tilda
Mädels, was raucht ihr? Ihr müsst mich öfter hier draußen besuchen. Keine Abgase, kein Club-Inferno, nur Grün rundherum und Yoga im Morgengrauen!

Fine
Bei Yoga am Morgen packt mich das Grauen, Tildi, wenn ich mich auf eine Matte lege und tief atme, muss mehr dabei rumkommen als esoterische Sprüche und Muskelkater.

Mieze
Seid lieb zueinander! Friede! Eierkuchen! Fine, geht's vielleicht darum? Ist das eine Kaffeeklatschgruppe, weil wir vier uns zu selten sehen?

Mieze
BTW: Wo issn die vierte Superheldin?

Tilda
Haste Liebeskummer an der Backe, hau mit Karla auf die Kacke!

Mieze
Schwester Tildine! Das war aber nicht sehr erleuchtet! Was würde dein Guru dazu sagen?

Tilda
Zum letzten Mal, Miezkatz: Hier gibt's keinen Guru! Wir sind keine Sekte, sondern eine Landkommune! Wir schreiten nicht dem Weltuntergang entgegen.

Fine
Karla aber schon.

Fine
Karla steht kurz vorm Einchecken am Höllentor.

Mieze
???

Tilda
Ich dachte, die Praxis läuft gut? Und diese TV-Show fängt doch auch bald an?

Fine
Lieber weniger Morgenrot ins Chakra atmen und besser hinhorchen, was sich im echten Leben so tut, Tilda! Matthis ist weg, schon vergessen?

Tilda
Also echt weg? Ausgezogen, Ring zurück, Social Media blockiert, das ganze Programm? Ich dachte, die Turteltauben gönnen sich einfach 'ne gepflegte Krise, und Frau Dr. Herzschmerz löst das professionell, wie immer.

Fine
Da läuft gerade gar nix professionell. Karla arbeitet sich die Hacken ab, und nachts ruft sie mich hackedicht an. Von Matthis fehlt jede Spur. Es gab wohl noch 'nen Zettel, dass er nachdenken muss und sein Leben ordnet und dass er sich melden wird, wenn er wieder weiß, wer er ist und was er will.

Tilda
Autsch.

Mieze
Arsch.

Mieze
Fine, benenn die Gruppe doch bitte um in »Weggeher verpisst euch«. Oder »Liebesunfähigkeitsgeschädigte«. Oder »Nach Heidi und Geißenpeter gab's nix Wahres mehr«. Oder »Lieber allein als allein im Ehebett«.

Tilda
Jetzt reden wir aber nicht mehr über Karla und Matthis?

Mieze
Tscha. Meine Frau, ihr wisst schon, die, die mir im weißen Kleid unter Tränen Liebe forever geschworen hat, vögelt nach wie vor auf Clubklos herum.

Tilda
Krass.

Fine
Aber sie hat's dir vor eurer weißen Wattewolkentraum-Hochzeit ja schon gesagt, dass Monogamie nix für sie ist.

Mieze
Danke auch fürs Mitgefühl. Was biste denn so bitchy?

Fine
Sorry, Miezemaus, ich kann immer nur eine Baustelle, ich bin weder masturbativ noch emotional multitaskingfähig. Das Ding mit deiner Frau und dir ist ja eher ein Fortsetzungsroman. Zurzeit mach ich mir einfach Sorgen um Karla. Die bricht uns gerade weg. Und was die Eingangsfrage betrifft: Das ist eine Interventions-Gruppe!

Tilda
Spiritueller Support? Kommt sofort!

Mieze
Soll ich was backen? 'Nen Wellnessurlaub buchen? Bei Karla einziehen? Haste 'nen Plan?

Fine
Hab ich. Sex.

Mieze
Echt jetzt?

Fine
Live. In Farbe. Mit Körperflüssigkeiten.

Mieze
Superplan von jemandem, der selbst keinen Sex mehr hat. Also keinen realen.

Fine
Telefonsex und Chatsex ist schon auch realer Sex. Ist mir gerade lieber als irgendwelche Typen, die ich am Morgen danach befrühstücken muss. Aber um mich und meine sexuelle Freizeitgestaltung geht's ja nicht. Karla muss mal was anderes zwischen die Schenkel bekommen. Matthis ist jetzt seit drei Wochen lost in Space! Karla geht uns ein. Die muss mal jemand beglücken.

Tilda
Bespermen meinst du.

Fine
Nicht hilfreich.

Mieze
Und wie sollen wir ihr denn Überbrückungslover organisieren? So zum therapeutischen Amnesie-Geficke. Wir können ja schlecht 'ne Anzeige schalten: Verlassene

Liebeskummer-Therapeutin hat selbst welchen und sucht magischen Schwanz zwecks Dämonenaustreibung.

Fine
Doch, genau so.

Tilda
???

Fine
So, wie wir das alle machen. Inklusive der unersättlichen miezlichen Ehefrau. Mit der App.

Tilda
Also unsere Kommune lebt enthaltsam.

Fine
Nee is klar, Klosterschwester Tilda. Ich weiß, dass du die App hast. Und dass du nicht keusch wie der reine Morgen lebst.

Mieze
Waaaaaaas? Wieso weiß ich das nicht? Ich will Details!!!

Tilda
Rote Linie, Ladys! Es gibt so was wie Privatsphäre.

Fine

Sollste haben. Ich sag's jetzt zum dritten Mal: Es geht mir hier um Karla. Ich schlage vor, dass wir ihr die Lovecoach-App antragen. Und reihum nachfragen, wie es so läuft. Sie zu Dates fahren, ihren Security-Backup spielen. Alles, was sie braucht für ein paar Abenteuer.

Mieze

Drei Sex-Feen für Aschenputtel. Ich bin dabei.

Tilda

Ich übernehme den Telefon-Support. Und sie kann sich bei mir in der Kommune ausruhen, wenn sie's mal übertrieben hat.

Fine

Also: Lovecoach für Dr. Love?

Mieze

Deal!

Tilda

Yep!

Fine

Dann schick ich Karlita jetzt 'ne Voice und den Link zur App.

VIER

Lovecoach-Tipp:
Orientierungslos im Untenrum-Dschungel? Frischen Sie Ihre Anatomie-Kenntnisse auf, und werden Sie zur Sexpertin. »Dumm fickt gut« ist Unsinn.

»Leckhemmung« liest Karla noch schnell in der Klientenakte auf ihrem Tablet, als es auch schon an der Tür klingelt. Der Fünfzehn-Uhr-Termin kommt pünktlich, immer. Lasse ist der einzige ihrer Kunden, der leidet, weil er eine Beziehung vor sich hat, alle anderen haben sie hinter sich oder zumindest weit und breit keine in Sicht. Seit Wochen trifft Lasse eine nette, schlaue und von ihm begeisterte Frau, die gern richtig mit ihm zusammen wäre. Aber er traut sich nicht. Und das liegt, so hat er in der ersten Sitzung berichtet, an seiner Leckhemmung. Karla hat ihm geraten, mit einem echten sexuellen Problem lieber zu einer Sexualtherapeutin zu gehen, aber Lasse wollte Karla.

»Sie haben meinen Kumpel Feuerstein wieder hingekriegt, dann schaffen Sie das auch bei mir«, hat er gesagt.

Auch an Feuerstein erinnert sie sich gut. Sie vergisst zwar öfter mal ein Gesicht, aber nie eine Geschichte. Fred war ein einfacher Fall. Gedemütigt und verlassen, brauchte er nur einen kleinen Schubs. Lick, pet, fuck. Weniger denken, mehr vögeln. Sex am Morgen vertreibt deine Sorgen, Sex am Abend ist gesund und labend. Karla schickte ihn zu einem befreundeten Stylisten, der seine Steinzeitfrise zu einem modernen Haarschnitt zurechtstutzte, seine Ötzi-Augenbrauen bändigte und ihm ein paar entspannte, aber schicke Outfits zusammensuchte. Dann stellte sie sich mit ihm vor einen großen Spiegel, wo er sich erst bekleidet und dann nackt ausführlich musterte und feststellte, er sei eigentlich »ganz passabel«. Anschließend verordnete sie ihm ein Fünf-Dates-Programm: »Lernen Sie möglichst viele Frauen kennen, und gehen Sie mit fünfen davon ins Bett. Überlegen Sie vorher und nachher, was Sie tun können, damit es für Sie und für Ihr Date eine möglichst schöne, befriedigende Begegnung wird. Wenn Sie in eine Krise geraten, rufen Sie mich an, und wir besprechen Ihren One-Night-Stand. Und dann sehen wir uns wieder.« Er rief nicht an, und beim nächsten Treffen war Fred praktisch ausgewechselt. Seine Fixierung, dass die nächste Frau, die er näher kennenlernte, die ganz große Liebe sein müsse, war genauso verschwunden wie seine Panik, von jeder Frau verlassen und enttäuscht zu werden. Er hatte seinen Flirt-Elan wieder und fragte Karla im Spaß nach einem »weiteren Rezept für Sex-Dates«, das Karla ihm bereitwillig auf einem kleinen Block mit Comicmäusen ausstellte. Zu seiner dritten Konsultation brachte er Karla einen Rosenstrauß mit und verabschiedete sich.

Aber bei Lasse liegt die Sache anders, denn Lasse ist schwer und ernsthaft verliebt und will die Frau seines Herzens nicht vergessen, sondern erobern.

»Ich kann Sie nicht vögeln schicken, wenn Sie sich in einer glücklichen und monogamen Liebesbeziehung befinden«, hatte sie ihm gleich zu Anfang gesagt.

»Befinden werden – *vielleicht* …«, hatte er sie korrigiert und sich auf den großen Sitzsack in ihrem Sprechzimmer geworfen.

Die Sache ist die: Lasse will diese Frau keinesfalls enttäuschen. Bis zum Petting waren sie bereits gekommen, und alles klappte ganz wunderbar. Danach hatte ihm seine Freundin gestanden, dass Oralsex das höchste der Gefühle für sie sei, was Lasse auch nur zu gern tun wollte – nur hatte er kaum Erfahrung damit und war sich sicher, sie zu enttäuschen und somit zu verlieren. Er war besessen von der Angst, dass er seine gerade begonnene Beziehung in Grund und Boden lecken würde.

Karla versuchte zuerst, das Problem im Gespräch einzukreisen.

»Haben Sie generell etwas gegen Cunnilingus? Turnt sie das Aussehen einer Vagina oder deren Geruch ab?«

Lasse schüttelte heftig den Kopf.

»Ich liebe Muschis. Diese Seimigkeit, die zarten Falten, die kleinen Härchen, Muschis sind toll. Sie riechen nach Meer und Brandung, das ist alles großartig.«

»Und der Geschmack?«

Er überlegte.

»Hab ich auch schon dran gedacht. Aber als wir neulich im Bett waren, hab ich ihr einen Finger reingesteckt und abgelutscht, und sie schmeckt wunderbar. Ich würde sie am liebsten komplett auslecken vom Kitzler bis zur Kimme.«

»Die Anatomie einer Vagina und die möglichen Zungentechniken sind Ihnen vertraut?«

Lasse formte aus Zeige- und Mittelfinger ein Victory-Zeichen und züngelte dazwischen.

Karla lachte und nickte etwas ratlos.

»Sie wollen also, und offenbar können Sie auch. Ich verstehe nicht, was ich für Sie tun soll.«

»Ich will sicher sein, dass ich es sehr gut mache! Ich will nicht an der Frau meines Lebens üben.«

Karla sah ihn über den Rand ihrer schwarzen Nerd-Brille ermutigend an.

»Etwas miteinander zu üben, kann die Intimität sehr erhöhen. Warum wagen Sie es nicht, ihr Schüler zu sein und sich von Ihrer Freundin ganz genau zeigen zu lassen, wie sie geleckt werden möchte?«

Damit stieß sie bei Lasse auf taube Ohren.

»Ich will vorher sicher sein, dass ich es nicht vermurkse.«

Und heute, Punkt fünfzehn Uhr, soll es also so weit sein. Karla wird Lasse die Sicherheit geben, die er offenbar braucht, um seine neue Beziehung anzugehen. Sie dreht eine Haarsträhne zwischen den Fingerspitzen, während Lasse die Stufen zu ihrer Praxis hinaufsteigt.

Ab und zu legt sie aktiv Hand an bei einem Klienten, aber immer ist sie vorher nervös.

»Kommen Sie, wir gehen erst mal ins Sprechzimmer«, sagt sie, und Lasse lässt sich erwartungsvoll auf dem großen Sitzsack nieder. Karla reicht ihm das Tablet und nimmt neben ihm Platz. Sie hat eine Internetseite aufgerufen und startet einen Film.

»Das ist eine sehr schöne Seite mit Leckfilmen«, erklärt sie. »Es gibt richtige Lehrfilme, Amateuraufnahmen und Pornos. Ich habe Ihnen hier schon mal ein Amateurpärchen ausgesucht.«

Der Film beginnt, und Karla muss mit einem Mal an das blaue Milchkännchen denken, das erste Teil, das Matthis auspackte, als sie zusammenzogen. Warum ausgerechnet dieses Milchkännchen? Während Lasse noch konzentriert auf dem Bildschirm zwei Blondinen beim gegenseitigen ambitionierten Cunnilieren beobachtet, lässt Karla ihre Erinnerungen treiben, und dann fällt es ihr ein: So eine Lavalampe wie in diesem Leckfilm hatte sie früher auch, sie stand in der Küche, und Matthis wickelte sein blaues Milchkännchen aus und stellte es just neben diese Lampe, weil er fand, dass die beiden Blautöne gut zusammenpassten. Dann arrangierte er noch ein Stiefmütterchen und einen Schlumpf auf einem umgestülpten Glas dazu, faltete einen Kranich aus einem blauen Briefumschlag, der am selben Tag in der Post gewesen war, und ließ ihn an einem Bindfaden vom Regalbrett baumeln.

»Unsere blaue Ecke!«

Karla staunte. Aus dem Nichts und mit Krempel, der bei ihr nur Krempel geblieben wäre, wenn sie ihn zusammen ins Regal gestellt hätte, hatte Matthis eine kleine Installation geschaffen. Das war sein Ding: profane Sachen und Situationen wie von Zauberhand schön und bedeutsam zu machen.

Sie nahm die Etikettiermaschine und druckte eine Beschriftung für Matthis' Kunstwerkchen aus.

»Der blaue Traum des Schlumpfs. Installation mit Kranich und Kännchen. Matthis Falkmann, 2011.«

Eng umschlungen standen sie vor dem Küchenregal und freuten sich, dass diese kleine Ecke schon mal perfekt war – wenn auch der Rest der Wohnung in einem Chaos aus Kartons, Bettwäsche, Möbelteilen, Werkzeug, Matthis' Grafik-Utensilien und Bücherkisten versank, sodass man kaum einen Schritt gehen konnte, ohne gegen etwas zu stoßen.

Während Lasse zu einem anderen Film wechselt, in dem ein rothaariger Mann mit Koteletten und komplett tätowiertem Oberkörper eine Asiatin leckt, die ununterbrochen quasselt und ihn anscheinend anfeuert, überlegt Karla, wo dieses blaue Milchkännchen inzwischen ist. Die Schlumpfentraumecke gibt es längst nicht mehr, die musste einem Brotbackautomaten weichen, den sie unbedingt haben wollte, dann aber nie benutzt hat. Augenblicklich überkommen sie Schuldgefühle, als hätte sie mit diesem Brotbackgerät das Ende ihrer romantischen und verzauberten Beziehung eingeläutet. Zerbrach das Kännchen irgendwann? Dann weiß sie es wieder und ist erleichtert, als ihr einfällt, dass es inzwischen auf Matthis' Arbeitstisch steht. Er bewahrt darin die Kalligrafiefedern auf. Womit arbeitet er eigentlich, wenn all seine Sachen nach wie vor in ihrer Wohnung stehen? Karla wird ganz heiß, als ihr die Idee kommt, seinen Verleger anzurufen. Vielleicht weiß der, wo Matthis steckt oder warum er abgetaucht ist. Die beiden sind immerhin fast so etwas wie Freunde, er muss es ja wissen, wenn Matthis die Abgabe seiner Graphic Novel abgesagt oder verschoben hat.

Lasse schnauft neben ihr auf dem Sitzsack, und Karla wirft einen Blick auf die aktuelle Szene, die ihm offensichtlich gefällt: Ein Teenagerpärchen im Grünen, beide mit Schuluniform und anscheinend ganz unschuldig in einer 69 versunken, man könnte glauben, sie täten es zum ersten Mal, wenn die Ausleuchtung nicht viel zu perfekt wäre und beide nicht immer wieder in die Kamera sehen würden. Aber das stört Lasse nicht, er räuspert sich mehrfach und lässt das Pärchen nicht aus den Augen.

Karlas Gedanken schweifen wieder ab zu Matthis' Arbeitstisch.

Da war dieser Abend, als sie entdeckte, woran er die vergangenen Wochen gearbeitet hatte. Er hatte ein großes Geheimnis draus gemacht, keinen Entwurf durfte sie sehen, nicht mal wissen, ob er gerade ein Sachbuch illustrierte oder ein Romancover gestaltete. Aber dann rief er sie doch in seine Arbeitsecke mit diesem sanften, leicht fragenden Tonfall, als wäre er nicht sicher, ob er sie stören dürfe.

»Karlafrau?«

»Matthismann?«

Sie trocknete gerade ab (in ihrer Erinnerung schon wieder das Milchkännchen, aber das konnte ja nicht sein, weil das zu dieser Zeit längst auf dem Arbeitstisch stand) und trat hinter ihn. Matthis wandte sich ihr auf seinem Hocker zu, nahm sie um die Taille und zog sie in einer Drehung an sich, sodass sie auf seinem Schoß saß. Er vergrub seine Nase an ihrem Hals und nuschelte zwischen zwei Küssen: »Ich möchte gern wissen, was du davon hältst.«

Er langte nach der Mappe, die vor ihm auf der Arbeitsplatte lag, und öffnete sie vorsichtig. Das Deckblatt. Ein Comic. *Super-Suzy*. Darunter sein Name.

Karla lachte und klatschte.

»Dein eigener Comic? Mit deinem Namen auf dem Cover? Umblättern, umblättern!«

Sie war ganz aufgeregt, denn Matthis träumte schon lange von einer eigenen Superheldin, war aber bisher immer zu beschäftigt gewesen mit der Illustration von Stadtfestplakaten oder Zeichnungen für medizinische Fachbücher, für die er Viren, Antikörper oder Bakterien entwarf.

Das erste Blatt zeigte eine düstere Stadtansicht. Karla erkannte sofort ihre Straße und das Haus wieder, in dem sie wohnten.

»Es spielt bei uns!«

Matthis nickte und blätterte weiter. Und da sah Karla sie: Matthis' Super-Suzy. Seine sexy Heldin mit Cape und Strapsen und einer Korsage, auf der ein großes Herz leuchtete. Und sie hatte Karlas Gesicht. Sie war genau zu erkennen, ihr schwarzer, asymmetrisch geschnittener Bob, ihre mandelförmigen Augen, ihre hohen Wangenknochen, ihr großer, breiter Mund. Sogar der Ohrstecker mit den kleinen Kettchen war da.

Karla zeigte auf das Herz. »Ist das ihre Superkraft?«, hauchte sie, und Matthis umfasste sie mit einem Mal noch fester.

»Sie bringt Liebe in die Welt und verkuppelt die Unglücklichen.«

»Das is'n harter Job!«

»Nicht für Super-Suzy.«

Er blätterte weiter.

»Sie hat einen Amor verschluckt.«

Die Bilderfolge zeigte ein griechisches Götterfest und dann einige kleine dicke, mit Pfeil und Bogen bewaffnete Putten, die durch die Großstadt flogen. Und schließlich Suzy, die über irgendwas lachte und dabei eine der hummelgroßen Amorputten einatmete. Ihre Augen waren weit aufgerissen, ihre Backen wölbten sich, vor ihrem Mund flatterten noch winzig kleine Federn. Im nächsten Bild erschien das Herz auf ihrer Brust, und um Suzys Kopf strahlte ein göttliches Licht, sie hatte sich zur Liebesheldin transformiert.

Karla lachte.

»Der arme Amor! Hoffentlich hat sie nicht auf ihm herumgekaut.«

Matthis knabberte an ihrem Ohrläppchen.

»So bist du«, sagte er leise. »Du hast diese Superkraft. Du ziehst los und machst Menschen glücklich. Du bist meine Heldin.«

Karla hatte sich auf seinem Schoß umgedreht und ihn lange geküsst.

Sie kann ihn noch schmecken, wenn sie an diesen Kuss zurückdenkt, seine Bartstoppeln auf ihrem Gesicht fühlen, den Duft seiner Haare riechen. Und jetzt ist er einfach weg. Sie hätte neben Lasse fast aufgeschluchzt. Die Erkenntnis, dass er nicht mehr in ihrem Leben sein will, trifft sie so heftig, als würde sie mit einem Sandsack geschlagen. Sie ist benommen vor Entsetzen, reißt sich von der Erinnerung an diesen Moment los und versucht, sich so schnell wie möglich wieder unter Kontrolle zu bringen, bevor ihr Klient merkt, dass etwas mit ihr nicht stimmt. Erst zählt sie von dreißig an rückwärts, und dann listet sie in Gedanken alles auf, was sie in ihrem kleinen, spartanisch eingerichteten Sprechzimmer sieht. Den Sitzsack, auf dem Lasse mehr liegt als sitzt, ihren Hocker, die anderen Sessel und Stühle, den kleinen Tisch, das Regal mit Büchern, Zeitschriften und Filmen, die weiße Lampe, die als großer Federball kurz unter der Decke schwebt. Dann hat sie sich wieder einigermaßen gefasst, hat Matthis ganz nach hinten gedrängt in eine kleine kalte Kammer unter ihrem Rippenbogen, in einen Bunker mit meterdicken Wänden, wo sie ihn fast nicht mehr spüren kann.

Karla wendet sich wieder Lasse zu, sein Problem ist jetzt das Einzige, was zählt.

Sie sieht deutlich die Beule in seiner Hose. Keine Frage, der Film macht ihn an. Aber dann tippt Lasse auf den Bildschirm und stoppt die Wiedergabe.

»Ich habe solche Sachen schon Dutzende Male gesehen. Darum geht's mir nicht. Ich will sicher sein, dass meine Freundin begeistert sein wird.«

Karla seufzt.

»Obwohl Sie wissen, dass jede Frau anders ist und anders geleckt werden möchte?«

Er lässt sich nicht von seiner Idee abbringen, also steht Karla auf und reicht ihm die Hand, damit er besser aus dem Sitzsack hochkommt.

»Na gut. Versuchen wir es praktisch.«

Sie führt Lasse in das angrenzende Zimmer, in dem eine große Couch aus schwarzem Leder steht, auf der er sich niederlässt. Sie zupft an ihrem weißen Kittel, den sie extra für diese Sitzung angezogen hat, damit die Situation klinischer wird.

»Erst die Regeln«, belehrt sie ihn. »Dies ist eine sexuelle Dienstleistung, die nie diesen Raum verlassen wird. Sie überweisen mein Honorar mit dem Verwendungszweck *Entspannungsmassage*. Sie werden mich privat nicht kontaktieren.«

Er legt die Hand aufs Herz und nickt. Sie selbst verschwindet hinter einem Paravent, um ihre Schuhe, die Strumpfhose, den Rock und den Slip auszuziehen. Währenddessen fällt ihr Blick auf das Foto von Matthis, das gerahmt an der Rückseite des Paravents hängt. Dass sie ab und zu Kunden auch anfasst, ist mit ihm abgesprochen, er weiß es, aber sie reden nicht darüber. Ärgerlich schüttelt Karla den Kopf, weil sie jetzt schon wieder an Matthis denken muss. Er ist gegangen, also hat er kein Recht mehr zu wissen, was sie tut. Sie kann machen, was sie will, sie ist … sie zögert, bis sie das Wort in Gedanken zulässt … Single. Karla hält einen Moment inne. Sie hätte nicht gedacht, dass dieses kleine Wort so wehtun würde. Lasse räuspert sich. Karla schüttelt alle privaten Gedanken ab, dimmt das Licht und schreitet, in den weißen Kittel gewickelt, auf das Sofa zu. Erst als sie nah vor Lasse steht, öffnet sie ihn und gleitet neben ihm aufs Sofa. Einen Fuß legt sie auf die weiße dicke Lehne, den anderen stellt sie auf den Boden.

»Haben Sie sich das so vorgestellt?«

Lasse schluckt, während er ihr zwischen die Beine mitten in ihre Möse sieht, und nickt.

»Möchten Sie, dass ich mich anders hinsetze?«

Er kann den Blick nicht von ihr wenden.

»Nein, alles perfekt.«

»Fangen Sie an, wenn Sie so weit sind.«

Lasse kniet sich aufs Sofa und beugt sich zwischen ihre Schenkel. Gierig atmet er ihren Mösenduft ein. Karla rutscht mit dem Hintern etwas nach vorn, um ihm entgegenzukommen.

Er bedeckt die Innenseite ihrer Oberschenkel mit kleinen saugenden Küssen. Karla entspannt sich, legt den Oberkörper zurück und schließt die Augen. Lasses Fingerspitzen spielen an ihrer Spalte, kraulen sie kaum fühlbar, Karla läuft eine Gänsehaut den Rücken hinab.

Lasses Zunge fährt über den Haarflaum ihrer Möse, rauf und runter, dann in Schlangenlinien. Sie kann fühlen, wie sie feucht wird. Und als er einen Finger hinzunimmt und vorsichtig in sie eindringt, ist sie schon so nass, dass er wie von selbst hineingleitet. Er fängt an, sie mit dem Finger zu ficken, aber Karla sagt: »Später. Soll sie etwas warten. Erst lecken Sie sie so geil, dass sie darum bettelt.« Also lässt Lasse seinen Finger einfach in ihrer Möse und macht nur zarte kreisende Bewegungen in ihr. Er leckt durch ihre Ritze, umkreist den Kitzler und züngelt wieder tiefer, zieht den Finger aus ihr und dringt mit der Zunge in ihr Mösenloch ein, schlürft sie aus und tastet sich an der Öffnung entlang. Karla fühlt sich fast überflutet, so hat es ihr schon lange niemand mehr gemacht. Als Lasse sich weiter hoch zum Kitzler leckt, rutschen gleich zwei Finger in ihre Möse, und sie atmet tief ein und genießt die Dehnung. Endlich berührt seine Zungenspitze ihre Klit. Erst spielt er an der Knospe nur herum, dann leckt er mit fester Zunge schnell und gleichmäßig darüber, als wäre sie ein köstliches Eis.

»Jetzt könnten Sie ein bisschen dazu ficken.«

Lasse folgt ihrer Anweisung. Seine Finger pulsieren in ihr, und immer wenn er sie herauszieht, gibt es ein leises Schmatzen. Dann kommt etwas, das sie so noch nicht kennt: Lasse stülpt seine Lippen in einem Kussmund über ihren Kitzler und brummt einen tiefen Ton. Das Gefühl geht ihr durch und durch, sie stellt sich vor, wie ihre Klit unter der Vibration anschwillt. Gleichzeitig hört er auf, sie zu ficken, und lässt seine Hand ebenfalls vibrieren. Karla kann nicht anders, sie atmet schneller und stöhnt laut. Ihr Oberkörper beugt sich zurück, sie drängt ihm ihre Möse entgegen, kurz überlegt sie, ob es professioneller wäre, jetzt nicht zu kommen und ihn mit einem »Das war sehr schön« auf dem Sofa allein zu lassen, aber sie ist inzwischen zu heiß. Er wollte wissen, ob er ein Luxuslecker oder ein Lecklooser ist, also soll er auch seine Belohnung bekommen.

Sie stöhnt weiter und zieht die Knie näher an die Brust, damit er so gut an ihre nasse, geile Möse herangelangt, wie es nur geht. Lasses Lippen verabschieden sich mit einem Schmatzer von ihrem Kitzler, er leckt sie wieder mit breiten Zungenstrichen und tastet mit dem kleinen Finger zu ihrem Poloch, wo er aber nicht eindringt, sondern die Fingerkuppe auf das zuckende Löchlein drückt. Karla kann es nicht mehr aushalten, sie schreit auf und kommt. Lasse presst seine Zunge weiter auf ihren Kitzler und wartet ab, bis die Wellen sie überrollt haben.

Einen Moment, der ganz ihr gehört, gönnt sich Karla, dann richtet sie sich auf, zieht ihren weißen Kittel über dem Bauch zusammen und schließt die Beine.

Sie setzt sich so gerade hin, wie es geht, und lächelt Lasse an. Seine Erektion ist unübersehbar, aber dafür ist sie nicht zuständig.

»Sie haben hoffentlich gemerkt, dass Sie alles richtig gemacht haben«, sagt Karla. »Sie haben ein gutes Gespür dafür, was die Frau empfindet, Ihr Timing ist hervorragend, und ich habe deutlich gefühlt, wie viel

Begeisterung Sie mitbringen, das ist für Frauen fast ebenso wichtig wie eine schnelle Zunge und vorsichtige Finger. Sie lecken grandios, Ihre Freundin kann sich freuen.«

Lasse strahlt und wischt sich Karlas Mösensaft vom Kinn.

»Machen Sie sich wirklich noch Sorgen, dass es für Sie beide kein schönes Erlebnis werden könnte?«

Lasse schüttelt den Kopf und lacht. Er strahlt richtig, so befreit und erlöst ist er.

»Na, dann wünsche ich Ihnen viel Spaß und alles Gute.«

Sie winkt ihm zu, und er verlässt die Praxis.

Karla bleibt auf dem Sofa zurück, schließt noch einmal die Augen und genießt das Gefühl des Sattseins, das sie immer nach einem Orgasmus hat. Dieses Nichts-anderes-Wollen, ganz bei sich und im Einklang mit sich zu sein.

Doch viel zu schnell wandelt sich dieses träge, zufriedene Gefühl. Ein Frösteln überzieht sie, und eine Mischung aus Kälte und Traurigkeit kriecht durch ihren Körper, als wäre sie ein Schwamm, der sich völlig mit dieser kalten Schwere vollsaugt.

Karla greift in der Tasche ihres Kittels nach ihrem Handy und hört ihre Nachrichten ab. Ein Bestandsklient und eine weinende junge Frau, die einen Termin haben möchten. Dann ihre Freundin Fine, die ihre Ansage mit »Liebste Karla, dies ist eine Intervention!« beginnt. Karla liegt in Embryohaltung auf dem Sofa, das Telefon unter dem Ohr, und hört Fines Stimme zu. Dann tappt sie barfuß in ihre kleine Teeküche und nimmt eine Flasche Gin aus dem Kühlschrank. Den ersten Schluck trinkt sie hastig, den zweiten langsamer. Sie wählt Matthis' Nummer. Nicht mal die Mailbox geht ran. Sie versucht es ein zweites Mal und nach einem weiteren Schluck Gin ein drittes Mal. In ihrem Sprechzimmer liegt das Tablet auf dem Sitzsack. Karla nimmt es und lässt sich mit zitternden Knien auf das große Kissen fallen. GuckBook, PicPlay, zwei Design-Foren: Überall ist Matthis offline.

»Was hab ich getan, du passiv-aggressives Arschloch?«, mault sie das Tablet an.

»Bist du wenigstens noch auf Heywasgeht?«

Matthis, sie und ihre Freunde sind in einer Gruppe, um Grillabende, Kanuausflüge oder das Geburtstags- und Weihnachtswichteln zu organisieren.

Karla starrt auf den schmalen Balken: *Matthis hat die Gruppe verlassen.*

Nicht nur die Gruppe, sie hat er verlassen. Sie muss das endlich einsehen, und sie trinkt so gierig einen vierten Schluck, als wäre es Medizin, und das ist es doch auch, Medizin für ihr Superheldinnen-Herz, das so wehtut und um das sich nun ein milder warmer Schleier aus Gin legt wie ein Verband. Schluck fünf.

Vielleicht sollte sie zukünftig einfach so lange gemeinsam mit ihren Klienten trinken, bis sie ihren Liebeskummer runtergespült haben. Karla wird für einen Moment etwas klarer im Kopf und überlegt. Was würde sie denn einer Klientin in ihrer Lage raten? Der Partner ist offensichtlich weg, verweigert eine Aussprache, hat sich aus ihrem Leben geghostet. Da ist es doch klar, was sie verordnen würde: ihr berühmtes Konzept der zehn ersten Male. Zehnmal etwas tun, das sie noch nie zuvor gemacht hat. So was wie Bungeespringen oder eine Opernarie vor Fremden singen darf auch dabei sein, aber sexuelle erste Male sind natürlich bevorzugte Aktionen. Die Kundin soll auf andere Gedanken kommen, sich wieder spüren, verstehen, dass sie ein lebendes Wesen ist, das genießen und Lust empfinden kann und das auch darf, ohne ihren verpissten Partner. Sorry, Karla korrigiert sich, ohne den Partner, der sich verpisst hat. Sie muss ein bisschen über das Wort lachen, das so zischelnd klingt, und sie stellt sich vor, alles, was sie an Matthis erinnert, kurzerhand in einem riesigen Klo hinunterzuspülen. Während sie sich das Geräusch einer altmodischen Toilettenspülung ausmalt, nimmt sie bei jedem der imaginären Dinge einen Schluck Gin. Seine berühmte Pasta mit Wodka, runtergespült (und prost!), seine bunt geblümten Hemden, schwusch (trink, Schwesterlein, trink!), seinen Duft nach Zirbenholz und Gras, rein in die Schüssel, seine wuscheligen Haare und die große Lupenbrille, alles runter damit (und den Rest auf ex).

»Ex auf ex, alles scheiße«, nuschelt Karla und versucht, aus dem Sitzsack aufzustehen, aber ihre Beine sind wie Gummi. Ihr Schwerpunkt hat sich verlagert, und so liegt sie auf dem Rücken wie ein großer Käfer und gibt es auf.

»Ich bin Expertin!«, platzt es aus Karla in den stillen Raum, und es klingt wie Ixpädn, weil ihre Zunge ein Kilo zu wiegen scheint. »Icheil mich selbs.« Mit unsicheren Händen öffnet sie die Lovecoach-App auf dem Tablet und legt ein Nutzerprofil an. Das dauert eine Weile, weil sie sich immer wieder vertippt. Als sie nach einem Benutzernamen gefragt wird, muss sie kurz kichern und gibt dann PetersiliaAmazona ein, was im dritten Anlauf auch gelingt. Sie beantwortet endlose Fragen nach erotischen Vorlieben und Erfahrungen. Endlich ist sie eingetragene Userin. Jetzt darf sie schlafen. Sie nimmt noch einen großen Schluck Gin aus der Flasche als Schlummertrunk und kuschelt sich in den Sitzsack. Später wird sie Fine anrufen und ihr erzählen, dass sie ihrem Rat gefolgt ist. Weise wüste Fine. Und bis die App ihr ein Match schickt, vergehen sicher ein paar Tage. Bis dahin ruht sie sich einfach ein bisschen aus und arbeitet, indem sie der Menschheit hilft und die TV-Show berät, denn sie ist eine großartige Liebeskummerexpertin, die alles im Griff hat. »Allless …«, murmelt sie, und ein Speichelfaden läuft auf ihren Handteller unter dem Kinn. »Alllesshabichimgrifff …« Diese App, dieses Wisch & Weg, braucht sie eigentlich gar nicht, da wird eh nix bei rumkommen. Sie driftet ab, eine angenehme Schwärze breitet sich zwischen ihren Schläfen aus. Einmal noch schreckt sie hoch, als ein ungewohntes Geräusch wie ein Stich in ihr Ohr fährt.

Ping!

Dann noch einmal.

Ping!

Die weiteren Pings hört sie nicht mehr. Im dunkler werdenden Sprechzimmer leuchtet das Tablet unter ihrem Kopf. Darauf die Oberfläche der Lovecoach-App. Vor nicht mal zehn Minuten hat Karla sich angemeldet, und schon blinkt das kleine Herzchen über ihrem Postfach.

Pingpingpingpingping!

FÜNF

Lovecoach-Tipp:
Heute eine Elbe, morgen ein Ork.
Im Bett ist immer Karneval, also spielen Sie!

Definition von Ewigkeit: Warten auf den Paketboten!

Fine klickt auf Return und überlegt, ob sie ein zweites Posting *Definition von Ewigkeit: Warten auf Likes* hinterherschickt, lässt es dann aber. Das sähe bedürftig aus, und Bedürftige gibt es im GuckBook schon genug, Menschen, die ihre Hautkrankheiten mit der Netzgemeinde teilen, ihrem Ex-Lover hinterherschimpfen, ihre Muffins fotografieren oder jeden Morgen wieder das Comicbild eines Kaffee trinkenden Bärchens mit einem *Fange jetzt an zu arbeiten!* einstellen, wo doch jeder weiß, dass nur der Schriftzug *Ich prokrastiniere bis zum Mittagessen* zu einem Bärchen mit Kaffeetasse passt.

Fine sieht in ihrer Liste nach, was heute an Paketen kommen müsste. Ein neuer Energydrink mit Kokoswasser, Sportschuhe und eine Kontaktlinsenpflege. Bei dem Linsenzeug weiß sie eh noch nicht, was sie damit anfangen will, und die Sportschuhe kann sie im heutigen Foto-Setting auch nicht verwenden, aber das Kokoswasser braucht sie. Sie sieht sich in ihrer winzigen Wohnung um. Ihre Fotoecke ist grellgrün gestrichen, damit sie hinterher am Bildschirm Grafiken einfügen kann. Davor stehen heute sämtliche Zimmerpalmen, die sie besitzt und die sie sich im Haus zusammengeschnorrt hat. Die Nachbarn kennen das schon. Immer wieder steht Fine vor der Tür und fragt sie nach irgendwas. Nach Spitzentischdecken, alten Hüten, Lego, seltsamen Küchengeräten, eben allem, was Fine selbst nicht hat, aber in ihrem Setting für die Produkte brauchen könnte. Heute hat sie ein Dschungelthema. Sie öffnet ihren PicPlay-Account und sieht sich die letzte Bilderstrecke an. FeinFrankstone, ihr PicPlay-Ich, in ihrer Paraderolle: die irre und doch irgendwie sexy Erfinderin, die in einem Wust aus Kabeln, Elektrozeug und Lichterketten posiert. Auf einem Foto zieht sie den weißen Kittel aus und hält ihren nackten Rücken in die Kamera. Sie hat eine Klappe in ihren Oberkörper collagiert, sodass man in sie hineinsehen kann, nur befindet sich an der Stelle ihrer Wirbelsäule eben eine Space-Batterie. Die Firma Space war sehr zufrieden mit der Platzierung, ihre älteren Follower fühlten sich an Duracell-Häschen erinnert, und die Teenies, die ja immer denken, es passiere alles zum ersten Mal, likten die Fotos einfach so. Fine rechnet durch, ob sie das Dschungelsetting ohne Sponsor machen kann, aber dann hat sie gleich zwei Probleme: Die Fotostrecke heute bringt dann überhaupt kein Geld, und sie bräuchte für das Kokoswasser, falls der Paketbote sich denn irgendwann bequemt, es zu bringen, eine neue Idee. Die nächsten Wochen hat sie aber schon durchgeplant. Sie seufzt. Was als Spaß während der Grafik-Ausbildung angefangen hat und ein Rettungsanker wurde, als sie keine Stelle fand, hat sich inzwischen zu einer kleinen Influencer-Firma gemausert. Das ist toll, weil Fine endlich ihre Miete zahlen kann, ohne alle vier Wochen bei ihren Eltern zu Kreuze zu kriechen, die sie gern in einer »soliden Anstellung« sähen. Aber es ist eben auch nicht mehr das bunte, verrückte und feministisch angehauchte Happening, das die FeinFrankstone-Bilderstrecken anfangs waren, als sie an mannshohen Wiener Würstchen einen Poledance hingelegt oder sich nackt in Sauerkraut gewickelt hatte, weil sie zeigen wollte, wie bescheuert Frauen in der Werbung, im Internet und eigentlich überall immer noch dargestellt werden. Irgendwann, als die Followerzahlen respektabel fünfstellig wurden, meldeten sich die ersten Firmen und fragten, ob sie nicht ihre Produkte in ihren Inszenierungen und Collagen verwenden wollte. Fine, so durchgeknallt sie auf ihren Fotos aussieht, ist nicht die weltfremde Szenemaus, für die ihre Eltern sie halten, sondern eine sehr rationale Frau, also hat sie gerechnet und überlegt und schließlich ihren PicPlay-Account in *professional* geändert und von da an die Fotos, die sie einstellt, mit dem obligatorischen *Enthält Produktplatzierungen* versehen. Einige Follower sind zwar abgesprungen, aber die meisten sind Werbung so gewohnt, dass es ihnen egal ist. Und da Fine mit ihrem Werbematerial respektlos und humorvoll umgeht, steigen die Zahlen wöchentlich, und alle sind zufrieden.

Gut, ihre Eltern nicht – Fine seufzt –, aber die wären es wohl erst, wenn sie mit einem Banker an der Hand im Kostümchen zu Hause auflaufen würde. Und das wird nicht passieren. Kein Banker, kein Lehrer, kein Beamter, überhaupt kein realer Mann. Fine fühlt sich in ihrer virtuellen Welt viel wohler, hier kann sie machen, was sie will. Faustgroße Glühwürmchen schweben herum, riesige Cakepops liegen bei ihr im Bett, oder sie ist halb Fine und halb Biber und kaut genüsslich Holzstämme durch (Flämmli-Streichhölzer, denn *Flämmli bringt Licht ins Leben*). Und seit sie dank der Lovecoach-App entdeckt hat, dass sie auf Sex nicht zu verzichten braucht, hat sie sich in einem Liebesleben aus Bits und Bytes eingerichtet. Wird ihr der Lover zu viel, kappt sie einfach die Leitung. Niemand bepinkelt ihre Toilettenbrille, isst ihre Werbeprodukte auf oder verlangt Kuschelzeit.

Sie sieht wieder aus dem Fenster. Kein Paketlaster. Laut Internetauskunft müsste er längst in ihrer Straße sein. Aber es hilft nichts, in ein paar Stunden ist das Licht weg, sie muss jetzt anfangen mit den Vorbereitungen fürs Dschungel-Setting, und wenn es nur das Styling ist. Sie kämmt sich die weißblonden Haare streng nach hinten, zieht sich aus und massiert sich die Striemen von BH und Slip. Dabei könnte ihr eigentlich jemand zur Hand gehen, denkt sie und loggt sich in die Lovecoach-App ein. Ihr Account ist ausschließlich für Fans von Telefonsex und Sexchats freigeschaltet. Sie sieht die Liste der anderen User durch, die gerade online sind, und findet Hot-Potatoe, mit dem wurde sie schon öfter gematcht.

Hi Potatoe, alles hot bei dir?

Hallo meine Liebe, brauchst du ein bisschen Anregung für ein Foto?

Sie ist bei Lovecoach auch unter FeinFrankstone angemeldet. Da man auf den Fotos ihr Gesicht meistens nur sehr verfremdet sieht, findet sie das Risiko, erkannt zu werden, einschätzbar. Außerdem kann sie sich Benutzernamen und Passwörter wahnsinnig schlecht merken und kommt ständig durcheinander.

Sie schaltet HotPotatoe auf Audio und verteilt ein nach Jasmin duftendes Körpergel auf ihrer nackten Haut.

»Wieso schnaufst du denn so?«

»Ich wickle mich gerade in Frischhaltefolie ein, Knöchel bis Knie hab ich schon, aber jetzt hab ich gemerkt, dass ich damit ein bisschen voreilig war, denn mein kleiner Freund muss ja auch noch an Ort und Stelle.«

Der Vibrator surrt auf Knopfdruck, und HotPotatoe lacht. »Oh bitte lass mich aussuchen, wo du ihn dir reinschiebst.«

»Du kennst die Regeln: gleiches Recht für alle. Hab ich einen Vibrator im Arsch, hast du auch einen. In der letzten Fotostrecke hab ich doch diesen neuen Analplug angezündet, wolltest du dir den nicht besorgen?«

»Hab ich versucht, war nicht mein Ding, aber du könntest ein böses Mädchen sein und dir den Dildo hinten rein in dein kleines enges Löchlein stecken. Ich werd ganz hart bei dem Gedanken, wie er zwischen deinen weißen Arschbacken verschwindet und deine Rosette erblüht.«

Fine macht ein Geräusch, als würde ihr übel.

»Potatoe, bitte! Deine Analfixierung kann ja noch angehen, aber bei deiner Sex-Lyrik krieg ich Brechreiz. Zur Strafe musst du es jetzt am Fenster tun.«

»Was soll ich am Fenster?«

»Na alles, was wir jetzt machen. Egal, ob Nachbarn gucken oder nicht. Rauf mit dir aufs Fensterbrett, zeig der Stadt, was du zu bieten hast.«

Sie hört Schritte, Straßengeräusche, die plötzlich leiser werden, und ein Ächzen, das klingt, als wäre er auf die Fensterbank gestiegen. Ob er das wirklich macht, kann sie natürlich nicht kontrollieren, aber das ist auch egal. In ihrer Vorstellung sitzt er jetzt nackt hinter der Glasscheibe, und die Wohnungen gegenüber kriegen eine Gratisvorstellung.

Sie verteilt großzügig Gleitgel auf dem Vibrator, öffnet die Oberschenkel, so weit das mit den zusammengebundenen Beinen noch geht, und schiebt ihn sich langsam und genießerisch in ihre blitzblank rasierte Möse.

Dann wickelt sie die Folie um ihren Unterleib, den Bauch und einen Arm. Schließlich steckt sie fast ganz in Plastik.

Mit einem lauten Seufzer lässt sie sich rücklings aufs Sofa fallen. Der Vibrator in ihr rutscht ein Stück heraus, sie robbt umher und dreht sich eine Weile, bis er wieder so sitzt, wie sie es haben will.

»Ich liege hier laminiert, in einer Marinade aus Gel, und der Elektroficker schnurrt in meiner Fotzgrotte. Wie sieht's bei dir aus?«

»Hast du die Brüste auch eingewickelt?«

»Na klar.«

»Ich hab mal was mit einer Freundin gemacht, das ich sehr geil fand, die hatte so einen Glastisch. Sie hat sich nackt draufgelegt und ich mich drunter.«

»Auf GuckBook gibt es eine Serie mit Katzen, die auf Glastischen liegen.«

»Lenk nicht ab, ich bin mitten im Dirty Talk.«

»Sorry, das klang eher nach *Schöner Wohnen*.«

»Oh, Madame ficken monothematisch heute. Also gut. Genital-Poetik. Mein Schwanz ist schon sehr hart, und meine Nachbarin von gegenüber sieht sehr interessiert mit dem Fernglas rüber, wie ich mir den Rettich poliere.«

»HotPotatoe mit Rettich?«

»FeinFrankstone, du musst ein bisschen mitarbeiten, wenn das hier zur Eruption von Körperflüssigkeiten führen soll.«

»Also es glitscht überall unter der Folie, und mir ist schon ganz heiß, und in meiner Fotze ist es noch viel heißer und nasser, der Mösensaft strömt nur so aus mir raus. Ich wünschte, ich hätte ein Loch in die Folie gemacht, dann könnte ich mich jetzt mit dem Vibrator ficken und ihn raus und rein schieben, während ich die Klit mit dem Handballen bearbeite.«

»Wenn ich jetzt bei dir wäre, könnte ich das übernehmen. Oder noch viel besser, ich würde dich auswickeln und in eine ganze Wanne voller Gleitgel legen. Schlammcatchen deluxe. Ich würde deine Beine gestreckt nach oben halten, das Maschinchen in deinem Arsch platzieren und dann die …«

»Da ist er wieder, der Arsch, du weißt, wie ich das sehe.«

»Ja gut, ich hab deinen Analplug im Hintern. Von mir aus, steck auch noch ein Räucherstäbchen in das gute Stück, damit mein Pöter vor sich hin qualmt, während ich die Spitze von dem Dildo an deine Hintertür halte, erst gibt es ein bisschen Widerstand, aber dann gleitet er hinein, und du windest dich und stöhnst, und ich weiß genau, was du fühlst, weil mir ja auch so ein Ding im Arsch steckt, und dann stecke ich dir noch meinen harten Schwanz in die Fotze.«

»Kondom nicht vergessen.«

»Dir ist schon klar, dass das hier ’ne Fantasie ist?«

»Separates the men from the boys.«

HotPotatoe stöhnt, und Fine weiß, dass er gerade mit den Augen rollt.

»Ich steck dir meinen harten Schwanz mit Kondom in die Fotze.«

»Dann ficken wir ganz gemächlich.«

»Und unsere Körper schmatzen in dem Gel, und wir grunzen, während ich meinen Schwanz in deiner Fotzgrotte hin und her schiebe und dich stoße.«

Er ist jetzt schon ziemlich kurzatmig.

»Hast du eigentlich gerade die Affenmaske auf, die du heute fotografieren wolltest?«

Fine fühlt sie auf ihrem schwitzigen Kopf wie eine Perücke.

»Klar, ich seh kaum was vor lauter Gummimaske.«

»Und hast du deinen Fotzbusch extra sprießen lassen für das Shooting?«

Sie schaut hinunter zu ihrer Nacktschnecke, die sie unter den vielen Schichten Folie nur erahnen kann.

»Klar, dicht bewaldet. Lockiges Mösenfell, ein Haarnest bis über die Bikini-Linie, schwarzes Gekräusel, nass triefend vor Muschisaft.«

HotPotatoe japst begeistert.

»Ein Affenfötzchen.«

»Genau, Sex-Urwald vom Feinsten. Jedes Mal, wenn du ihn mir reinschiebst, reibt dein Schwanz an meiner Klitoris.«

»Deshalb fick ich dich auch immer schneller, ich stoß dich, ich mach's dir.«

»Gleich komm ich«, schnaubt sie und versucht, auf dem Vibrator so herumzurutschen, dass er perfekt liegt und sowohl ihren Möseneingang als auch ihre Klit mit Vibrationen versorgt.

HotPotatoe stöhnt und brabbelt nur noch »Affenfötzchen, Affenfötzchen«, Fines ganzer Körper spannt sich an, sie fühlt, wie tief in ihr der Höhepunkt heranrollt. Und gerade als dieses Gefühl zwischen ihren Beinen explodieren will, klingelt es an der Haustür.

Der Höhepunkt zieht sich in ihren Bauchraum zurück, als würde ein Film von einer Sprengung rückwärts laufen. Noch könnte sie ihn wieder hervorlocken, wenn sie sich jetzt sehr konzentriert und alles andere ausblendet, dann könnte sie wieder Funken erzeugen und die

Kettenreaktion auslösen. HotPotatoe schreit in Fines Headset, und sie verzieht das Gesicht. Aber es klingelt ein zweites Mal. Fine wird klar, dass das der Paketbote sein muss, und schlagartig ist ihr jede Lust vergangen. Jetzt hat sie nur noch einen Gedanken: Er. Darf. Nicht. Wegfahren.

Sie und die schwerhörige Rentnerin aus dem vierten Stock, die nie irgendjemandem die Haustür aufmacht, sind die einzigen Menschen im Haus, die tagsüber da sind. Niemand wird ihr Kokoswasser annehmen, wenn sie jetzt nicht öffnet. Sie will zur Tür rennen, hat aber im Masturbationsnebel vergessen, dass sie fast bis zu den Knöcheln in Frischhaltefolie eingewickelt ist. Und schlägt der Länge nach hin. Das Headset wird ihr vom Kopf gerissen, und der Stecker rutscht aus dem Laptop, HotPotatoes Stöhnen klingt nun durch die Wohnung. Sie ignoriert beides, das Gestöhne und ihren Schmerz vom Sturz, dreht sich auf die Seite und robbt über den Teppich zur Haustür. Dreimal wird er nicht klingeln, das weiß sie, wahrscheinlich gilt das unter Paketboten als Unglückszeichen. Endlich kommt sie am Türöffner an, und weil sie gleichzeitig versucht, die Folie zu zerreißen, drückt sie den Schalter mit der Stirn. Mehrfach rummst sie mit dem Kopf gegen die Wand, bis sie unten ein Summen hört. Die Sekunden dehnen sich endlos. Wenn jetzt im Erdgeschoss nichts passiert, ist er wieder gegangen oder wirft zur Bestrafung eine seiner kryptischen Karten ein, wo nur *Nachbar* als Empfänger draufsteht oder *Shop*, und sie muss dann den ganzen Block ablatschen und ihrem Paket hinterherlaufen, als wär's eine Schnitzeljagd. Sie hasst das, alle hassen das. Fine fragt sich wirklich, wer noch Dominas bezahlt, um gequält zu werden, ihr reicht der Paketbote völlig.

Endlich hört sie unten die Haustür und Schritte auf der Treppe. Sie jubelt innerlich. Er kommt hoch. In letzter Sekunde fällt ihr ein, dass sie nackt in Frischhaltefolie gewickelt ist und eine Gorillamaske trägt. Egal. Sie wird dieses Paket nicht verpassen. Sie hat einen Job zu erledigen. Sie ist Geschäftsfrau. Sie öffnet die Tür und guckt dem Paketboten so würdevoll wie möglich entgegen. Der starrt an ihr auf und ab und weiß offenbar nicht, wie er sich dieses laminierte Gorillaweibchen erklären soll. Auch wieso im Nebenzimmer jemand immer wieder erleichtert »Affenfötzchen, Affenfötzchen« seufzt, ist ihm sichtlich unerklärlich.

»Kunst«, sagt Fine und könnte sich sofort dafür schlagen. Sie muss hier gar nichts erklären. Wenn überhaupt, dann müsste dieser Bote erklären, wie er eigentlich auf die bescheuerte Idee kam, ihr Paket letzte Woche in der Abfalltonne im Hof abzustellen. Nicht auf, sondern *in* der Tonne. Auf die Benachrichtigungskarte hatte er liebevoll *Müll* geschrieben, mit einem Herzchen daneben.

Er hält ihr immer noch wortlos das Quittiergerät entgegen, und sie unterschreibt mit dem Plastikstift. Als er ihr das Paket überreicht, fällt ihr auf, dass es ein anderer Bote ist als in den letzten Wochen, wieder mal. Dieser sieht allerdings überraschend gut aus.

Er zwinkert sie an und sagt: »Ich könnte Ihnen auch Stroh liefern, wenn Sie es im Flur verteilen möchten. Für ein Kunstprojekt.«

Gegen ihren Willen muss Fine grinsen.

»Danke, gerade nicht.«

Er zieht bedauernd die Schultern hoch und zeigt auf ihren Kopf.

»Die Maske hätten Sie ja schon.«

»Wie gesagt: gerade eher nicht.«

Er tippt sich an einen imaginären Mützenschirm, als wäre er ein Chauffeur aus einem Zwanzigerjahre-Film.

»Wenn Sie es sich anders überlegen, bestellen Sie einfach ein Paket, und ich liefere Ihnen alles, was Sie sich wünschen.«

Dabei fährt er mit der Geste einer Stripperin an seinem Körper entlang.

Fine grinst wieder, findet ihn aber auch ganz schön dreist.

Im Hintergrund seufzt HotPotatoe immer noch »Aaaffen-Fööötzchen ...«

Fine brüllt »Klappe, Potatoe!« und schlägt die Tür zu.

Das Paket ist schwerer als gedacht. Ächzend schleppt Fine es durch die Wohnung, verabschiedet sich etwas ruppig von HotPotatoe und pellt sich endlich aus der Frischhaltefolie. Für das Shooting muss sie sie sowieso neu wickeln. Einen Moment stellt sie sich vor, wie ihre Eltern jetzt anrufen und fragen, was sie macht, und sie ihnen erklärt, sie würde sich gerade nackt in Zellophan einwickeln, um sich dann mit Gorillamaske und Fellfüßen in eine Palmendeko zu stellen, mit einem Energydrink zu jonglieren und sich schließlich mit selbigem zu übergießen. Sie grinst. Kein Wunder, dass ihre Familie sie für durchgeknallt hält und abwechselnd seriöse Heiratskandidaten und Therapien vorschlägt. Doch Fine gefällt ihr Leben. Das virtuelle ein bisschen besser als das reale, aber immerhin. Sie wickelt sich also wieder in Folie, schlüpft in die Gorillafüße, zieht die Maske über, ordnet die Requisiten an und betätigt den versteckten Fußschalter, um das Licht auf dem Foto zu kontrollieren. Los geht's.

Als sie mit der letzten Einstellung fertig ist, ist es schon Nachmittag. Während der ganzen Zeit hat Fine nicht mehr an HotPotatoe gedacht, aber jetzt liegt sie verschwitzt auf ihrem Sofa und erinnert sich an zwei Dinge: Erstens, dass sie heute noch gar nicht bei Karla durchgeklingelt hat, um zu hören, was es Neues gibt, und zweitens, dass sie immer noch oder schon wieder ziemlich rattig ist. Karla zuerst. Sie öffnet auf Heywasgeht die neue Gruppe *Lovecoach für Dr. Love.*

Fine
Karla? Wie läuft's? Mein Tag bisher: Frischhaltefolie, Gorillafüße, Affenfötzchen, kein Stroh liegt rum. Und bei dir?

Fine
Karla? Huhu?

Mieze
Hi Fine. Karla hat Kundschaft in der Praxis. Hab eben mit ihr telefoniert. Sie war megaverkatert.

Fine
Hi! Hat sie die App installiert?

Mieze
YES!

Fine
Und?

Mieze
Erstes Date heute Abend. Im Nirwana.

Fine
Der Techno-Bunker von deiner Frau? Ganz romantischer Plan!

Mieze
O-Ton Karla: Ich brauch keine Romantik, ich brauch jemanden, der mir Matthis aus dem Hirn vögelt.

Fine
Da macht sie sich was vor, unsere Expertin. Aber gut, is'n Anfang.

Mieze:
Wieso Affenfüße?

Fine
Guckstu später auf PicPlay. Muss jetzt!

Mieze
Und ich seh mal zu, wie die Gattin heute drauf ist. Vielleicht back ich was Schönes.

Fine
Kuchen ist nicht die Lösung für alles.

Mieze
Du hast keine Ahnung von der Ehe.

Fine fragt sich einen Moment, ob sie jetzt angepikt sein soll, beschließt dann aber, dass Mieze ja recht hat. Und Fine hat es sich so ausgesucht. Keine Ehe. Keine Beziehung. Seit einigen Wochen nicht mal mehr reale Männer. So will sie es. Apropos, sie fischt ihr Gleitgel aus der kleinen Kommode neben dem Sofa, macht es sich gemütlich und ruft die App auf. Mal sehen, wer von ihren Buddys verfügbar ist. Schwanzlurch, PeterPanne, Fleischkaesesemmel, alles nicht das Richtige, aber dann findet sie doch noch jemanden, der gerade passen würde: ShawnDerSchaefer. Den hatte sie schon mal. Sie klickt ihn an und lädt ihn ein in die Lovecoach-Lounge, den kostenpflichtigen, intimen Chatbereich. Shawn nimmt die Einladung an. Fine sieht ihr Avatarbild, eine kitschige Madonnenstatue mit aufgeschnittener Papaya als Gesicht, und daneben das Feld, in dem Shawns Schafskopf geladen wird. Er lädt. Und lädt. Und lädt. Und dann ist der Bildschirm plötzlich schwarz. Sie runzelt die Stirn, normalerweise ist die App gar nicht störungsanfällig. Sie wählt sich erneut ein, landet ein zweites Mal mit Shawn in der Lounge – und wieder wird der Bildschirm schwarz. Fine schnauft. Sie ruft den Support an.

Support
»Lovecoach, die App für mehr Lust im Leben, was kann ich für dich tun?«

Fine
»Hi! Immer wenn ich in die Lounge wechsle, wirft die App mich raus.«

Support
»Sorry, das haben wir heute öfter. Sagste mir mal deinen Benutzernamen und welche Version der App du benutzt?«

Fine
»FeinFrankstone, und ich hab die mit dem grünen L.«

Support
»Hier noch deine hinterlegte Sicherheitsfrage: Was ist deine liebste Sexstellung?« (lacht)

Fine
(Lacht auch) »Lotussitz mit viel Gleitgel.«

Support
»Das ist aber auch was Schönes.« Pause. »Die meisten lassen mich eher nach dem Namen ihres ersten Hundes fragen.«

Fine
»Ich hatte nie einen Hund.«

Support
»Also. Ich hab deinen Account aufm Schirm. Dein Login ist okay, dein Konto ist ausgeglichen. Möglicherweise hast du ein veraltetes Betriebssystem. Du müsstest die App löschen, das System aktualisieren und die App neu laden. Dann läuft die Lounge wieder stabil.«

Fine
»Vielleicht wär ein Hund das einfachere Hobby.«

Support
(Lacht) »Ich hab einen. Promenadenmischung. Hässlich wie die Nacht, aber unglaublich niedlich. Muss ich eh gleich mit raus.«

Fine
»Ich war seit drei Tagen nicht draußen. Welche Jahreszeit haben wir?«

Support
»Du verpasst einen Supersommer. Wie wär's mit einem Gassi-Kaffee? Ich bin in derselben Stadt wie du. Nix Großes. Nur'n Kaffee, damit du mal vor die Tür kommst.«

Fine
(Überlegt) »Ach, wieso nicht. In einer Stunde am Park-Café, an der kleinen Mauer. Schick mir'n Foto.«

Sie legt auf und fühlt sich einen Moment ganz benommen. Ist sie eigentlich bescheuert? Gerade noch feierte sie ihr virtuelles, männerfreies Leben, und jetzt hat sie ein Date? Weil dieser Support so eine sympathische Stimme hat? Was, wenn nur der Hund niedlich ist und das Herrchen hässlich wie die Nacht? Oder ein Perverser? Es pingt in ihrem Postfach. Zwei Bilder. Sie öffnet das Foto eines kleinen flauschigen Dings, eher eines Wolpertingers. Gut, dass er vorher gesagt hat, dass es ein Hund ist, vom Foto her wäre sie sich da nicht so sicher gewesen. Und das zweite zeigt das Herrchen. Bitte lass ihn fies sein, unfickbar, dann kann sie das Date canceln. Aber der Mann sieht aus wie der schlaue dicke Bruder von Superman ohne Cape. Er trägt eine schwarze Brille wie Karla – die tragen jetzt irgendwie alle –, Waschbärbauch, breites Grinsen, Fine ist hingerissen.

Sie steht auf diesen Typ Mann. Und sie beschließt, ihn sich wenigstens mal anzusehen, nur mal gucken. Kurz entschlossen schickt sie ihm ein Foto von … Tilda. Die kleine rothaarige Tilda im weißen Flatterkleidchen in einem Baum sitzend. Das genaue Gegenteil von ihr. Jetzt fühlt sie sich schon besser. Sie muss ihre Deckung nicht aufgeben. Sie wird ihn beobachten, ohne dass er es weiß, und wenn er wirklich so sweet ist, hat sie abends beim Masturbieren was zum Träumen. Ein Karla-Gedenk-Date. Raus aus der Komfortzone, rein ins Abenteuer. Das sagt sie doch immer. Und Karla ist schließlich die Fachfrau, nicht unbedingt in ihrem eigenen Liebesleben, aber bei ihren Kundinnen kriegt sie es ziemlich gut hin.

Also rollt Fine sich vom Sofa und trottet ins Bad, um sich wenigstens noch den Folienschweiß abzuduschen, auch wenn sie den Support nur aus der Ferne angucken wird.

Dann kommt es ganz anders. Fine sitzt mit einer geeisten Latte im Park-Café und beobachtet Hunde und Herrchen. Zunächst läuft alles planmäßig. Sie entdeckt zuerst den Wolpertinger und direkt danach den Support. Und er sieht genauso freundlich, blitzwach und rund aus wie auf dem Foto. Ein Männerflummi, ein kleines Kraftpaket, das strotzt vor Energie und guter Laune.

Fine lässt ihn nicht aus den Augen. Er steuert auf sie zu, ihr wird heiß und kalt, dann erinnert sie sich, dass er sie ja unmöglich erkennen kann. Einen Moment lang spielt sie mit dem Gedanken, alle Überzeugungen über

Bord zu werfen und ihn einfach anzusprechen. Fine ist schon klar, dass ein Großteil ihres männerfreien Konzepts darauf beruht, dass sie in Wirklichkeit und trotz der freizügigen Fotos, die sie online stellt, eigentlich schüchtern ist. Jetzt schnüffelt der Wolpertinger auch noch in ihre Richtung, es wäre so einfach, Hallo zu sagen. Gerade holt sie Luft und will sich überwinden, da erkennt sie jemanden in der Menge, und ihr wird schlagartig heiß und kalt.

Heywasgeht-Gruppe *Kriegerinnen aus dem Tal der Tränen.*

Fine
Mädels? Jemand da? Bin im Park-Café, und wer steht am Brunnen?

Tilda
?

Fine
Matthis!!!

Tilda
Er lebt! Hurra! Kein Kartell hat ihn entführt, kein Ufo hat ihn mitgenommen!

Fine
Soll ich Karla Bescheid sagen?

Tilda
Ja! Die müssen sich doch mal aussprechen. Verwickle ihn in ein Gespräch, und ich schick Karla bei euch vorbei. Zwanzig Minuten musst du durchhalten!

Fine
Ich geh rüber.

Fine
Oh Shit!

Tilda
?

Fine
Matthis ist nicht allein.

Mieze
Arsch!

Mieze
Sag ihm doch: Na, hallo ihr zwei!

Tilda
Hat er ein Date?

Fine
Weiß nicht. Die Frau ist viel älter. Sie hat weiße Haare, mit so einem künstlichen Stich ins Lila. Ich hab gerade das Beweisfoto geschossen. Voilà.

Tilda
Du Agentin! Das könnte auch seine Mutter sein. Oder seine Oma.

Mieze
Nee is klar. Wahrscheinlich ist er abgetaucht, weil er Karla mit einem Mega-Antrag überraschen will, und das ist seine Wedding-Planerin.

Fine
Mädels! Ich dreh am Rad!

Tilda
?

Fine
Seine Mutter/Oma küsst man ja wohl kaum auf den Mund. Und, oh Göttin …

Mieze
Häh? Was geht da ab?

Fine
Ich fass es nicht!

Tilda
???

Fine
Matthis hat ein Hundehalsband um. Die weißlila Frau führt ihn an der Leine Gassi. Ganz unauffällig. Die Leine geht unterm Ärmel durch, aber sie führt ihn Gassi.

Tilda
Kannste dich verguckt haben?

Fine
Nee.

Tilda
Vielleicht 'ne verlorene Wette.

Mieze
Vielleicht eine spezielle Seite von Matthis, die niemand kennt?

Tilda
Sagst du das Karla?

Mieze
Ich sag's ihr, aber live. Wenn ich sie heute Abend zum Nirwana fahre.

Fine
Ich seh mir das mal genauer an! Agentin im Einsatz.

Einerseits bedauert es Fine, dass sie den Support und seinen Wolpertinger verlassen muss, andererseits bedeutet es eine Erleichterung. Es ist schon besser so, sie taugt nicht wirklich für richtige Beziehungen. Und dieser Mann, das fühlt sie, ist nichts für einen Nachmittag auf dem Sofa, das ist einer, mit dem man lange im Bett frühstückt und dem man ein Fach im Schrank freiräumt. So was kann sie einfach nicht.

Sie wirft einen letzten Blick auf seine muskulösen Schultern und bewundert es, wie er so lässig an der kleinen Mauer lehnt, dann reißt sie sich los und geht Matthis und der Frau in gebührendem Abstand hinterher.

Sie wünschte, Tilda hätte recht gehabt und sie hätte sich verguckt, hat sie aber nicht. Die Frau mit den weißlila Haaren führt Matthis an der Leine. Vielleicht wirklich eine verlorene Wette? Aber zwischendurch streichelt sie Matthis immer mal wieder über den Rücken und einmal sogar – da zieht sich in Fine alles zusammen – über den Kopf. Und bei einer Wette würde er sie wohl kaum küssen. Noch ein Beweisfoto. Fine hat zwar den Eindruck, dass Matthis sich nicht wirklich wohlfühlt, denn immer wieder wirft er verstohlene Blicke zur Seite. Sie dreht sich dann jedes Mal zu einem Schaufenster, damit er sie nicht entdeckt. Fine verfolgt das merkwürdige Pärchen bis in zwei Seitenstraßen hinter dem Park. Sie war hier schon mal, es ist ein Gewerbegebiet, in dem sie eine Kiste Turnnetze für ein Shooting abgeholt hat.

Und während sie sich umsieht, fällt ihr ein, dass sich hier in dieser Straße ein Gebäude befindet, das Karla ihr und den anderen vor einigen Wochen gezeigt hat: Es ist das Studio, in der Karlas Nackt-Verkupplungsshow gedreht wird. Genau dort gehen Matthis und die fremde Frau hin.

SECHS

Lovecoach-Tipp:
Heute schon verwöhnt worden?
Seien Sie Ihre eigene Liebhaberin, und überschütten Sie sich mit Aufmerksamkeit.

Als Kind hatte Mieze eine Katze, die auch Mieze hieß. Ihre Eltern fanden das niedlich oder witzig, Kind und Haustier mit demselben Namen anzusprechen. Aber Mieze hatte immer ein merkwürdiges Gefühl dabei, obwohl ihre Eltern liebevoll und engagiert waren. Das Gefühl hat sie heute wieder, wenn ihre Frau Noëma spätnachts aus dem Club nach Hause kommt, sich zu ihr ins Schlafzimmer schleicht, unter die Decke kriecht und Miezes Haar küsst. Manchmal schiebt sie ihr die Hand zwischen die Beine und murmelt im Einschlafen noch »Mieze«.

Und manchmal tastet sie unter Miezes Spitzennachthemd, bis sie ihre Brüste gefunden hat, und liebkost ihre Brustwarze, erst ganz vorsichtig, als wolle sie nur ein bisschen spielen, ohne sie zu wecken, aber wenn Mieze sich dann bewegt oder stöhnt, greift sie härter zu und zwirbelt Miezes Nippel, bis die hart und groß werden. Mit der anderen Hand streichelt sie Miezes Hintern, knetet ihn fest wie Teig und krallt ihre Hände hinein, Mieze hebt das obere Bein und zieht es zur Brust, und Noëmas Hand rutscht zu ihrer Möse und massiert ihren Venushügel. Mieze fühlt, wie sie feucht wird und ihre Möse anschwillt, und Noëma fühlt das auch, knetet Miezes Spalte weiter, gleitet aber gleichzeitig mit zwei Fingern in sie hinein. Noëmas Hand bewegt sich wie ein Oktopus in Miezes Möse auf und ab, ihre Finger scheinen überall zu sein, in ihrer Scheide, auf ihrem Kitzler, auf dem Damm, Mieze kann das gar nicht so genau sortieren, was Noëma gerade tut, sie fühlt nur die Lust in sich hochsteigen. Endlich dreht sie sich zu ihrer Frau um, schiebt sich das Nachthemd hoch und spreizt die Beine für Noëmas muskulösen, drahtigen Körper. Noëma stützt sich ab und senkt ihre Möse auf Miezes. Sie sind beide komplett rasiert, und die seimige Nässe vermischt sich, als ihre Fötzchen sich berühren. Noëma presst ihren Unterleib auf Mieze und rutscht vor und zurück. Mieze schlingt die Beine um Noëmas kleinen Po und presst ihre Brüste. Als Noëmas Atem schneller wird, dreht Mieze sie auf den Rücken, spreizt mit den Fingern Noëmas Mösenlippen auseinander und legt den Daumen auf ihre Klit. Kein Kreisen, kein Streicheln, Noëma mag es am liebsten, wenn Mieze ihren Kitzler einfach presst. Sie kommt ganz leise, verzieht nur kurz das Gesicht und ist einen Moment wie weggetreten. Mieze setzt sich rittlings auf Noëmas Oberschenkel und reibt ihren Kitzler an ihrem Bein, während Noëma Miezes volle Brüste massiert und sie beim Höhepunkt so fest in die Nippel kneift, dass

Mieze jault. Mieze rutscht vor Noëma, die sich an ihren Rücken schmiegt und ihre Hand wieder auf Miezes Möse legt. So schlafen sie dann ein, und Mieze hört Noëmas Atem in ihrem Nacken zu, bis sie anfängt zu träumen.

Diese Nächte sind das Schönste und das Schlimmste zwischen ihnen, denn am nächsten Morgen, wenn Noëma auf ihrer Seite vom Bett liegt und ihr schönes Gesicht fremd und ein bisschen hart aussieht, kommt Mieze sich wieder vor wie ein Haustier. Ein geliebtes und oft verwöhntes Haustier, aber eben ein Haustier. Noëma versteht den Stress nicht, sie versteht auch nicht, wieso Mieze gerade an den Morgen, wenn sie nachts nach einer langen Schicht am DJane-Pult leidenschaftlichen Sex hatten, in aller Frühe aufsteht und in der Küche sämtliche Elektrogeräte anwirft, die sie hat. Und Mieze hat viele Küchengeräte. Und von allem das Beste. Sie steht dann mit kunstvoll drapiertem Pferdeschwanz und geschminkt, als würde sie eine Kochsendung moderieren, in der großen Landhausküche, in der sich eine edle Marke an die andere reiht. Selbst einen Weinkühlschrank, in dem sich die Flaschen perfekt temperieren lassen, einen Konvektomaten und einen Dampfgarer hat Mieze angeschafft. Es gibt einen Salamander, Dörr- und Joghurt-Automaten und gleich zwei der besten Küchenmaschinen, die auf dem Markt zu haben sind. Allein das Zubehör für diese beiden Knet-, Rühr- und Hack-Maschinen füllt einen der weißen Hochglanzschränke.

Jetzt laufen beide Rührhaken. Der Backofen heizt vor. Der Wasserkocher brummt. Und Mieze, heute mit elegant geschwungener Haarbanane und gekleidet in ein getupftes Wickelkleid mit dunkelblauer Schürze, steht in ihrer Luxusküche und püriert Früchte. Noëma kommt in Unterwäsche herein, hält die Hände über die Ohren und versucht, einen Blick von Mieze aufzufangen, um ihr klarzumachen, dass sie mit diesem Höllenlärm aufhören muss. Selbst die Espressomaschine wäre für Noëmas Kopfschmerzen schon zu viel, obwohl ein Espresso verführerisch wäre.

Mieze hat sie gesehen, stellt den Pürierstab ab und schaltet den Vollautomaten an, der die Kaffeebohnen mit einem lauten Rasseln mahlt und dann mit dumpfem Dröhnen aufbrüht. Noëma sitzt zusammengekauert auf der Küchenbank, als Mieze ihr ein kleines Tablett hinschiebt, darauf ein doppelter Espresso, eine Brausetablette in einem kleinen Glas und ein Tellerchen mit einigen Biscotti. Noëma will sie zu sich heranziehen, aber Mieze widmet sich wieder ihren Muffins, ihrer Torte, ihrem Stollen oder was sie sonst wieder backt. Endlich, gefühlte Stunden später, Noëma hat sich mühsam durch die harten Mandelkekse gemümmelt, schaltet Mieze die Rührhaken ab und beginnt den Teig in die Formen zu gießen. Große Formen. Offenbar wird es heute etwas Gewaltigeres.

»Schade, dass du gestern Abend zu müde für eine zweite Runde warst«, fängt Noëma das Gespräch an.

Mieze wendet den Blick nicht von ihrem Teigschaber, mit dem sie auch noch den letzten Rest aus den Rührschüsseln kratzt.

»Ich war um zwei im Bett, und um halb vier darf man doch wohl müde sein.«

Noëma nippt am Espresso.

»Die Biscotti sind sensationell. Besser als von Nonna.«

Normalerweise lächelt Mieze, wenn Noëma so was sagt, denn die Großmutter ist in Noëmas sizilianischer Familie die Heilige der Küche, viel gerühmt, nie erreicht. Mieze hat sich in die Herzen der skeptischen Familia gekocht, gebraten und vor allem gebacken. Und als Nonna schließlich anfing, ihr die streng gehüteten Rezepte zu verraten, da gaben auch alle anderen ihren Segen. Mieze denkt gern an ihre Hochzeit zurück, mit Noëmas riesiger Sippe. Tagelang haben sie und Nonna gebacken, bis sie genug Kuchen und Torte für alle zusammenhatten. Der glücklichste Moment der Hochzeit war neben Noëmas Jawort der, als Nonna die fünfstöckige Hochzeitstorte hereinrollte, Mieze zuflüsterte: »Gut gemacht, bella mia«, und Mieze das Gefühl hatte, sie meinte nicht nur den spektakulären Kuchen.

Noëma dippt einen weiteren Biscotto in den Espresso.

»Was lief denn bei dir gestern?«

Mieze stellt die großen Formen in den Ofen und beginnt den Fondant auf einer bemehlten Fläche auszurollen. Nicht ein Stäubchen Mehl haftet an ihrem Kleid. Wenn Noëma in der Werkstatt an ihrem Bike schraubt, ist sie voller Öl, noch bevor sie eine Zange in der Hand hat.

»Ich war im Club.«

Noëma sieht sie überrascht an. Mieze sticht Blumenornamente mit einer Schablone aus.

»In welchem Club?«

»In deinem.«

Noëmas Körper spannt sich an.

»Im Nirwana? Spionierst du mir nach?«

Jetzt dreht sich Mieze doch um. Vor ihrem Busen hält sie eine Schüssel und hebt vorsichtig eingeweichte Gelatine unter das Fruchtpüree.

»Da muss man keine Spionin sein. Du stehst ja sehr sichtbar am Pult. Man kann kaum an dir vorbeisehen. Und an dem Mädchen, das dir um den Hals hängt, auch nicht.«

Noëma setzt an, um etwas zu sagen, aber Mieze hat bereits eine Palette Sahne aus dem Kühlschrank genommen und montiert die Sahnehaken auf die beiden Küchenmaschinen. Gleich wird das Getöse wieder losgehen.

»Ich war nicht wegen dir da. Ich hab Karla zu einem Date gefahren, und sie wollte, dass ich mit reinkomme. Dass ich dich live bei deiner …«, ihr Ton wird spitz, »… bei deiner Arbeit gesehen habe, war eher ein Kollateralschaden.«

Noëma steht auf, geht auf Mieze zu, umfasst sie von hinten, greift ihre Brüste unter der Schürze und küsst ihren Nacken.

»Das war ein Fan. Die kommen manchmal aufs Podest, ich schubse keine Mädchen runter, das ist schlecht fürs Geschäft. Miezemaus, ich liebe dich, du bist die Frau meines Lebens und meine Einzige, aber ich hab dir nie zölibatäre Enthaltung versprochen, nicht mal vor dem Altar.«

Mieze dreht die Knöpfe, und die Quirle setzen sich heulend in Bewegung.

Sie wartet, bis Noëma die Küche verlassen hat, und stützt sich dann auf die Arbeitsplatte (Vollholz mit Spezialimprägnierung und Edelstahlkante, maßgefertigt). Ja, sie wusste, worauf sie sich eingelassen hatte. Noëma war immer so. Sie hatte immer mal kleine Sachen nebenher laufen, wobei sie knutschen und in der Öffentlichkeit fummeln gar nicht als Fremdgehen empfindet.

»Ich komme immer wieder zu dir zurück, mein Cannolo-Röllchen«, sagt sie, wenn Mieze sich beschwert, »nur bei dir bin ich zu Hause. Ich würde nie mit einer anderen leben wollen. Ein paar Minuten im Dunkeln, was ist das denn gegen ein ganzes Leben zusammen? Ich verbringe den Tag am liebsten mit dir, du bist die perfekte Partnerin, du bist der süßeste Muffin, den eine Frau haben kann.«

Manchmal denkt Mieze, dass Noëma unter ihren vier sizilianischen Brüdern der größte Macho ist. Und manchmal kommt sie ihr vor wie ein läufiger Kater, der ständig an der Tür scharrt und raus will. Gib mir Futter und streichle mich, aber sperr mich nicht ein. Fine, Tilda und Karla haben schon recht. Mieze wusste, worauf sie sich einließ, aber sie wollte Noëma. Und sie wollte ein Teil von Noëmas großer, traditioneller, lauter Familia sein. Sie kann nicht verstehen, wieso Noëma das nicht reicht. Meistens ignoriert sie Noëmas Ausflüge, und das geht oft gut, denn Noëma ist diskret, sie achtet gut auf ihr Handy und öffnet diese Sex-App nie in Miezes Gegenwart. Und wenn sie beide zusammen sind, hat sie nur Augen für Mieze und verwöhnt sie und schmeichelt ihr, bis Mieze fast schnurrt vor Glück.

Aber sie gestern im Club live zu sehen, wie sie mit diesem sehr jungen Mädchen rummachte, das war schmerzhaft, so schmerzhaft, dass Mieze heute etwas wirklich Großes und Riskantes backen muss, denn das gibt ihr das Gefühl, dass sie die Kontrolle hat und den Lauf der Dinge bestimmt. Am Herd macht sie die Ansagen, und Teige, Dekorationen und Ganache-Crèmes verhalten sich so, wie Mieze es will.

Mieze hatte Karla kurz nach Mitternacht von zu Hause abgeholt. Karla lachte, als sie auf dem Beifahrersitz einen Korb mit einem Piccolo Sekt und einigen Blaubeercupcakes fand.

»Ich fahr doch nicht zu einem Picknick, ich fahr zum Therapievögeln.«

Sie küsste Mieze auf die Wange.

»Aber hast du heute schon was gegessen, oder warst du zu hibbelig?«

Karla zog schuldbewusst die Augenbraue hoch und nahm sich einen Cupcake.

»Kuchen ist die Lösung für vieles«, dozierte Mieze und startete den Wagen.

An einer Ampel löste Karla den Sicherheitsgurt und öffnete ihren Trench. Sie hatte einen kurzen schwarzen

Faltenrock an und eine durchsichtige schwarze Bluse mit Nippel-Tassles statt BH darunter.

»Meinste, das geht so?«

»Noëma würde dich ficken.«

Karla legte ihr die Hand auf den Arm.

»Es müssen beide glücklich sein«, sagte sie sanft, »du auch. Möglicherweise heißt das, dass du gehen musst. Ich glaube nicht, dass Noëmas Familie den Kontakt zu dir abbrechen würde. Sie wissen doch, wie sie ist. Und sie lieben dich alle.«

»Noëma liebt mich auch«, sagte Mieze und setzte den Blinker.

Karla nickte.

»Das tut sie. Aber vielleicht reicht das nicht.«

Mieze sah sie trotzig an.

»Ich erzieh sie mir schon. Nonna hat das mit ihrem Guiseppe auch geschafft, der war ständig unterwegs, aber sie hat ihn rumgekriegt. Mit Pasta und Polenta, Saltimbocca und Tiramisu.«

Karla biss in den zweiten Cupcake und wischte sich das Topping von der Nasenspitze.

»Das ist der Plan? Noëma mit Zuckerguss und Fondant zukleistern, bis sie zu Hause bleibt?«

Mieze wechselte das Thema. Sie hatte eine Idee, aber die wollte sie für sich behalten, sie war sich auch noch nicht sicher, ob sie das wirklich durchziehen würde.

»Was ist denn dein Plan heute Abend? Reingehen, Match finden, ficken, Matthis vergessen?«

Karla nickte und nuschelte mit vollem Mund.

»Ganz genau.«

Mieze sah sie zweifelnd an und hielt vor dem Club.

»Du bist die Fachfrau.«

Eigentlich hatte Mieze ihre Freundin nur absetzen wollen, aber dann blieb Karla, auf den Beifahrersitz gekauert, hocken und klammerte sich am Picknickkorb fest.

»Angst, dass du gleich einen Serienkiller kennenlernst?«

Karla schüttelte den Kopf. Ihre Augen schimmerten feucht.

»Ich habe seit Ewigkeiten keinen anderen Mann als Matthis gehabt. Ich kann mir das gar nicht vorstellen.«

»Abgesehen von deinen Kunden, die Spezialbehandlungen kriegen.«

Karla putzte sich geräuschvoll die Nase.

»Das ist was anderes. Das ist ja therapeutisch.«

»Das hier ist auch therapeutisch. Außerdem …«, Mieze zögerte, »… außerdem hat Fine heute Matthis in der Stadt gesehen. Er hat eine viel ältere Frau geküsst. Und er hatte ein Hundehalsband um.«

Karla starrte sie an. »Verarschst du mich?«

Mieze schüttelte den Kopf. »Das hat Fine gesagt. Neigt er zu so was? Gassi geführt werden, strenge Erziehung, Stöckchen apportieren?«

Karla sah sie immer noch fassungslos an.

»Nein! Wobei: Was weiß ich schon? Wir haben nie darüber gesprochen.«

Eine Weile saßen sie stumm da.

Schließlich gab Mieze Karla einen kleinen Schubs.

»Na los, Dottoressa Amore, wär doch schade, wenn du dir die scharfen Dinger umsonst auf die Nippel geklebt hättest. Soll ich mit reinkommen?«

Karla nickte, gab sich einen Ruck, und beide stiegen aus.

Sie mussten ihr Match nicht lange suchen. Mutanten-Boy wartete bereits an der Garderobe und pfiff anerkennend, als Karla ihren Trench öffnete. Mieze wartete, bis Karla mit dem Date in der hüpfenden und zappelnden Menge verschwunden war, und wollte eigentlich direkt wieder gehen. Aber da sah sie Noëma an ihrem DJane-Pult. Und neben ihr ein Mädchen, das im Rhythmus der Musik wippte, während ihre nackten Brüste auf und ab hüpften. Und Noëma – die eine Hand lässig am Regler, die andere unter dem Rock dieses Mädchens. Mieze war sich sofort sicher, dass sie auch keinen Slip trug, wenn sie schon ohne Oberteil tanzte. Und sie stellte sich vor, wie Noëmas Finger in dem Fötzchen dieses Groupies steckten, wie sie ihr den Kitzler rieb oder an ihrem Mösenhaar zupfte, während ihr Mösensaft über die Hand lief. Vielleicht fickte Noëma sie passend zu den Beats, vielleicht hatte sie mehrere Finger im Fötzchen und drehte die Hand in ihr, so macht sie es mit Mieze, bevor sie sie leckt. Mieze wollte nicht hinsehen und starrte sie dennoch wie hypnotisiert an. Noëma beachtete das Mädchen gar nicht weiter, sie lachten nicht miteinander oder riefen sich über die Musik hinweg Dinge ins Ohr. Noëma konzentrierte sich auf ihre Turntables und Regler und auf die unter ihr zuckende und springende Menge, und das Mädchen tanzte und nippte ab und zu an seinem Drink. Vielleicht bekamen die anderen gar nicht mit, dass sie sich von der DJane vor allen Leuten die Möse fingern ließ. Vielleicht war das hier so üblich: »Hey, ich bin die Mandy, magste mir das Fötzchen ficken? Guck mal, ich hab keinen BH an, und 'nen Slip trag ich auch nicht, fass mir einfach zwischen die Beine und besorg's meiner kleinen Klitti.« Mieze stürmte aus dem Club, sie wollte sich das keinesfalls länger antun. Aber noch auf der Rückfahrt kreisten ihre Gedanken immer wieder um dieses Bild: Noëmas Hand unter dem Rock dieses Mädchens. Um sich zu beruhigen, sagte sie sich Backrezepte vor. Sizilianischer Orangenkuchen. Vier Eier, hundertzwanzig Gramm Zucker, zwei Orangen, eine Zitrone, hundertfünfundzwanzig Gramm gemahlene Haselnüsse, Mandelblättchen, fünfundzwanzig Gramm Mehl und Nonnas Geheimzutat: ein Schuss Cointreau. Was hatte sie Karla eben noch gesagt? Kuchen ist die Lösung für vieles. Mieze dachte über ihren Plan nach. Sie grübelte seit Tagen, aber eigentlich lagen ihr solche taktischen Spielchen nicht. Sie fand, dass Liebe im Grunde ganz einfach ist: Beide wollen nichts anderes und geben ihr Bestes, dann klappt das schon. Das hatte sie doch verdient! Und auch Karla hatte es verdient, glücklich zu sein oder wenigstens zu wissen, was mit Matthis los war.

Mieze hielt am Straßenrand und öffnete eine E-Mail, die sie vor zwei Tagen bekommen hatte.

Sehr geehrte Frau Esposito, Ihre Homepage und die Angebote Ihres Konditorei-Caterings haben uns sehr angesprochen. Wir sind eine kleine TV-Produktionsfirma und starten in Kürze mit einem neuen, innovativen Format (siehe Anhang). Wir suchen noch jemanden, der uns für die Nachmittagsdrehs ein Kuchen- und Sandwich-Catering für unsere Kandidaten und die Crew liefert (Termine siehe Anhang) und Motto-Torten und themenbezogenes Backwerk für die Sendung herstellt (Details nach Briefing). Bei Interesse melden Sie sich bitte umgehend.

Eigentlich hatte sie ablehnen wollen, denn die Bezahlung, die ganz am Ende des Anhangs stand, belief sich gerade mal auf ihre Unkosten und ein Taschengeld. Und das, was Karla von der Show bisher erzählt hatte, fand Mieze auch nicht gerade verführerisch. Lauter Nackte, die im Fernsehen herumhüpfen und live Sex haben, wobei sie angeblich die große Liebe suchen. Die große Liebe war für Mieze eine heilige Sache, sie glaubte daran, und so ein Trash-Format machte die Menschheit sicher nicht beziehungsfähiger. Aber dann klickte sie auf Antworten und sagte zu. Einfach so. Ohne zu verhandeln.

Dabei war sie eigentlich eine harte Geschäftspartnerin. Aber mit diesem Catering-Auftrag schlug sie zwei Fliegen mit einer Klappe: Erstens konnte sie unauffällig bei den Filmleuten herumspionieren, was Matthis bei dieser Produktion trieb, und zweitens konnte sie Unmengen backen. Und das passte ihr gut, denn abgesehen davon, dass Backen ihr Leben war, würde es Noëma so gar nicht auffallen, wenn sie die eine oder andere Torte zusätzlich herstellte. Gleich am nächsten Morgen würde sie loslegen.

Und diese übrigen Torten, die nicht für das Catering bestimmt waren, hatten mit Noëma und ihrer zukünftigen Treue zu tun.

Mieze atmete tief durch. In ihrem kleinen Wagen war es stickig geworden, sie ließ die Scheibe hinunter.

Jetzt blieb ihr nur noch eine Sache zu tun.

Sie installierte die Lovecoach-App und meldete sich an. Sie beantwortete die vielen Fragen nach ihren erotischen Vorlieben, wobei sie darauf achtete, Noëmas Geschmack zu treffen, wählte als Profilbild erst eine Katze, fand es dann aber zu offensichtlich und änderte es in eine Zimtschnecke. Beim Benutzernamen überlegte sie eine Weile. Alles, was mit Backen zu tun hatte, würde Noëma sofort stutzig machen. Schließlich gab sie *MademoiselleChou* ein. Mieze speicherte alles, startete den Wagen und drückte aufs Gas. Sie lächelte zufrieden. Noëma würde in ihre süße, klebrige Liebesfalle tappen.

SIEBEN

Lovecoach-Tipp:
Simplify your Sexlife, weg mit allem Ballast.
Für Ihre Reise brauchen Sie nur Ihre
schmutzige Fantasie. Und Kondome.

An der Garderobe hatte Karla noch Miezes Hand gehalten, aber nachdem sie ihr Lovecoach-Match getroffen und ihren Mantel ausgezogen hatte, war ihre Freundin plötzlich verschwunden.

Karla ließ sich von MutantenBoy auf die Tanzfläche ziehen. Beide versanken in den Wellen aus springenden und zappelnden Körpern. Sie passten sich dem Rhythmus an, der direkt aus dem Boden durch ihre Knochen zu gehen schien, und hüpften im Takt der harten Technobeats, die Noëma auflegte, wie Karla mit einem Seitenblick feststellte. Noëma stand oben auf dem Podest, als wäre sie die Hohepriesterin, und ließ die Menge tanzen. Obwohl Karla nicht die leidenschaftlichste Tänzerin war, weil sie zu viel darüber nachdachte, was ihre Füße machten und sie sich dann gegenseitig in die Quere kamen, war sie froh, dass MutantenBoy nicht die Bar angesteuert hatte. Was sollte sie denn auch besprechen mit einem

Fick-Date? »Und, fickst du öfter hier?«, »Hab ich dich nicht schon mal gefickt?« oder »Was fickst du sonst so?«. Oder ganz sachlich die Praktiken und Regeln abgleichen? »Rimming nicht vor dem dritten Date und nur mit Lecktuch.« Dann doch lieber tanzen. Körpersprache war ja auch etwas Schönes. Etwas sehr Schönes sogar, wie Karla bald feststellte, denn MutantenBoy knöpfte sein Hemd auf und tanzte nah an sie heran. Sie roch sein orientalisch schweres Parfum und strich mit den Fingerkuppen über seine haarlose Brust. Er umfasste sie mit einem Arm, schob ein Bein zwischen ihre Beine, die sie öffnete, soweit es ihr enger Rock zuließ. Seine Hand fuhr auf ihrem Rücken unter ihre Bluse, und als er sich vorbeugte und sie seiner Bewegung folgte, hielt er ihren Oberkörper und strich mit der anderen Hand über ihre Hüfte. Sie schmiegten sich eng aneinander und tanzten viel langsamer als die anderen, aber niemand beachtete sie. Die meisten hatten die Augen geschlossen und starrten verzückt in das grelle Stroboskop-Licht. Nur ein Mann an der Bar ließ sie nicht aus den Augen, er hatte graue Schläfen und trug ein Amulett an einem Lederband um den Hals. Karla kam er bekannt vor, aber dann vergaß sie ihn, denn MutantenBoys Finger tasteten über ihren Bauch hoch zu ihren Brüsten und zupften an den schwarzen Tassle-Pads. Der leichte Schmerz durch die Klebeschicht kribbelte und war gleichzeitig so lustvoll, dass Karla sich auf die Lippe biss und die Augen schloss. Sie genoss es, wie er die Pads immer wieder ein Stückchen löste und dann fest auf ihre Nippel drückte. Sein Knie war so weit zwischen ihre

Oberschenkel vorgedrungen, wie es der enge Rock zuließ. Sie ging leicht in die Knie und zog ihn ein Stückchen hoch, sodass sie ihre Möse an seinem Bein reiben konnte. Sie wünschte sich, sie hätte etwas Weiteres angezogen. Auf der anderen Seite war es gerade spannend, dass nicht alles möglich war, und sie fragte sich auch, ob sie wirklich hier in der verschwitzten, stampfenden, veitstanzenden Menge gefickt werden wollte. Dann hörte sie endlich auf, über irgendetwas nachzudenken, schloss die Augen und konzentrierte sich auf das Gefühl, das der Druck seines Beins in ihrer Möse verursachte. An ihrer Leiste konnte sie seinen harten Schwanz fühlen. Sein Oberkörper nahm ihren in der Bewegung mit, und so kreiselten sie über den Betonboden. Irgendwann riss er die Tassles endgültig von ihren Nippeln ab, der leicht brennende Schmerz schoss ihr ins Gehirn, wurde aber gleich überdeckt von einer neuen Empfindung: Er hatte sein Becken etwas von ihrem gelöst und eine Hand bis zu ihrem Spitzenslip geschoben. Ein Finger drang weiter vor und schaffte es bis zu ihrem Möseneingang. Sie fühlte, wie nass sie war und dass er sie jetzt von ihr aus auch hier auf dem Dancefloor ficken dürfte. In ihrer Möse machte sich ein Ziehen breit, und sie stellte sich vor, wie sein harter Schwanz in sie eindringen würde, ganz tief, bis sie seine Eier am Möseneingang spüren konnte. Schwindlig vor Geilheit, trat sie einen Schritt zurück, drehte sich um und zog ihn von der Tanzfläche. Er blieb dicht hinter ihr und knetete ihre Brüste, während sie sich einen Weg durch die zuckenden Tänzer bahnten.

Nach den dröhnenden Bässen von oben war die Stille draußen auf dem Parkplatz fast schmerzhaft. In Karlas Ohren stach ein Fiepen bis tief in den Kopf, sie massierte sich die Schläfen, um es zu vertreiben. Die weite betonierte Fläche, auf der die Autos dicht nebeneinanderstanden, war gespenstisch erleuchtet. Strahler schnitten Kegel grellen weißen Lichts aus der Schwärze. Karla drehte sich zu MutantenBoy um und fühlte augenblicklich seinen Mund auf ihrem. Sie verschlangen ihre Zungen, und er hob sie hoch, bis sie rittlings auf ihm saß, die Beine um seine Taille geschlungen. Er trug sie bis zu einem Wagen, der etwas abseits geparkt war. Auf der Heckklappe klebte ein Bild von einem Oktopus, der einen Computer umschlang, darüber stand *Datenkrake? Nein Danke!*

Karla klopfte auf das Blech.

»Ein Datenschützer, genau richtig für Lovecoach. Ich will ja nicht spoilern, aber: Die wissen alles über uns.«

MutantenBoy zuckte mit den Schultern und zerrte ihr die Bluse von den Brüsten.

»Der Wille ist stark, aber das Fleisch ist schwach.«

Sie griff ihm in den Schritt und massierte seinen harten Schwanz.

»So schwach kam mir das Fleisch da drinnen gar nicht vor.«

Sie küssten sich leidenschaftlich, und er drückte sie mit seinem Gewicht auf die Motorhaube. Karla zog ihren Rock hoch und hob den Hintern an, damit er ihr den Slip runterstreifen konnte.

Sie drehte den Kopf – und da war er wieder, der Mann aus dem Club. Er lehnte an einem roten Cabrio einige Reihen entfernt, das sich direkt unter einem der Strahler befand.

Das schwarze Hemd, die Lederhalskette mit dem Amulett, die grauen Schläfen. Sie war sich ganz sicher, dass sie ihn kannte, wusste aber nicht, woher. Einer ihrer Kunden? Sie kramte in ihrem Gedächtnis herum. Es war wirklich nervtötend: An Gespräche konnte sie sich noch Jahre später im Wortlaut erinnern, aber Gesichter verschwanden fast immer hinter den Geschichten. Sie versuchte, über das Gefühl, das der Mann in ihr auslöste, an ihn heranzukommen. Er war ihr sympathisch, sie wusste auch, dass sie ihn nicht gut kannte, vielleicht hatte sie ihn nur ein einziges Mal getroffen. Und sie überlegte, ob er etwas mit Matthis zu tun hatte, aber weiter drang sie nicht vor. Bevor sie diesen Erinnerungszipfel zu fassen kriegte, rief MutantenBoy laut: »Hey, Spanner, verpiss dich!«, und der Mann mit den silbernen Schläfen verschwand in der Dunkelheit. Sie hörte seinen Schritten nach, war sich aber irgendwie sicher, dass er in der Nähe bleiben würde. Egal, sollte er ruhig zusehen.

MutantenBoy küsste ihren Hals und öffnete seine Hose, die er einfach runterfallen ließ, dann zog er sich schnell ein Kondom über. Karla spreizte die Beine, er drückte seine Eichel an ihren Muschieingang, sein Schwanz glitt ein kleines Stück in sie hinein. Sie atmete schneller und zog ihn über sich, damit sein Schwanz sie ganz ausfüllen konnte.

»Ich würde dich gern von hinten in die Pflaume ficken«, sagte er zwischen zwei Küssen, und Karla drehte sich auf der Motorhaube um, legte sich so auf das kühle Metall, dass ihre Klitoris über ihren Fingern lag, und reckte ihm ihren Hintern entgegen. Er spielte mit seinem Schwanz zwischen ihren Arschbacken.

»Steck ihn mir endlich rein«, befahl Karla, und er spreizte mit den Daumen ihre Mösenlippen weit auseinander und glitt in ihre nasse Möse. Karla schluchzte auf. Er schob ihn erst langsam in sie und zog ihn wieder raus, dann wurde er schneller. Karla krümmte die Finger, sodass ihre Klit bei jedem Stoß massiert wurde, und fühlte, wie das kalte Material unter ihr an ihren fast wunden Brustspitzen rieb. Er fickte sie jetzt so heftig, dass ihre Körper gegeneinanderklatschten und beim Herausziehen ein schmatzendes Geräusch entstand. Bald fühlte sie ihren Orgasmus zünden wie ein Feuerwerk, sie explodierte, schrie vielleicht auch, so genau konnte sie das hinterher nicht mehr sagen, und genoss seine letzten harten Stöße durch ihren Höhepunkt hindurch. Als er gekommen war, blieb er noch einen Moment in ihrer Möse und zog ihn dann langsam heraus. Karla fühlte sich schläfrig, aber MutantenBoy war voller Energie, raffte die Hose wieder hoch und zeigte in Richtung des Clubs.

»Gehen wir was trinken und tanzen noch mal?«

Aber Karla hatte für heute genug Nachtleben. Sie steckte ihren feuchten Slip in die Tasche, ordnete ihre Kleidung und winkte ab.

»Geh ruhig, ich bleib noch ein bisschen hier und ruf mir dann ein Taxi.«

»Sicher?«

»Ganz sicher.«

Sie wollte gern ein bisschen allein sein, und weiter hinten stand Security, und eine größere Gruppe stieg aus einem alten Van, sie fühlte sich beschützt und träumte noch ein bisschen, auf der Motorhaube sitzend, mit baumelnden Beinen.

Auf Parkplätzen wie diesen hatten Matthis und sie früher oft die Wochenenden verbracht. Sie hatten fast ein ganzes Jahr Flohmärkte genutzt, um etwas dazuzuverdienen. Samstagmorgens waren sie in aller Frühe aufgebrochen, hatten das Auto vollgeladen mit Matthis' Zeichnungen und ihren Beziehungstipps, die sie auf zartlila Papier gedruckt nach Themen sortiert anbot. Außerdem verkauften sie Exemplare von dem Tittenmagazin, für das Karla die Ratgeberkolumne schrieb. Und manchmal steuerte Mieze selbst gebackenen Kuchen bei, oder Fine verhökerte die ersten Werbeprodukte, die damals bei ihr eintrudelten. Karla erinnerte sich gern an diese Zeit. Unter der Woche besichtigte sie Räume für ihre Liebeskummerpraxis, arbeitete an ihrem Businessplan und an dem Konzept, mit dem sie ihren Klienten helfen wollte. Später kaufte sie gebrauchte Möbel oder kleine Einrichtungssachen wie das Muschelwindspiel oder den Sitzsack. Abends beim Essen sprach sie mit Matthis über ihre Ängste, sich selbstständig zu machen, oder sie übte mit ihm Beratungsgespräche. Matthis zog sich dann eine blaue Perücke über, saß breitbeinig mit Ruhrpottakzent vor ihr und schilderte, wieso er verlassen worden war, und Karla versuchte, ihr Konzept zu vervollkommnen. Den Kunden stabilisieren, damit er die Trauer zulassen, Abschied nehmen und den Fokus auf die eigene Person lenken kann, ihn motivieren, etwas zu verändern, ihm vor Augen führen, was alles auf ihn wartet, ihn zurück ins Leben schicken. Auch die Idee von den zehn ersten Malen war damals entstanden. Die Anfangsphase in der Praxis war schwierig. Ab und zu kamen zwar Kunden, aber Karla arbeitete weiter freiberuflich für die Zeitschrift und verzweifelte manchmal, weil sie sich nicht mehr sicher war, ob der Weg in die Selbstständigkeit die richtige Entscheidung gewesen war. Aber Matthis hatte sie immer unterstützt. Und als er dann einen festen Job in einer Pharmafirma angeboten bekam, deren Medizinbroschüren er illustrieren sollte, wurde vieles einfacher, und sie konnten sich sogar einen Urlaub leisten.

Sie fuhren in ein Berghotel, rundherum nur schneebedeckte Gipfel und weite grüne Wiesen mit Rindern. Morgens wurden sie von dem Geläut der Kuhglocken geweckt, und wenn sie den ganzen Tag in der Sauna verbracht hatten oder durch die Wälder gelaufen waren, fielen sie abends todmüde ins Bett. An einem Tag bequatschte er einen Senner, eine der riesigen hellbraunen Kühe von der Almwiese in den Stall zu bringen, damit Karla, die Angst vor den gewaltigen Tieren hatte, sich mit ihr anfreunden und sie streicheln konnte. Bis dahin war Karla auf den Wanderungen immer verspannt gewesen, wenn zwischen ihnen und einer Kuhherde nicht mindestens ein Gatter oder ein Zaun gewesen war. Sie hatte keine Ahnung, wie Matthis den grantelnden Senner überzeugt hatte. Als sie vor der Box stand, Matthis' breite Brust an ihrem Rücken spürte und sie vorsichtig die Hand ausstreckte, um die blonden Locken der eigentlich ganz freundlichen Kuh zu streicheln, da hatte sie sich beschützt gefühlt. Matthis stand einfach immer hinter ihr und sorgte dafür, dass sie die beste Version von sich sein konnte.

Und dieser Matthis, dieser großzügige, herzliche, sensible Mann, den sie so gut kannte und mit dem sie schon so endlos viele schöne Erlebnisse geteilt hatte, der ließ sich nun irgendwo in der Stadt am Hundehalsband herumführen? Karla versuchte, all ihr Fachwissen über Beziehungen anzuwenden und allen gesunden Menschenverstand, aber sie begriff es nicht. Konnte es sein, dass er erpresst wurde? Zwang ihn jemand, sich von ihr fernzuhalten und sich erniedrigen zu lassen? Oder gab es wirklich Winkel in seinem Inneren, die sie nicht kannte?

Sie erinnerte sich plötzlich an ein Bild aus dem Super-Suzy-Comic, auf dem ein Mann, an Händen und Füßen gefesselt, in einer Art Kerker zu sehen war. Er hatte den Kopf unnatürlich nach hinten verrenkt, weil ein Strick seinen Hals mit den Beinen verband. Sein Gesicht war eine Mischung aus Qual und … Karla überlegte … war da auch Lust in seinen weit aufgerissenen Augen gewesen? Sie versuchte, sich diese Zeichnung genau ins Gedächtnis zu rufen, aber sie sah nur verschwommene Bilder. Damals war es eindeutig für sie gewesen, dass der arme Mann offensichtlich litt und gerettet werden musste. Super-Suzy stand mit ihrem pochenden strahlenden Herz auf der Brust vor ihm und zersprengte seine Fesseln mit einem Kuss, den er als Narbe auf dem Hals zurückbehielt. Wie war der Comic ausgegangen? Hatte sich schließlich eine Liebesgeschichte zwischen dem Gefesselten und Suzy entwickelt? Sie wusste es nicht mehr.

Jemand hielt ihr eine offene Zigarettenschachtel vor die Nase. Erschrocken fuhr sie hoch und sah Noëma neben sich stehen. Ihre kurzen schwarzen Haare waren zu Igelstacheln hochgegelt, und ihre knappe schwarze Bikerjacke verdeckte kaum ihre Nippel.

Noëma zündete eine Zigarette an und gab sie ihr. Karla rauchte selten, aber jetzt war sie froh und nahm einen langen Zug.

»Klappt das mit den Vergissmich-Ficks?«

Ihre Stimme war heiser, und ihre fast schwarzen Augen beobachteten Karla genau.

»Hat Mieze es dir erzählt?«

Noëma zündete sich selbst auch eine Zigarette an, inhalierte den Rauch tief und nickte.

»Sie macht sich Sorgen um dich. Alle deine Mädels machen sich Sorgen.«

Karlas Augen wurden feucht.

»Sie sind meine Familie. Du hast echt Glück, dass du Mieze hast. Jemanden, der einen liebt, mit dem man eine perfekte Beziehung führt und der zu einem gehört, der einen ganz und gar kennt.«

Noëma unterbrach sie mit einer Handbewegung.

»Niemand kennt einen anderen Menschen ganz. Und keine Beziehung ist perfekt.«

»Matthis' und meine schon.«

Noëma sah sie so durchdringend an, dass Karla dem Blick kaum standhalten konnte.

»Dann wäre er nicht gegangen, nicht auf diese Weise.«

Karla zuckte zusammen und wich zurück, als hätte Noëma sie geschlagen.

»Was willst du damit sagen?«

Ihr Hals war rau und brannte, und sie wusste, dass das nicht nur vom Rauchen kam.

Noëma rutschte neben sie auf die Motorhaube und stützte sich mit den Stiefeln auf einem Rad ab.

»Ich kenn euch ja nur von Partys und Pärchenabenden und wenn wir alle was zusammen gemacht haben.«

»Aber?«

Jetzt war Karla wirklich gespannt, und Angst hatte sie auch.

»Aber es ging schon meistens um dich, oder?«

Karla sprang von der Motorhaube und sah Noëma angriffslustig an.

»Wie bitte?«

Noëma pustete den Rauch lange aus.

»Na ja. Du wolltest unbedingt in diese Wohnung ziehen, obwohl Matthis eigentlich ein Arbeitszimmer gebraucht hätte, aber er hat seinen Zeichentisch ins Wohnzimmer gestellt, damit ihr beide endlich zusammen sein konntet.«

»Ich musste bei der Wohnung auch Kompromisse eingehen!«

Noëma nickte bedächtig.

»Dann hast du beschlossen, dich selbstständig zu machen mit der Praxis. Keiner wusste, ob die laufen würde. Ihr habt jedes Wochenende auf diesen Flohmärkten gestanden, obwohl Matthis es gehasst hat, wenn Leute mit klebrigen Fingern seine Grafiken durchgeblättert haben.«

Karla überlegte. Stimmte schon, Matthis war kein begeisterter Verkäufer.

»Aber wir konnten das Geld gut brauchen, bis Matthis seinen Job bekam.«

Noëma schnippte mit den Fingern, während die Zigarette in ihrem Mundwinkel klemmte.

»Ja, dieser Job, ich erinnere mich. Hast du mal überlegt, was der für Matthis bedeutet hat?«

»Geld?«

Karla scharrte trotzig mit der Fußspitze auf dem Betonboden und fragte sich, worauf Noëma hinauswollte.

»Ich meine: Matthis ist eher ein Künstler als ein Grafiker. Er hat Preise bekommen während des Studiums, und dann zeichnet er Bakterien und Blutplättchen für eine Pharmafirma?«

Karla schwieg. Sie wusste nicht, was sie sagen sollte. Matthis hatte sich nie beschwert. Er hätte doch was gesagt, wenn es wirklich ein Problem gewesen wäre. Sie hatten über alles miteinander geredet. Oder etwa nicht?

Noëma hatte noch etwas. Während sie die Zigarette auf dem Boden ausdrückte, sagte sie: »Und was ist mit seiner Superheldin? Die Geschichte ging offen aus. Suzy war gefangen worden und hing in einer Art Foltermaschine fest. Da war doch wohl eine Fortsetzung geplant. Die ist nie erschienen, oder? Und ich wette, Matthis hat sie nie gezeichnet. Wohl kaum, wenn er den ganzen Tag an Schweißdrüsenbildern hockt. Nichts für ungut, Süße.«

Sie küsste Karla auf die Wange und ging mit ihrem schleppenden Raubtiergang zurück zum Club.

Karla stand wie angewurzelt da, bis die glühende Zigarette ihr die Finger verbrannte. Sie versuchte sich verzweifelt an dieses Bild zu erinnern. Super-Suzy in einer Foltermaschine? Das müsste sie doch wissen, sie hatte den Comic mehrmals durchgeblättert. Aber so sehr sie es auch versuchte: Sie kam nicht weiter als bis zu den weit aufgerissenen Augen des gefesselten jungen Mannes, den Suzy freiküsst.

ACHT

Lovecoach-Tipp:
Be bossy, Baby! Holen Sie sich, was Sie brauchen. Wer Ihnen nicht zuhört, wird von der Bettkante geschubst.

Support
»Lovecoach, die App für mehr Lust im Leben, was kann ich für dich tun?«

Fine
»Hallo. Mein Benutzername ist FeinFrankstone, und meine liebste Sexstellung ist der Lotussitz mit viel Gleitgel. Ich habe jetzt die Version mit dem roten L, aber ich fliege trotzdem dauernd aus der Lounge, wenn ich da jemanden treffen will.«

Support
»Beim Live-Dating würde das nicht passieren. Ich mein ja nur. Wenn man sich live trifft, wird nicht plötzlich alles schwarz. Da kann es höchstens passieren, dass das Date nicht kommt.«

Fine
»Du bist das! Wir waren verabredet neulich.«

Support
»Du hättest auch einfach sagen können, dass du nicht auf mich stehst. Das ist okay. Ich bin nicht so verzweifelt, dass ich mich gleich vor 'ne U-Bahn werfe, wenn eine Frau nichts von mir will. Aber doof rumstehen ist nicht so klasse.«

Fine
»Ich war ja da, aber …«

Support
»Du warst nicht da. Und ich weiß das, weil ich sehr lange da war. Aber du rufst wegen eines technischen Problems an. Hast du, nachdem du die Version mit dem roten L aufgespielt hast, in deinen Einstellungen wieder eingewilligt, dass du den kostenpflichtigen Loungebereich nutzen möchtest?«

Fine
»Ähhh …«

Support
»Das musst du jedes Mal machen, wenn du die App neu lädst. Einfach Häkchen setzen und Lastschriftverfahren erneut bestätigen. Viel Spaß in der Lounge mit Lovecoach, die App für mehr Lust im Leben.«

Fine

»Danke. Warte! Hallo? Hallo?«

NEUN

Lovecoach-Tipp:
Erotik ist ein Menü,
genießen Sie jeden Gang,
vom Amuse-Bouche
bis zum Dessert.

Das Gutshaus ist noch dunkel, aber die ganze Kommune ist schon auf den Beinen. Vor dem Sonnenaufgang werden keine Lampen angezündet, Tildas Gruppe glaubt, dass das erste Licht des Tages etwas Echtes sein muss, damit es auch das Innere berührt und erhellt. Man soll den jungen Tag langsam und natürlich erwachen lassen, elektrisches Licht würde ihn erschrecken und seine spirituellen Kräfte mindern. In dieser Woche ist Schwestermagd Milena die Obere, nur sie hat eine Uhr. Sie weckt das nächste Zimmer, und so geht es reihum, bis alle wach sind und sich im Dunkeln waschen und für den Tag bereit machen. Eine kleine Gruppe, zu der Tilda gehört, ist für den Küchendienst eingeteilt, sie kümmern sich um das Frühstück und füttern die Hühner, die anderen meditieren im Versammlungsraum. Nachdem Tilda die großen Kannen Kaffee aufgebrüht, die Milch erwärmt, das

Müsli bereitgestellt und Brot, Käse und Obst auf dem Tisch verteilt hat, schließt sie sich der Morgen-Meditation an.

Heute ist ein besonderer Tag. An einem siebzehnten Juli vor vielen Jahren wurde der Kaufvertrag für das Gutshaus unterschrieben, und die erste Gruppe zog ein. Seitdem feiern sie dieses Jubiläum mit den Sommerfeuern. Drei Tage lang wird von zwölf Uhr mittags bis zum Mittag des übernächsten Tages getanzt, musiziert, gegessen und vor allem der Körper verschenkt. Jeder schenkt jedem seinen Körper als Zeichen dafür, dass sie alle eins und alle Teil der Natur und des Kosmos sind. Sie feiern die Schönheit und die Kraft, die Lust und die Ekstase. Ein Bruderknecht hält einen kleinen Vortrag über die Anfänge der Gruppe und die Entwicklung, die sie genommen hat, wie sie zunehmend autark wurde und sich heute fast ganz aus der eigenen Landwirtschaft ernährt. Seit sie Kollektoren auf dem Dach haben, erzeugen sie sogar ihren Strom selbst, und der Bruderknecht berichtet von den Plänen, den Brunnen im Hof wieder nutzbar zu machen und das Abwasser künftig zum Heizen zu verwenden.

Die Gruppe ist nicht gegen moderne Technik, auch Medizin und Maschinen verwenden sie, wo es sein muss, aber die Mitglieder wollen, dass alles echt ist, anfassbar und begreifbar. Das Internet und was damit zusammenhängt, lehnen sie ab. Keine GuckBook-Freunde, keine PicPlay-Follower, keine Apps, keine Onlinenachrichten, keine Virtual Reality, kein Second Life, keine

E-Mails oder Chats. Und vor allem natürlich kein Internetsex.

Sexualität ist etwas Heiliges, dessen Energie aufgespart wird, bis es sich an den drei Tagen der Sommerfeuer Bahn bricht. Tilda lächelt in sich hinein, als der Bruderknecht über die Freuden der Enthaltsamkeit und den Gewinn der Keuschheit für die Gruppe spricht, denn sie weiß, dass sich gar nicht so selten nachts die schweren Holztüren im Gutshof öffnen und die eine oder andere Schwestermagd über den Flur huscht.

Schon einige Male ist sie fast mit jemandem zusammengestoßen, als sie nachts von einem Ausflug zur alten Eiche zurückkam. Und als sie Bruderknecht Frieder in der Küche erwischte mit einer Hand voller Butter, da war auch klar, dass er sich keinen mitternächtlichen Snack zubereiten wollte, ebenso wenig wie die Schwestermägde, die gern mal eine gut gewachsene Mohrrübe oder Zucchini vom Feld mit in ihre Zimmer nehmen.

Aber heute muss niemand auf so etwas zurückgreifen, denn ab zwölf Uhr fallen alle Kutten, Kittel und Hemmungen. Tilda rutscht auf ihrem Meditationsschemel hin und her, sie ist jetzt schon ganz feucht, und an den roten Wangen der anderen, ihren glänzenden Augen und dem Lachen, das sich immer wieder Bahn bricht, merkt sie, dass die ganze Gruppe das Gleiche fühlt. Es ist ein großes Fest, das sie heute feiern. Und es gibt noch jede Menge zu tun. Tilda wird den Vormittag in der Küche zubringen, denn ab zwölf soll möglichst niemand mehr arbeiten, und das für drei Tage, was bedeutet, dass alles vorbereitet werden muss. Sie werden Brote und Kuchen und Suppen bereitstellen. Tilda muss lächeln, als sie an die zwei Dutzend Obstbleche und Gugelhupfe denkt, die bereits im kühlen Vorratsraum warten. Mieze würde wahrscheinlich einen Back-Orgasmus bekommen, wenn sie so viel rühren, kneten und belegen dürfte. Sie stellt sich die Freundin perfekt geschminkt, frisiert und angezogen wie eine Dame aus den Fünfzigern in ihrer passenden Schürze vor, wie sie im Gutshof herumwirbelt und Sahne schlägt, während um sie herum Schwestermägde Bruderknechten einen blasen oder in allen möglichen Stellungen gefickt werden, Schwestermägde, die anderen Schwestermägden die Muschi lecken oder sie fingern, Bruderknechte, die sich gegenseitig einen hobeln oder ihren Schwanz in die Ärsche anderer Bruderknechte stecken. Und Mieze dazwischen mit ihrem freundlichen Lächeln, während sie Dinge sagt wie: »Das Mehl zuerst sieben, dann die Eier hinzugeben. Und schön schaumig schlagen.«

Tilda sieht verstohlen nach draußen, während die anderen die Köpfe gesenkt halten und murmelnd den großen Lobgesang auf die Sonne und ihre Kraft aufsagen. Es wird schon ein bisschen heller. Es ist ein Glücksfall, dass sie Küchendienst hat, da kann sie sich früher verabschieden. Bevor sie aus dem Versammlungsraum huscht, nickt sie Schwestermagd Milena zu, die missmutig, aber zustimmend zurücknickt, während sie den Gesang der Freude und der Allmacht der Natur anstimmt. Tilda stellt den Herd auf eine ganz niedrige Flamme, damit der Haferbrei nicht anbrennt, und läuft, geschützt von der Morgendämmerung, zum Schuppen.

Die nächsten drei Tage wird sie nicht dazu kommen, ihre Nachrichten abzufragen. Sie nimmt ihr Handy aus dem Versteck, setzt sich auf einen der großen Tontöpfe und loggt sich ein.

Auf Lovecoach die üblichen Verdächtigen. Gutfriedmeintsgut bedankt sich für das strenge und befriedigende Date, einige Neue stellen sich vor, alte Bekannte bitten um eine Züchtigung. Die müssen erst mal selbst sehen, wie sie klarkommen.

Tilda liebt die Sommerfeuer, die Orgie an sich ist großartig, belebend und befreiend, aber auch die Zeit danach ist immer besonders schön, die Gruppe hat dann einen viel größeren Zusammenhalt, und sie wünschte, sie würden den Grundsatz der Keuschheit überdenken. Wer weiß, vielleicht würde sogar Schwestermagd Milena milder und entspannter.

Tilda findet noch eine SMS von Karla und ruft sie zurück.

Tilda
»Hi Süße, was gibt's?«

Karla
»Morgen! Meine Herrin, bist du früh dran! Ich weiß, dass ihr ab heute die Sommerfeuer feiert.«

Tilda
»Soll ich eins für dich entzünden und dir die Energie schicken?«

Karla
»Das ist nett, danke, aber eigentlich wollte ich dich fragen, ob ihr Gäste dabei akzeptiert.«

Tilda
»Du willst die Orgie mitfeiern?«

Karla
»Ich arbeite doch meine Liste mit den zehn ersten Malen ab, um mich von Matthis zu kurieren. Und Gruppensex steht drauf. Ich könnte auch zu so einer Lovecoach-Party gehen, aber mir wäre wohler, wenn das ein privaterer Rahmen wäre. Ich will nur nicht, dass du Stress mit der Gruppe bekommst.«

Tilda
»Also, ich hab Küchendienst, was gut ist, denn da gibt es so viel zu tun, dass ich dich als Hilfe engagieren kann. Bei der Heu- oder der Apfelernte holen wir ja auch manchmal Hilfe. Du müsstest aber so schnell wie möglich hier sein, und bis zum Mittag würdest du Suppe kochen und Brot backen.«

Karla
»Kein Thema. Kann ich auch auf meine Liste schreiben. Ich hab noch nie Brot gebacken.«

Tilda
»Keine Orgien und kein Brot? Mann, Karla, wie hast du gelebt bisher? Warte, ich glaub, da kommt jemand. Ich leg auf, bis gleich!«

Tilda lässt das Handy hinter den Kübel rutschen, auf dem sie sitzt, und greift sich irgendetwas, das sie im Halbdunkel zu fassen kriegt. Es ist ein Holzscheit. Die Tür zum Schuppen geht auf, und Schwestermagd Milena steht da.

»Was machst du hier?«

Tilda steht auf und hält ihr das Holzscheit entgegen. »Ich hole Holz. Die Scheite in der Küche sind zu kurz, wenn wir den ganzen Tag feuern. Ich wollte Frieder bitten, dass er Fidibusse abspaltet, dann haben wir es leichter beim Anzünden.«

Sie lächelt und marschiert an Milena vorbei aus dem Schuppen. Tilda überlegt, ob die Schwestermagd etwas gehört haben kann. Sie hat mit Karla zwar nur geflüstert, aber Milena hat scharfe Ohren. Sie hofft, dass die Freuden der Sommerfeuer die strenge Milena ablenken werden.

Tilda bleibt einen Moment stehen, hält ihr Gesicht ins erste Licht des Tages, das sie berieselt wie eine warme Dusche, und spricht einen Gruß an das Morgenrot.

Dann läuft sie in die Küche, wo die anderen um den großen Frühstückstisch sitzen. Es gibt viel zu tun.

Als Karla auf dem Gutshof ankommt, riecht es in der Küche schon nach Brot und Kuchen. Die ersten Suppen dampfen in riesigen Kesseln auf dem Herd, und Tilda steht mit einigen anderen um den großen Tisch herum und putzt Gemüse. Sie jubelt, als Karla eintritt, und nimmt sie fest in die Arme.

»Ich freu mich so für dich, dass du das heute erlebst. Du wirst sehen, man wird durchflutet von der Kraft der Natur und von der Liebe.«

»Und vom Sperma des Bruderknechts Frieder«, sagt eine der Frauen, und die anderen lachen.

Tilda winkt ab.

»Hör nicht auf sie. Wir sind eine Kommune, aber nicht bescheuert, das läuft hier alles safe, guck mal hier in den Taschen.«

Sie zieht eine kichernde Schwestermagd zu sich heran, greift in deren Kittel und holt einen langen Streifen Kondome hervor.

»Schwestermagd Joyce-Lynn hat 'ne Menge vor heute.«

Die anderen johlen und hacken die Zucchini und Möhren mit so viel Energie in kleine Stücke, dass Karla sich fragt, ob die Männer heute nicht sehr aufpassen müssen, damit am Ende noch etwas übrig ist von ihnen.

»Soll ich so bleiben?« Sie sieht zweifelnd an ihrem Leinenkleid herunter, und Tilda fasst sie an den Schultern und schüttelt sie leicht.

»Sei ganz entspannt. Hier in der Küche trägst du, was du willst, und wenn es mittags losgeht, ziehst du dich aus oder eben nicht.«

ZEHN

Lovecoach-Tipp:
Brainfuck! Im Kopf sitzt Ihr größtes Lustzentrum. Kommt noch das Herz dazu, wird es besser als jeder Trip.

Um Punkt zwölf versammeln sich alle draußen im Garten, die Männer schlagen auf Trommeln, und die Frauen zünden die Holzstapel in den Feuerschalen an. Karla wird mitgerissen vom Rhythmus und der Hitze. Alle fangen jetzt an zu tanzen, sie stampfen und wiegen sich, lachen, trillern und singen. Karla wird untergefasst und in eine Reihe gezogen, die Sonne brennt, die vielen Feuer geben eine unglaubliche Wärme ab, sie schließt die Augen und hat das Gefühl, dass sie diese Hitze durchdringt und sie bis in den hintersten Winkel ihrer Gedanken ausfüllt und erwärmt. Sie landet in den Armen eines Bruderknechts, der sie an den Händen nimmt und herumwirbelt, bis sie nur noch bunte Farbflecken sieht und ihr so schwindlig ist, dass sie gar nicht mehr weiß, wo oben und unten ist. Es ist ein bisschen wie Fliegen und gleichzeitig, als würde sie sich auflösen. Sie fühlt sich schwebend leicht und ganz frei. Bei nächster Gelegenheit streift sie das Leinenkleid einfach ab und wirft es von sich. Es landet in einem der Feuerkörbe und flackert hell auf, aber Karla lacht nur, es wird sich irgendwas finden, das sie später anziehen kann, sie macht sich über gar nichts mehr Sorgen.

Eine Schwestermagd tanzt neben ihr und umfasst sie an der Taille. Sie wiegen sich, und die Frau nimmt Karlas Hand, legt sie sich auf die Brust und führt ihre Hand in Kreisen. Karla hat schon Frauen berührt, aber noch nie wurde sie dabei beobachtet, und jetzt bemerkt sie, wie zwei Bruderknechte in ihre Richtung sehen, während jeder von ihnen seinen Schwanz reibt. Karla denkt gar nicht daran, für die beiden ein pornotaugliches Lesbenballett aufzuführen, sondern dreht sich mit der anderen Frau so, dass sie frontal zu den beiden Männern stehen und sie sich alle vier gegenseitig ansehen können. Sie küsst die Frau und stellt die Füße etwas weiter auseinander, als diese ihr die Hand zwischen die Beine schiebt und ihr über die Möse streichelt. Die Bruderknechte verstehen sofort und fassen sich gegenseitig an. Karla tastet nun auch nach der Möse der Schwestermagd und dringt mit dem Finger in das sumpfige, lockig bewachsene Gebiet zwischen ihren Schenkeln vor. Neben sich hört sie lautes Klatschen und Stöhnen, ein Bruderknecht fickt eine Frau, die auf allen vieren im Gras kniet, und trommelt dabei auf ihren Po, während sie ihn anfeuert. Ein anderer liegt lang ausgestreckt auf dem Rücken und reibt mit jeder Hand eine stöhnende Schwestermagd, die über seinen Händen hocken und abwechselnd seinen Schwanz bearbeiten. Karla muss sich konzentrieren, sonst verliert sie hier den Faden. Sie tritt mit der anderen Frau näher an die beiden Männer heran, bis sie alle vier so nah stehen, dass sie sich gegenseitig anfassen können. Und sie schließen den Kreis. Karla fühlt, wie die Finger der Frau zwischen ihren Mösenlippen auf und ab gleiten, sie selbst hat den Schwanz des blonden Mannes neben ihr umfasst. Er wiederum steckt seinen Finger in den Arsch des gebückt stehenden Bruderknechts, der an den Brüsten der anderen Frau saugt und dabei ihre Möse knetet.

Karla kommt das erste Mal an diesem Tag und tritt aus dem Kreis, der sich ohne sie direkt wieder schließt, die drei machen weiter, und Karla sieht sich im Garten um. An den Feuerkörben ist es höllenheiß, sie geht etwas weiter in den Schatten unter die Bäume. Ein Bruderknecht, der bisher nur zugesehen hat und unter den dicken Ästen eines Kirschbaumes sitzt, winkt sie zu sich und lädt sie mit einer leichten Verbeugung ein, auf seinem Schwanz Platz zu nehmen. Er rollt ein Kondom drüber, als Karla nickt. Sie besteigt ihn und senkt ihre nass gewichste, saftige Pflaume über ihn. Er gleitet direkt und mit voller Länge in sie. Sie kreist ein bisschen mit dem Becken, bis sie die ideale Position gefunden hat, dann hebt sie ihren Hintern ein Stück hoch und senkt ihn wieder, reitet auf seinem Schwanz. Er knetet abwechselnd ihre Arschbacken und ihre Brüste. Sein Stöhnen wird heftiger, sein Gesicht verzerrt sich leicht, er will ihr zwei Finger an die Klitoris legen, um sie beim Ficken zu reiben, aber sie schiebt seine Hand weg, den nächsten Orgasmus will sie anders haben. Karla lässt ihn kommen, zieht die Scheidenmuskeln so fest zusammen, wie sie kann, um alles aus ihm herauszupressen, steigt dann von ihm ab und sucht sich einen anderen, den sie im Schatten des Schuppens auch findet. Sie nimmt ihn einfach an der Hand, küsst ihn lange, legt sich vor ihm ins Gras und öffnet weit ihre Beine. Die Fußsohlen streckt sie der Sonne entgegen und fühlt mit den Fingern das Gras. Er rutscht zwischen ihre Schenkel und beginnt ihr die Möse zu lecken, die vom Ficken so nass ist, dass bald sein ganzes Gesicht glänzt. Er ist ein hervorragender Lecker, Karla hat ohnehin meistens gute Erfahrungen mit Oralsex gemacht, die Männer heute wissen, dass sie Frauen damit beeindrucken und begeistern können, und geben sich Mühe. Karla überlegt kurz, ob das ein feministischer Fortschritt ist, aber da beginnt der Bruderknecht mit seiner Zunge wie kleine schnelle Peitschenhiebe auf ihrer Klitoris zu trillern, und sie vergisst alle feministischen Diskurse, krallt ihre Hände ins Gras und fühlt nur noch ihre heiße Möse und die Lust, die in ihr explodiert. Sie ist ganz durchflutet vor Lust und Befriedigung, als sie weiterzieht, und braucht jetzt eine kleine Pause, bis sie in die nächste Runde gehen kann. Sie findet vor der Veranda ein vögelndes Paar, das von anderen umgeben ist. Die Schwestermagd liegt auf dem Rücken und hat die Beine bis zur Brust angezogen. Ein Mann kniet vor ihr und fickt sie langsam, wie in Zeitlupe. Eine andere Frau hat sich an sie geschmiegt, streichelt sich selbst die Möse und zwirbelt die Brustwarzen ihrer Schwestermagd. Ein zweiter Mann kniet neben dem fickenden Mann, beobachtet abwechselnd, wie die Frau es sich mit schnellen Fingerbewegungen selbst macht und wie der mit einem Noppenkondom bewehrte Schwanz seines Bruderknechts in der kleinen haarlosen Pflaume verschwindet. Mit der einen Hand streichelt er den fickenden Mann zwischen den Arschbacken, mit der anderen hält er die Eier umfasst und drückt sie leicht. Karla gesellt sich dazu, legt sich auf die andere Seite neben die Frau und lässt einen Finger zwischen ihre Mösenlippen rutschen. Die Frau in der Mitte lächelt mit geschlossenen Augen und genießt die vielen Hände, die sie berühren, und den Schwanz, der unendlich langsam in ihr pumpt. Überrascht bemerkt Karla, dass sie wieder geil wird. Das hätte sie vorher nicht für möglich gehalten. Wenn sie sonst mit einem Partner vögelt, ist nach zwei Orgasmen immer Schluss, egal wie gut es war. Aber jetzt will sie noch einmal hart gefickt werden.

Sie beschließt, es dem Zufall zu überlassen, wer es wird. Als das Pärchen gekommen ist, erhebt sich Karla und geht hinters Haus, wo bereits ein Paar an der Mauer steht, die Frau lässt es sich von hinten besorgen und hat ihr Gesicht an die warme Mauerwand gepresst. Karla kniet sich ins Gras, streckt den Oberkörper weit vor, reckt den Hintern hoch und wartet einfach. Es dauert nur einen kurzen Moment, bis sie Hände auf ihrem Hintern fühlt. Sie dreht sich nicht um, spreizt die Beine nur etwas mehr und fühlt Finger, die sich an ihrem

Möseneingang zu schaffen machen und ihn glitschig nass und bereit vorfinden. Sie wartet darauf, dass der Mann seinen Schwanz in sie schiebt. Als er es dann tut, fickt er sie nicht nur, sondern hält immer wieder inne, presst sich an sie und kreist mit dem Becken. Karla schreit vor Lust. Sie langt mit einer Hand zwischen ihre Beine und reibt sich die Klit. Dann spürt sie einen leichten Druck an ihrem Arschloch, sie entspannt sich und lässt zu, dass ein Finger in sie vordringt. Auch er kreist, und Wellen von Geilheit schießen durch ihren Unterleib. Sie schreit und kommt und lässt sich erschöpft ins Gras sinken. Ein junger Mann gleitet neben sie. Schläfrig dämmert sie einen Moment weg.

Gerade erst hat sie sich von dem Bruderknecht gelöst, liegt entspannt im duftenden Gras, saugt den Geruch des Feuers ein und spürt dem Wind nach, der die kleinen Schweißperlen auf ihrer Haut trocknet, da fasst sie jemand am Arm. Sie öffnet mühsam die Augen und sieht Tilda über sich, die ein sehr erschrockenes Gesicht macht.

»Karla, es gibt ein Riesenproblem!«

Mühsam rappelt Karla sich hoch und schlüpft in den Kittel, den Tilda ihr hinhält.

»Ich war kurz oben im Bad, und da hab ich vom Fenster aus gesehen, dass meine Eltern den Weg hochkommen! Meine Eltern! Karla, die denken, ich wohne in einer normalen WG! Ich habe keine Ahnung, was die hier wollen. Meine Mutter hat ein Kostüm an und trägt einen Kuchen. Ich werd irre!«

Sie zieht Karla mit sich, und beide laufen bis zum Vorgarten.

»Sind eure Mägde und Knechte auch hinterm Haus zugange? Im Obstgarten?«

Tilda zuckt mit den Schultern.

»Die meisten wollen in der Nähe der Feuer sein und mit anderen zusammen natürlich. Aber es kann sein, dass welche bei den Obstbäumen …«

Da kommt auch schon ein gesetztes Ehepaar auf die Freundinnen zu.

Tilda küsst beide auf die Wange und nimmt den Kuchen entgegen.

»Wir haben uns sehr über die Einladung zum Tag der offenen Tür gefreut«, sagt die ältere Dame und streicht Tilda über den Kopf. »Wir wissen ja so wenig von unserer Tochter.«

Karla lächelt freundlich und nickt.

»Ja, es wurde höchste Zeit, dass wir so was organisieren. Dauernd sind wir beschäftigt mit Wissenschaft und …«, sie überlegt, »… Forschung.«

Alle vier stehen etwas verlegen herum, und Karla hofft, dass jetzt keine Nachfrage kommt, was für Wissenschaft denn in dieser Land-WG betrieben wird. Sie nimmt Tildas Mutter kurzerhand beim Arm und deutet hinters Haus.

»Tilda könnte ja den Kuchen und den Kaffee in die Küche bringen. Und mir wäre es eine Freude, Ihnen unseren Obstgarten zu zeigen. Wir keltern selbst. Haben Sie schon mal frischen Most getrunken?«

Sie führt Tildas Eltern hinter das Haus und betet, dass sie keine nackten Bruderknechte, im Geäst baumelnd, vorfinden. Tilda muss sich jetzt irgendetwas überlegen, um die beiden ins Haus zu bekommen, möglichst weit weg von den Feuern und der Orgie, deren Seufzer und Gestöhn man bis hierher hören kann.

Karla führt die Besucher durch den Obstgarten und erzählt alles über Äpfel, was ihr einfällt, von Wilhelm Tell über ökologische Schädlingsbekämpfung, alles, was sie mal in einer Reportage über eine Kelterei gesehen hat, und Erinnerungen an ihre Kindheit. Tildas Mutter äugt mehrmals auf die Uhr und findet die Führung wohl viel zu langwierig, was Karla ignoriert. Einmal laufen zwei nackte Schwestermägde hinter dem Haus zwischen den Apfelbäumen hindurch, sind aber glücklicherweise wieder verschwunden, als Tildas Eltern sich umdrehen. Karla verzweifelt langsam, es fällt ihr nun wirklich nichts mehr zum Thema Äpfel ein, da erscheint endlich Tilda wieder und bittet sie ins Haus.

»Wo warst du die ganze Zeit?«, zischt Karla ihr zu, und Tilda rollt mit den Augen.

»Super-GAU. Es ist noch jemand angekommen. Ein Typ, den ich angeblich eingeladen habe, ein Mann, mit dem ich mal das eine oder andere Date hatte.«

Karla sieht sie verständnislos an.

»Solange er Klamotten trägt, ist das ja wohl nicht das Riesenproblem.«

Tilda wispert »Guck in die Vorratskammer« und lotst ihre Eltern am Meditationsraum vorbei in den hinteren

Teil der Küche, den man mit einer Schiebetür abtrennen kann. Karla lässt sich etwas zurückfallen und lugt im Vorbeigehen durch den Vorhang der Vorratskammer. Drinnen kauert auf einem Tritt ein Mann, der tatsächlich voll bekleidet ist, und Karla wünscht sich jetzt fast, er wäre es nicht. Denn der Mann trägt ein komplettes Latexoutfit, dazu Chaps, die seinen Hintern und das Gemächt freilegen, ein Netzshirt und eine Latexmaske, die über die Augen geht. Um seinen Hals baumelt ein Knebel mit einem roten Gummiball, und während er wartet, spielt er mit einer Reitgerte und einem Paar Handschellen. Er lächelt schüchtern. Was, oh Himmel, geht hier vor?

Karla schließt wieder zu Tilda und deren Eltern auf, verteilt Geschirr und Kaffee und schneidet den Kuchen an, während Tilda über das Gutshaus und dessen Renovierung nach ökologischen Gesichtspunkten spricht.

Dann kann sie sich nicht mehr beherrschen, und während Tilda einen Schluck Kaffee nimmt, fragt Karla in möglichst harmlosem Tonfall:

»Dein Kollege, der das Licht in der Kammer repariert, der hat so eine merkwürdige Tracht an. Ist das was Religiöses?«

Tildas Mutter verschluckt sich.

»Doch hoffentlich kein Extremist, Liebes? Die sind überall.«

Tilda sieht Karla an, als wollte sie sagen: Schönen Dank auch, dass du die Paranoia meiner Mutter getriggert hast.

Sie schüttelt den Kopf.

»Nein, das ist kein Kollege, der hat mit dem Hof nichts zu tun. Und seine …«, sie zögert, »… Tracht ist nichts Religiöses, nicht mal Folklore, sondern einfach ein Hobby. Er ist ein bisschen exzentrisch, und es macht ihm Spaß, sich auffällig zu kleiden.«

Tildas Vater nickt verständnisvoll.

»So wie deine Künstlerfreundin, die Fine, die immer diese Fotos macht.«

Nebenan in der Küche hört man zuerst Lachen und Stimmen und dann zunehmend lautes Gestöhn. Karla schließt schnell die Tür, und Tilda stellt die Teller zusammen.

»Ich zeige euch jetzt unsere sensationelle Aussicht vom ehemaligen Taubenschlag«, kommandiert sie. »Und Karla kann den … Handwerker fragen, ob er in der Kammer klarkommt.«

Karla verschwindet, und Tilda führt ihre Eltern die steilen Holztreppen hinauf bis unters Dach, von wo aus man den nächsten Ort und den Park überblickt, aber nicht den Garten mit den Feuern. Hier kann sie sie eine Weile festhalten.

Karla schlüpft zu dem Latexmann in den Vorratsraum.

»Du musst hier weg«, sagt sie energisch.

Er grinst.

»Gehört das zum Spiel? MistressDaisy hat immer so Ideen.«

Karla fragt nicht weiter.

»Ich gehe vor und schaue, ob die Luft rein ist, und wenn ich dir ein Zeichen gebe, kommst du einfach mit, verstanden?«

Er senkt demütig den Kopf.

»Sie sind aber auch ganz schön streng! Soll ich den Knebel einlegen?«

Karla seufzt.

»Genau, Sklave, nimm den Ball in den Mund und tu, was ich sage, ich dulde keinen Widerspruch, du Wurm.«

Bevor er sich den Knebel in den Mund schiebt, hat er noch eine Frage.

»Sie werden mich bestrafen am Ende, ja, versprochen?«

Karla seufzt wieder.

»Ja, ich werde dich für deinen Widerspruch züchtigen, du wirst es büßen, dass du mir Ärger gemacht hast. Aber das musst du dir verdienen! Also apportier den Ball und geh artig mit mir Gassi.«

Erwartungsvoll zwinkert der Latexmann und schnallt das Knebelband an seinem Hinterkopf fest. Karla linst in die Küche, wo eine Schwestermagd auf dem hinteren Tisch hingebungsvoll den Schwanz ihres Bruderknechts lutscht, während der wiederum an einem weiteren Knechtsschwanz saugt. Die drei lassen sich von Karla nicht stören. Sie zieht leise die Schiebetür zu, sieht nach, ob die Gästetoilette frei ist, und lotst den Latexmann hinein. Da hört sie Schritte auf der Treppe. Tilda kommt herunter, gefolgt von ihrem Vater, der ihre ziemlich blasse Mutter stützt. Karla deutet pantomimisch einen Knebel an und zeigt auf die Tür hinter sich.

»Warum seid ihr schon wieder unten«, flüstert sie.

»Meiner Mutter geht es nicht gut, sie hat Magenschmerzen, und ihr ist übel«, wispert Tilda zurück. »Und ehrlich gesagt, mir ist auch ein bisschen flau.«

Karla überlegt. An dem Rodonkuchen, den die Eltern mitgebracht hatten, kann es nicht liegen, aber ein plötzlicher Virus ausgerechnet jetzt wäre schon sehr merkwürdig.

»Ich bringe euch mal in mein Zimmer, da könnt ihr euch hinlegen«, sagt Tilda und schafft ihre Eltern den Gang hinunter. Karla lugt um die Ecke, im Meditationsraum ficken zwei Pärchen in langsamen Stößen, fast wie eine Yoga-Übung, alle haben die Augen geschlossen und sind völlig versunken. Karla bedeutet dem Latexmann mit einem Finger auf den Lippen, möglichst leise zu sein, und führt ihn an den beiden fickenden Paaren vorbei. Er macht große Augen, schleicht aber vorbildlich leise hinter Karla her. Sie stöhnt erleichtert, als sie endlich draußen auf dem Parkplatz sind und hinter einem kleinen Lieferwagen verborgen stehen.

»Was machst du eigentlich hier?«, fragt sie ihn.

»Ich habe ein Lovecoach-Date«, sagt er, als sei das völlig selbstverständlich.

Karla sucht auf ihrem Handy ein Foto von Tilda. Tilda, die mit Unschuldsmiene und Blumenkranz auf den roten Locken an einer Blume schnuppert.

»Ist das hier deine MistressDaisy?«

Er nickt begeistert.

»Die süßeste und strengste Mistress auf Lovecoach.«

Karla nickt.

»Alles klar. Das war ein Missverständnis heute. Keine Ahnung, wer dich hierhergelotst hat. Hab noch einen schönen Tag.«

Sie wendet sich zum Gehen um, aber er hält sie am Arm fest, reicht ihr die Gerte und zeigt auf seinen Hintern.

»Sie müssen mich für meinen Ungehorsam bestrafen.«

Karla sieht ihn mit leicht geöffnetem Mund an.

»Dein Ernst jetzt?«

Er beugt sich über die Motorhaube und wackelt mit dem Hintern.

Karla holt aus und lässt die Gerte zischend auf seine weiße, leicht behaarte Haut niedersausen. Er zuckt zusammen und stöhnt wohlig.

»Sie dürfen strenger sein, Herrin.«

Karla schlägt fester, es zeigen sich jetzt rote Striemen.

»Stand nicht auf meiner Liste, ist aber auch ein erstes Mal.«

Zwei weitere Striemen erscheinen, die Gerte macht in der Luft ein sirrendes Geräusch, und Karla lässt ihn die letzten drei Schläge mitzählen. Dann gibt sie dem Latexmann sein Utensil zurück.

»Ich empfehle Panthenol und kühlen«, sagt sie mit Blick auf das Muster aus roten Striemen, aber er schüttelt den Kopf.

»Ich präferiere Salzwasser.«

Seine Augen glänzen. Karla zuckt mit den Schultern.

»Jeder, wie er mag. Nun entferne er sich, Unwürdiger.«

Sie dreht sich um und lässt ihn auf dem Parkplatz zurück. Ein Problem weniger. Bleiben Tildas Eltern, und dann wird sie sich wieder ins Getümmel stürzen und sehen, was die Knechte und Mägde noch zu bieten haben an kosmischer Erleuchtung.

Tilda fängt sie auf der Veranda ab und umarmt sie.

»Danke, Karla! Ohne dich wäre das eine Katastrophe geworden. Du Allerbeste, ich bin so froh, dass du heute hier bist! Geh los und amüsier dich. Meine Eltern ruhen sich eine Weile aus und fahren dann. Hab Spaß!«

Karla findet im Meditationsraum eine füllige Frau mit hüftlangem rotem Haar, die sie freundlich hereinwinkt. Sie sitzt nackt auf einem Flickenteppich. Karla lässt sich ihr gegenüber nieder und wartet ab. Die Frau legt ihr die Hände auf die Brüste, ohne sie weiter zu bewegen. Erst genießt Karla die Berührung, dann wird sie ungeduldig, aber schließlich ändert die Frau die Position ihrer Hände nur ein winziges Stück, und Karla durchschießt ein Gefühl der Erregung, so stark, dass sie zittert. Nach einer kleinen Ewigkeit nimmt die Frau eine ihrer weichen, warmen Hände weg und legt sie Karla zwischen die Beine. Ein Finger drückt gegen ihre Klitoris, aber mehr passiert nicht. Weder reibt sie sie, noch dringt sie in ihre Möse ein. Karla konzentriert sich auf den leichten Druck, merkt, dass er wärmer wird, dann heiß, dann brennend, und als die Frau sanft beginnt, ihre Brust zu pressen und die Hand in Karlas Möse zu bewegen, fühlt Karla, wie sie der Höhepunkt überflutet. Die Frau zieht sie zu sich heran und küsst sie lange mit ihrem nach Erdbeeren schmeckenden weichen roten Mund.

Karla folgt der Bewegung der Schwestermagd, die das Gewicht nach hinten verlagert, bis sie auf dem Rücken liegt. Karla rutscht tiefer, schiebt die Schenkel der Frau auseinander und öffnet vorsichtig die Mösenlippen mit den Fingern. Sie atmet den salzigen Geruch ein und leckt über den Kitzler. Erst spielt sie mit der Zunge an der Spitze, danach züngelt sie in Kreisen um den Kitzler herum und saugt ihn schließlich mit den Lippen. Die Frau, die es Karla eben noch so ruhig und meditativ besorgt hat, windet sich und schreit, und als sie gekommen ist, rutscht Karla über sie und hält sie so lange fest umschlungen, bis sie sich beruhigt hat. Sie hebt den Kopf und sieht, dass zwei Bruderknechte zu ihnen gekommen sind. Einer dreht Karla auf den Rücken, fasst ihr zwischen die Beine und reibt ihre glitschige Möse. Dann nimmt er ein Kondom und dringt in sie ein. Der andere Bruderknecht hat sich inzwischen auch ein Kondom über den steifen Schwanz gezogen, kniet sich hin und lässt ihn sich von ihr blasen. Er lehnt sich vor, stützt sich mit einer Hand ab und streichelt mit der anderen ihren Kitzler, während sein Bruderknecht sie weiterfickt. Als sie beide kommen, unterbricht er kurz sein Handspiel, und die beiden Männer küssen sich ausgiebig. Dann ziehen sie ihre Schwänze aus Karlas Möse und Mund und lecken sie gemeinsam fertig. Karla hatte noch nie zwei Zungen an ihrer Möse, einer bespielt ihren Kitzler, der andere hat ihren Hintern etwas angehoben und bedient ihren Möseneingang und den Damm. Das Gefühl ist so überwältigend, dass Karla wimmert und schrill schreit.

Sie ist völlig überdreht, fühlt sich aufgekratzt wie nach einer großen Kanne Kaffee, und als im Flur ein weiterer Bruderknecht die Hand nach ihr ausstreckt, zögert sie nicht. Er lädt Karla ein, vor ihm auf dem Boden Platz zu nehmen.

»Würdest du dich für mich wichsen?«

Sie spreizt vor dem Bruderknecht die Beine weit auseinander, beginnt sich die Möse zu streicheln. Er reibt dabei seinen harten Schwanz. Sie kommen fast gleichzeitig, und er bedankt sich sehr höflich. Karla rappelt sich auf, wuschelt ihm im Weggehen noch durchs Haar und muss jetzt unbedingt erst mal etwas essen.

Erschöpft taumelt sie in die Küche, wäscht sich die Hände, nimmt sich zwei Stücke Blechkuchen und einen großen Becher Kaffee und schnauft durch. Das waren heute einige erste Male, denkt sie zufrieden. Matthis wäre sehr verwundert, wenn er sie heute gesehen hätte. Der Gedanke tut ein bisschen weh, sie schiebt ihn weit weg. Ihr Magen grummelt, und sie merkt, wie eine diffuse Übelkeit in ihr aufsteigt. Sie geht den Gang entlang zu Tildas Zimmer, sieht auf dem Weg durch eine geöffnete Tür eine Schwestermagd auf ihrem Bett liegen und sich den Bauch halten. Doch ein Virus? Das täte ihr aber leid, die Sommerfeuer-Orgien sollten ja immerhin noch bis übermorgen gehen. Tildas Zimmertür geht auf, und Tilda führt ihre bleichen Eltern zum Hintereingang.

»Ich hab den beiden ein Taxi gerufen«, erklärt sie Karla, »aber du siehst auch nicht gut aus, leg dich bei mir ein bisschen hin.«

Karla wirft sich auf Tildas Bett, das Ziehen in ihrem Bauch nimmt zu. Sie atmet tief und versucht, sich zu entspannen. Kalter Schweiß steht ihr auf der Stirn. Sie bemüht sich, an irgendwas zu denken, bloß nicht an die Übelkeit, die unaufhaltsam in ihr aufsteigt. Die unschuldige, esoterische, beseelte Tilda als strenge Mistress: Was sie wohl sonst noch für Geheimnisse hat? Offenbar benutzt inzwischen jeder die Lovecoach-App. Wo hat sie nur die letzten Jahre verbracht, dass das an ihr vorbeigehen konnte? Die Antwort ist wieder schmerzhaft. In Matthis' Bett, in seinen Armen, da brauchte sie keine App, um sich zu verabreden, es reichte, wenn sie hinübertastete und ihre Hand auf seinen muskulösen Oberarm legte.

Karla wird kalt, obwohl es draußen ziemlich heiß ist, sie sucht mit geschlossenen Augen nach der Decke und zieht sie sich bis zum Hals hoch. Ein Duft steigt ihr in die Nase und verschlimmert ihre Übelkeit noch. Dieser Duft ist ihr sehr vertraut, sie hätte ihn definitiv überall wiedererkannt. Zirbenholz und Gras. Matthis. Sie reißt die Augen auf, und während der stete Druck in ihrem Magen immer unangenehmer wird, zieht sie einen dünnen dunkelblauen Stoff unter der Decke hervor.

Ein T-Shirt.

Matthis' T-Shirt in Tildas Bett.

ELF

Lovecoach-Tipp:
Jeder Jeck ist anders, und das ist auch gut so. Trauen Sie keiner Statistik, die Sie nicht selbst gefälscht haben, und hören Sie nicht auf andere. Ihr Bett gehört Ihnen.

»Eine Zimtschnecke für deine Gedanken!«

Vor Karlas Gesicht erscheint aus dem Nichts ein duftendes Backwerk und gleich danach Miezes lächelndes Gesicht.

»Ist alles ein bisschen viel, dieser Heckmeck hier, was?«

Karla rollt zustimmend mit den Augen und beißt in die Zimtschnecke. Die Krümel fallen auf ihr froschgrünes Chiffontop. Mieze fegt sie mit der Hand weg.

Ein halbes Dutzend Bühnenarbeiter testen nacheinander und mit lautem Gejohle ein Sprungbrett, von dem aus sie in ein Bad mit bunten Bällen hüpfen. Die Showrunnerin steht unter der Decke auf einem Beleuchterpodest und brüllt Anweisungen.

»Hast du mit Absicht dein Kermit-Dress an?«, fragt Mieze Karla. »Das ist doch sonst dein Kampfoutfit für Banken oder Behörden.«

Karla dreht sich zu Mieze, sodass sie genau vor ihr steht.

»Wusstest du, dass Tilda ein T-Shirt von Matthis im Bett hat?«

Mieze reißt die Augen auf.

»Und findest du nicht, es wäre für mich wichtig gewesen zu erfahren, dass Matthis mit dieser älteren Frau ausgerechnet hierhergegangen ist? Wo ich jetzt arbeite? Fine hat es mir erst heute früh erzählt, als sie mich auf dem Weg zum Studio erwischt hat. Du hast es jedenfalls nicht erwähnt. Und Tilda hatte wohl auch andere Prioritäten.«

Sie gibt Mieze die angebissene Zimtschnecke zurück.

Mieze sieht sie schuldbewusst an.

»Ich hab's vergessen«, sagt sie schließlich. »Vor dem Club wollte ich dich nicht noch mehr aus dem Konzept bringen. Ich hab ja gemerkt, dass du fast nicht reingegangen wärst. Und später hab ich es verschusselt, weil ich so mit dem Catering für deine Show und Noëmas Fremdfummeln beschäftigt war.«

Sie bietet Karla die Schnecke wieder an. Und obwohl sie noch böse auf Mieze ist, grummelt Karlas Magen dermaßen laut, dass sie sie akzeptiert und sofort wieder hineinbeißt.

»Ich hab diesen Job hier auch für dich angenommen. Damit ich dir ein bisschen beistehen kann. Und schnüffeln! Vielleicht krieg ich was raus über diese Frau. Ich bringe auch Kuchentabletts in die Regie und in die Büros, wo du nicht hinkommst.«

Das Studio wird umgebaut. Die Requisite schiebt das Bällebad nach hinten und installiert Fotoautomaten und kleine Kojen mit Filmkameras. Die beiden Nacktdoubles kommen herein, und die Showrunnerin, die von der Beleuchtungsplattform geklettert ist, erklärt ihnen, was sie tun sollen. Sie betreten die einzelnen Sets, lassen die Kimonos fallen und fotografieren bzw. filmen ihre Genitalien, die dann auf einer großen schwebenden Leinwand zu sehen sind.

»Das ist die Bewerbungsrunde, Leute! Hier lernt sich unser Quotenfleisch kennen, also macht das mal ein bisschen muckeliger, das darf nicht die Atmo vom Gesundheitsamt haben.«

Die Requisite schleppt flauschige Kissen, Büschel aus Pfauenfedern und verschiedene Lampen herein.

»Haste nichts zu tun außer Kauen? Ist das dein Signature-Move?«, blafft die Showrunnerin Karla an und widmet sich wieder ihrem Klemmbrett.

Karla rollt mit den Augen, den ganzen Morgen schikaniert diese Frau sie schon und scheucht sie herum, dabei sind die Kandidaten noch in der Maske. Sie kaut verbissen weiter, aber es ist schwierig, richtig sauer zu sein, wenn man den Mund voll von duftig weichem Hefegebäck hat, in dem der zimtige Zuckerguss knackt, und wenn einem der süße Geschmack wie ein Tranquilizer durch den ganzen Körper strömt.

Mieze schenkt ihr einen Kaffee ein.

»Und das mit dem T-Shirt muss anders sein, als es aussieht. Du kennst doch Tilda.«

Karla unterbricht sie.

»Niemand kennt Tilda! Tilda hat Leben, von denen wir überhaupt nichts wissen.«

Mieze zuckt mit den Schultern.

»Kann schon sein, aber wir kennen Tildas Charakter. Sie ist nicht boshaft und nicht falsch, sie würde dich nicht so hintergehen. Ich lege meine Hand dafür ins Feuer, dass sie nichts mit deinem Matthis hatte. Wobei: in die Sommerfeuer wohl eher nicht.«

Karla sieht sie irritiert an. Und Mieze, die keine Ahnung hat, dass Karla dabei war, erzählt ihr, dass die jährliche Orgie ein abruptes Ende gefunden habe. So vielen aus der Gruppe sei schlecht geworden, dass sie die Feiern abbrechen mussten.

»Anfangs dachten sie noch an einen Virus, aber dann stellte sich heraus, dass irgendwas im Kaffee war, irgendein Abführmittel. Sie haben Tilda beschuldigt, weil die ja Küchendienst hatte. Außerdem haben einige gesagt, dass eine Frau im Gutshof bei Tilda war, die keiner kannte.«

Karla hebt ihren Pappbecher mit Kaffee, als wolle sie Mieze zutoasten.

»Das war ich. Ich hatte mich zu der Orgie selber eingeladen. Gruppensex stand auf meiner Liste der ersten Male.«

Mieze stöhnt.

»Herrgöttin, du lässt ja nichts aus. Ich hoffe, es war erleuchtend. Und safe.«

Karla nickt.

»Sowohl als auch. Abgesehen von Tildas Eltern, die plötzlich reinschneiten, einem latexknirschenden Masochisten in der Vorratskammer und der Übelkeit, die mir der Anblick von Matthis' T-Shirt bereitet hat.«

Karla sieht Mieze an, dass die nicht mehr mitkommt, und winkt ab.

Drei der zehn männlichen Teilnehmer der Show gehen mit den Kandidatensäcken über den Oberkörpern und Frotteeschlappen an ihnen vorbei. Ihre Penisse schlenkern leicht, und ihre Stimmen dringen gedämpft unter dem schwarzen Stoff hervor. Zwei greifen sich Zimtschnecken und verbeugen sich kurz vor Mieze.

»'Ne Männerburka«, murmelt sie irritiert. »Stört dich das gar nicht, dass du hier den ganzen Tag nackte Ärsche vor der Nase hast?«

Karla sieht den dreien nach, die sich in ihren Stoffschläuchen, durch die sie kaum etwas sehen können, im Laufen anrempeln und schubsen wie Welpen.

»Nackte Ärsche sind mein geringstes Problem«, meint Karla. Doch weiter kommt sie nicht.

»Das hier nennt sich Arbeit, Frollein! Das ist das, was man macht, wenn man Geld verdienen will. Sind die Mädels locker, benehmen sich die Jungs? Tu mal was für deine Kohle.«

Karla zuckt zusammen. Plötzlich ist die Showrunnerin wieder neben ihr aufgetaucht. Die hat eine Laune heute, noch mieser als sonst. Karla ist kurz davor, ihr mehr Sex oder mehr Zimtschnecken zu empfehlen, lässt es aber. Sie sammelt sich und wendet sich wieder an Mieze.

»Was ist jetzt mit Tilda?«

Mieze räumt die Reste auf dem Cateringtisch zusammen und ergänzt Schnittchen und Kuchen auf den leeren Platten.

»Es wird so eine Art Verhandlung geben. Da entscheidet die Gruppe, ob sie ausgeschlossen wird. Und du weißt, was das für Tilda bedeutet.«

Obwohl Karla enttäuscht ist von Tilda, sich betrogen fühlt und sich nicht erklären kann, was da in ihrer Freundin vorgegangen sein könnte und wie dieses T-Shirt in ihrem Bett landen konnte, ist ihr klar, dass ein Rauswurf aus der Kommune für Tilda eine Katastrophe wäre. Als sie Tilda vor Jahren in einem GuckBook-Kurs kennenlernte, wirkte sie völlig verloren und weggetreten. Sie hatte oft schon morgens eine Fahne und drehte in der Pause ihren ersten Joint. Irgendwann fand Karla heraus, dass sie in dem Schulungsgebäude übernachtete und in ihrer riesigen Tasche, die sie immer mit sich herumschleppte, wohl alles steckte, was sie gerade besaß. Karla war gerade frisch in Matthis verliebt und wollte am liebsten die ganze Welt glücklich sehen, also versuchte sie, Tilda in deren Apathie zu erreichen. Als Mieze sie mal vom Kurs abholte, fütterten sie Tilda mit ihrem berühmten Nusszopf, und ab da ging es bergauf. Tilda verschwand zwar hin und wieder für Wochen und tauchte dann abgerissen, starrend vor Dreck und manchmal auch mit Verletzungen wieder auf, aber nach und nach fing sie sich, erzählte mehr von ihrer Familie, der sie es nie recht machen konnte, und fand langsam wieder zu sich selbst. Die fröhliche, erfüllte Tilda von heute, die mit Blumenkranz durch den Garten tanzt, um der Natur zu danken, und das in sich gekehrte, passive Mädchen mit Schnitten auf Armen und Beinen sind zwei völlig verschiedene Menschen. Und Karla ist sehr klar, dass zwar Mieze, Fine und sie Tilda hochgepäppelt haben, dass es aber eigentlich die Kommune war, die ihr eine Perspektive gegeben hat. Nicht auszudenken, was passieren würde, wenn Tilda diesen Zufluchtsort verliert, den einzigen Platz, an dem sie leben kann, wie es ihr entspricht, und an dem sie frei ist. Aber sie hat eben auch irgendetwas mit Matthis zu tun, von dem Karla nichts weiß. Egal, von welcher Seite sie die Sache durchdenkt, sie dreht sich im Kreis. Tilda tut ihr leid, und sie ist so böse auf sie, dass sie sie gerade einfach nicht ertragen kann.

Mieze sieht Karla an, als wüsste sie genau, was in ihr vorgeht. Sie nimmt sie fest in den Arm und drückt sie an ihren weichen Busen.

»Wir kümmern uns um Tilda. Fine und ich sind abwechselnd bei ihr draußen. Und du krieg mal dein Zeug auf die Reihe. Ich bin sicher, dass sich alles klärt.«

Sie streichelt Karla über den Rücken.

»Alles, alles wird gut. Das ist wie mit Blätterteig. Bis kurz vor Ende denkt man, das wird nie was, er bröselt und reißt, und man möchte ihn am liebsten in die Tonne kloppen. Aber dann …«

Sie hält Karla ein Stück von sich weg und wischt ihr eine Träne von der Wange.

»Dann verbindet sich plötzlich alles, und es wird ein knuspriges Kunstwerk.«

Karla muss lachen.

»Ich kann es kaum erwarten, dass mein Leben wieder ein knuspriges Kunstwerk ist.«

Auf einmal springt sie zurück, als hätte sie einen Stromstoß bekommen. Mieze stößt vor Schreck den Becher Kaffee um, der dicht neben ihr auf dem Cateringtisch gestanden hat, und sieht sie irritiert an.

Karla deutet zur Bühne, auf der sich die männlichen Kandidaten in einem Halbkreis aufgestellt haben. Die Assistentin der Showrunnerin erklärt ihnen gerade die Spielregeln, die wie in jeder angezogenen Gameshow auch völlig absurd sind. Sie sollen einen Ball zwischen sich hin und her kicken und, wenn die Musik aufhört, auf ein Podest springen und eine intime Frage beantworten. Es gibt immer ein Podest weniger als Männer, es ist also eine Mischung aus Reise nach Jerusalem, Fußball und Wahrheit oder Pflicht. Alle zehn Männer haben diese taillenlangen Säcke über den Köpfen, während ihre Unterkörper nackt im Scheinwerferlicht glänzen. Die acht Frauen rekeln sich in der Zeit ebenfalls mit Säcken behängt an Poledancestangen und tanzen für die ausgeschiedenen Männer, die sich daraufhin eine Partnerin für das nächste Spiel aussuchen. Einen Preis für Emanzipation und Gendercorrectness bekommt diese Sendung wohl kaum.

Mieze stöhnt und legt eine Hand vor die Augen.

»Ich krieg hier noch ’ne Schwanzphobie.«

Karla dagegen kann den Blick nicht abwenden.

»Ich kenn den«, murmelt sie, und auf ihrem Gesicht erscheinen rote Hektikflecken. »Das ist Matthis!«

Mieze guckt jetzt auch hin.

»Du erkennst den Schwanz deines Freundes unter einem Dutzend anderen auf zwanzig Meter Entfernung?«

Karla nickt und zeigt nach links.

»Der dritte. Seine Haare sind ein bisschen rötlich. Direkt darüber ist die Narbe von der Leisten-OP, und ja, ich erkenne auch den Schwanz. Ich hab ihn hunderte Male gelutscht, den erkenn ich doch wieder.«

Mieze guckt immer noch misstrauisch. Vielleicht überlegt sie, ob sie Noëmas Möse auch so treffsicher herauspicken würde.

Karla stürmt ohne ein weiteres Wort davon, springt über ein Kabel, rempelt den Script-Boy an und drängelt sich zwischen den Kandidatinnen durch, die unerlaubterweise schon aus ihrem Aufenthaltsraum gekommen sind und beim Probedurchlauf des Spiels zuschauen. Sie kichern unter ihren Säcken, manche halten sich die Hände vor ihre nackten Mösen.

Gerade als Karla auf die Bühne stürmen will, passt die Showrunnerin sie wie beim Football ab, rempelt sie fast um und zerrt sie zurück zu den Kandidatinnen. Dort hält sie Karla fest, während sie sie immer weiter Richtung Aufenthaltsraum drängt und dabei auf sie einschimpft.

»Wozu bist du hier eingestellt? Zum Kuchenessen bestimmt nicht! Du sollst dafür sorgen, dass die Mädels in ihrer Kabine bleiben, bis das Spielfeld frei ist. Ist das so schwer? Jungs. Und. Mädels. Dürfen. Sich. Nicht. Sehen!« Sie schreit fast. Die Kandidatinnen scharen sich um die beiden und versperren Karla die Sicht auf die Bühne. Sie kann nur hoffen, dass Mieze den dritten Schwanz im Auge behält.

Die Showrunnerin treibt alle Frauen in die Garderobe und verlangt von Karla eine Ansprache, aber sofort. Karla reißt sich zusammen und erinnert die Kandidatinnen, die sich die Säcke von den Köpfen ziehen und nun ganz nackt herumstehen, an die Regeln. Sie spricht schnell, und ihr Blick wandert immer wieder zum Studio hinüber. Die Showrunnerin spricht in ihr Headset, und kurz darauf erscheint der Praktikant. Karla kündigt für den Nachmittag ein weiteres Briefing und Einzelgespräche an. Sie würde alles Mögliche ankündigen, nur um schnell aus der Garderobe raus und wieder ins Studio zu kommen, aber da hat sie die Rechnung ohne die Showrunnerin gemacht. Sie schiebt Karla und den Praktikanten über den Flur und öffnet eine Bürotür.

»Ihr zwei werdet jetzt die Charaktereinschätzungen und die Stress-Tests sämtlicher Kandidaten durchgehen und mögliche Paarungen aufschreiben. Ich will euch erst wieder sehen, wenn wir ein Storyboard für den Showverlauf haben. Und du, Praktikant, krieg deine Hormone unter Kontrolle, das ist hier keine Freiwichs-Halle.«

Sie wirft krachend die Tür hinter sich zu, und Karla steht mit dem Praktikanten in dem kleinen Büro. Es gibt hier nur einen Schreibtisch und zwei unbequeme Stühle – eher ein Verhörraum als ein Büro.

Weil ihr sonst nichts einfällt, rutscht Karla auf den Schreibtisch, baumelt mit den Beinen und fragt: »Wie sieht's aus bei deinen Hormonen?«

Der Praktikant fasst sich an die Hose, in der sich eine auffällige Beule abzeichnet.

»Ich bin einfach dauergeil. Von morgens bis abends diese ganzen nackten Traumfrauen. Das macht mich fertig. Die Showrunnerin hat mich heute schon zweimal beim Wichsen erwischt. Sie sind hier doch die Psychofrau: Was kann ich da denn tun?«

Karla ist in ihren Gedanken noch ganz auf der Bühne bei Matthis. Kann sie sich geirrt haben? Was sollte er als Kandidat in dieser absurden Show? Noëma hat sie zwar verunsichert, als sie ihr eine ganz andere Einschätzung von ihrer Beziehung gegeben hat, aber bei Gameshows ist Karla sich absolut sicher: Matthis hasst diese Sorte Sendungen. Er guckt überhaupt nicht gern Fernsehen und schon gar keine Formate, wo Menschen so vorgeführt werden, dass sie sich anschließend nirgendwo mehr blicken lassen können.

Sie zwingt sich, ihre ganze Aufmerksamkeit auf den Praktikanten zu richten, und ertappt ihn prompt dabei, wie er unablässig ihre Brüste unter dem grünen Chiffon anstarrt.

»Ich bin keine Psychologin und keine Sexologin«, sagt sie und bemüht sich, möglichst sachlich und professionell zu klingen, »aber du bist so jung, in deinem Alter toben die Hormone halt. Meine Güte, genieß es und versteck dich besser, wenn du onanieren willst. In ein paar

Tagen wird sich das beruhigen. Dann ist das hier wie in der Sauna.«

Sie rutscht vom Schreibtisch und geht zur Tür. Sie wird sich von der Showrunnerin nicht hier einkerkern lassen. Sie klärt das jetzt mit Matthis, und dann macht sie wieder ihren Job. Aber als sie die Klinke herunterdrückt, stellt sie fest, dass sie eingeschlossen sind. Na toll. Sie ist in Quarantäne mit einem notgeilen Halbstarken, während draußen ihr Leben den Bach runtergeht.

Eine Weile stehen sie schweigend herum. Der Praktikant hält ihr sein Klemmbrett mit den Unterlagen entgegen. Sie blättert die Kandidatenexposés durch, aber natürlich ist Matthis nicht dabei, sonst hätte sie das längst bemerkt, und auch auf den Genitalfotos erkennt sie ihn nicht. Der Praktikant schielt über ihre Schulter.

»Das ist ganz schön geil«, raunt er in ihr Ohr, und sie denkt erst, er meint die Muschifotos auf dem Klemmbrett, aber dann sieht sie, dass er ihr wieder auf die Brüste starrt.

Im ersten Moment will sie ihn zurechtweisen. Sie arbeiten schließlich miteinander, und außerdem ist sie so viel älter als er. Wahrscheinlich hat er gerade erst das Abi hinter sich und jobbt jetzt bis zum Studium, in dem er »irgendwas mit Medien« machen will, bevor er abbricht und mit einem Ballerspiel-Rezensionskanal bei Deine-Roehre.com strandet.

Dann fällt ihr ein, dass das hier die Gelegenheit wäre, zwei erste Male auf ihrer Liste gleichzeitig abzuhaken:

Sex im Büro und Sex mit einem wesentlich jüngeren Mann. Bilf-Sex: Boy I'd like to fuck.

Karla dreht sich zu ihm um, hält ihm ihr Gesicht hin und lässt sich von ihm küssen. Küssen kann er, das fängt schon mal nicht so schlecht an. Zögernd schließt sie die Augen und versucht auszublenden, dass sie sich wie seine Nanny fühlt. Gerade als sie sich ein bisschen entspannt, gongt es leise an seinem Handgelenk, und dieselbe Stimme wie in ihrem Navi sagt: »Los geht's!«

Karlas Blick wandert irritiert vom Gesicht des Praktikanten zu seinem Handgelenk und wieder zurück. Er hält ihr die Smart-Uhr hin, die er trägt und auf deren schwarzem Display die Initialen LC wabern.

»Das ist die neue Lovecoach-Cleverwatch. Die sponsern uns hier, und gestern haben wir die gekriegt. Ist 'ne Beta-Version. Die kommt nächstes Jahr in den Handel. Ich hatte noch keine Gelegenheit, sie zu testen.«

Er zieht sie wieder nah zu sich, aber Karla legt ihm die Hände auf die Schultern und schiebt ihn ein Stück von sich weg.

»Ist das eine Art Trainingsuhr?«

»Yep.«

»Für Sex?«

»So isses.«

»Du stellst die an, und dann quakt sie dazwischen und sagt, wie's weitergeht?«

»Toll, oder? Du hast einen Trainingsmodus für Sport und einen Lovecoachmodus für Sex. Und hinterher kannst du deine Leistung auslesen.«

»Leistung beim Sex?«

»Atemfrequenz, Puls, Körpertemperatur. Und wenn beide eine tragen …«

»Was die Herrgöttin verhüten möge.«

»… dann kannst du kontrollieren, ob deine Partnerin gekommen ist.«

»Gar nicht, wenn ständig ein Navi dazwischenquatscht.«

Er zieht sie wieder an sich.

»Doch, das wird gut. Hab keine Angst vor der neuen Technik.«

Er streichelt ihr über den Kopf, als wäre sie ein Hund bei Gewitter, und macht, wie er glaubt, beruhigende »Schsch«-Laute.

Karla überlegt, ob sie auf ihrer Liste den Punkt *Unbekanntes Sex-Toy* abhaken kann, wenn sie zulässt, dass er diese Uhr anbehält, und beschließt mitzuspielen.

»Du darfst sie anlassen«, sagt sie gnädig und versucht nicht darüber nachzudenken, was das Lovecoach-Imperium alles an Daten sammelt, wenn die User die App benutzen und die Uhr tragen. Der Praktikant hat da offenbar keine Bedenken.

Er hat sich inzwischen über ihr Ohr zu ihrem Hals hinuntergeküsst und ihre Bluse aus dem Rock gezogen. Seine Hände gleiten unter den grünen Stoff und nesteln an ihrem BH-Verschluss. Offenbar drängt der jugendliche Samenstau zur Eile, oder die Lovecoach-Uhr hat keinen Tantra-Modus. Karla weiß nicht genau, wieso, aber die Hast erregt sie. Tatsächlich wissen sie ja nicht, wann die Showrunnerin wieder die Tür entriegelt, vielleicht wäre es also verkehrt, sich mit Balzritualen aufzuhalten.

Der Praktikant hat den BH-Verschluss bewältigt und umfasst ihre Brüste mit gierigen Händen, er walkt und knetet sie und stöhnt dabei.

»Die weiblichen Brustwarzen und die Innenseite der Oberschenkel eines Mannes sind hocherogene Zonen«, quakt die Navistimme, und fast hätte Karla gelacht, aber da widmet sich der Praktikant schon mit Begeisterung ihren Nippeln, schiebt die Bluse hoch und saugt an ihren steifen Brustwarzen, sodass Karla sich bei der Uhr bedanken möchte. Sie revanchiert sich, indem sie die Beine des Praktikanten streichelt und sich, wie empfohlen, der Innenseite der Oberschenkel widmet. Sein Schwanz unter der Jeans ist so hart und spannt die enge Hose so sehr, dass sie Schwierigkeiten hat, die Knöpfe zu öffnen. Er stöhnt lauter.

»Modus schnell oder Modus langsam?«, fragt die Uhr, und Karla stellt sich vor, wie das wäre, wenn die Navistimme im Auto sie fragen würde, wo sie abbiegen soll.

Der Praktikant taucht mit rotem Gesicht zwischen ihren Brüsten auf und tippt auf ein Feld, das sich in dem schwarzen Display geöffnet hat.

»Lubrikation beachten«, befiehlt die Uhr gebieterisch, und der Praktikant sieht Karla irritiert und hilflos an.

Karla seufzt.

»Sie meint, du sollst checken, ob meine Muschi feucht ist.«

Er wird noch röter, und Karla beschließt, ihm zu helfen. Sie zieht den Reißverschluss herunter und steigt aus dem engen Rock.

»Na los, lass mich deinen Ständer sehen«, ermuntert sie ihn, streift auch den Slip ab und setzt sich auf den Schreibtisch. Lässig stellt sie einen Fuß auf die Tischplatte und stützt sich mit den Händen ab.

Der Praktikant schaut ihr genau in die Möse und stolpert fast, als er seine Jeans auszieht.

Bevor die Uhr sich wieder einmischen kann, macht Karla eine Ansage: »Jetzt die Feuchtigkeit prüfen. Fass meine Möse an. Ganz zart streicheln und prüfen, ob es flutscht.«

Zögernd streckt der Praktikant seine Hand aus, berührt ihre frisch rasierte, glänzende Muschi. Sie stöhnt, als er zwischen ihre Mösenlippen vordringt und mit den Fingern über ihren Kitzler rutscht.

»Genitale Stimulation vor der Penetration«, befiehlt die Uhr. Karla fasst den Praktikanten an der Hüfte, knetet seinen Hintern und besieht sich seinen harten Schwanz.

»Ich könnte ihn dir lutschen«, haucht sie, »oder ein bisschen wichsen, aber ich nehme an, sobald ich dir auch nur an die Eier fasse, spritzt du mich voll, und du willst deinen Schwanz doch unbedingt in meine heiße Pflaume stecken, oder? Also belasse ich es hierbei.«

Sie klapst auf seinen nackten Hintern, er röchelt und nickt.

»Das wäre jetzt der Moment, in dem Lovecoach auf Safer Sex hinweisen sollte«, sagt Karla und sucht in ihrer Handtasche nach einem Kondom.

»Ist 'ne Beta-Version«, sagt der Praktikant.

»Nutzen Sie Flummigummi-Kondome für ein sicheres Erlebnis«, sagt die Uhr. »Flummigummi, so dünn wie Haut, so sicher wie Plane, Flummigummi.«

»Plane?« Karla sitzt nackt mit gespreizten Beinen auf dem Pult und lacht, dass der Tisch wackelt.

»Ist 'ne Beta-Version«, wiederholt der Praktikant und fummelt sich Karlas Kondom über.

Sie lehnt sich, immer noch lachend, zurück und stellt den anderen Fuß auch auf die Tischkante.

Er schiebt seinen Schwanz in sie und fängt sofort ohne weitere Umstände an, sie zu ficken. Erst will sie ihn unterbrechen und zu mehr Muße ermahnen, aber diese Gier macht sie irgendwie heiß. Sein Gesichtsausdruck ist weggetreten, sein Mund steht leicht offen, er atmet schwer und stößt in sie, umfasst dabei ihre Brüste, die er ungeschickt bearbeitet. Dann kommt er mit einem lauten Röhren.

»Atemfrequenz über vierzig pro Minute, Puls 135«, quakt die Uhr.

»Bist du gekommen?«, fragt der Praktikant. Karla streicht ihm über das Gesicht.

»Schätzchen, nein. Aber ich kann dir zeigen, wie du das hinkriegst. Falls die Uhr kein Klitorisprogramm hat.«

Er tippt auf der Uhr herum, Karla nimmt seine Hand und legt sie sich zwischen die Beine.

»Das war ein Scherz. Versuch mal, deinen Schwanz in meiner Pflaume zu lassen, auch wenn er jetzt schlaff wird. Und du massierst hier mit leichtem, gleichbleibendem Druck«, sie führt seinen Finger zu ihrer Klitoris, und er beginnt sie zu stimulieren. Karla legt den Kopf zurück und atmet tiefer.

»Genau so, das machst du gut.«

»Kannst du meinen Schwanz in deiner Pflaume fühlen?«

»Ja sicher, und jedes Mal, wenn ich die Muskeln zusammenziehe, fühle ich ihn noch deutlicher, das ist geil.«

Sie zieht die Scheidenmuskulatur zusammen, und er schnauft.

Karla kann fühlen, wie er steifer wird. Glückliche Jugend.

»Besorg es mir erst«, befiehlt sie, »dann kannst du mich noch mal ficken, wenn er wieder steht. Das möchtest du doch? Mit deinem harten Schwanz meine nasse Pflaume ficken?«

Er nickt und konzentriert sich auf die Klitmassage. Karla stöhnt lauter. Das macht er wirklich gut. Er experimentiert nicht herum, spielt nicht oder wechselt die Hand, er streicht mit dem Daumen immer wieder rauf und runter über ihren Kitzler, und als sie »Wichs mich schneller« keucht, tut er genau das, und Karla kommt lang und heftig. Er beginnt sofort, sie ein zweites Mal zu ficken, und Karla genießt das Gefühl, wenn er in sie stößt und sich ihre Muskeln gleichzeitig zusammenziehen. Nach einem Dutzend Stößen kommt er erneut, und die Uhr sagt: »Nutzen Sie Flummigummi-Kondome für ein sicheres Erlebnis. Flummigummi, so dünn wie Haut, so sicher wie Plane, Flummigummi.«

Sie lachen beide.

»Da müssen die Entwickler noch mal ran«, japst Karla, rutscht auf dem Tisch ein Stück zurück und legt sich der Länge nach hin.

»Wie gesagt, ist ’ne Beta-Version.« Der Praktikant legt sich neben sie.

Seine Atemzüge werden schnell tiefer. Karla wartet darauf, dass die Lovecoach-Uhr jetzt Post-Fick-Löffeln befiehlt oder zu einem Beziehungsgespräch, zu Kuscheln oder einer gemeinsamen Dusche rät, aber das Ding bleibt stumm.

»Schade, dass man Beziehungen nicht auch als Beta-Versionen sieht und man sich mit jedem Fehler verbessert«, denkt Karla und will sich noch merken, das für ihre Praxisgespräche aufzuschreiben. Aber dann ist der Gedanke schon wieder weg, und sie gleitet in einen wabernden Traum voller rot leuchtender Anzeigen und schwarzer Flächen, auf die sie tippen muss.

Das leise Klicken des Türriegels weckt Karla. Ohne ein Wort wurde ihre Haft beendet. Sie stößt den Praktikanten an, küsst ihn kurz auf die Wange, schlüpft in ihre Kleidung und eilt ins Studio. Die Beleuchter stehen zu einer Besprechung zusammen, zwei Helferinnen rollen Kabel ein, ein Mann wischt den Boden, von den Kandidaten ist nichts zu sehen. Karla sucht alle Räume ab, die Aufenthaltslounge, den Internetraum, das Pressezentrum, das Gym, und findet dort die Männer im Umkleideraum. Einer ruft »Doc auf der Brücke« und pfeift, die anderen lachen.

Stumm zählt sie durch, es sind fast alle da, neun der zehn, und niemand hat so eine Narbe in der Leistengegend oder rötliches Haar. Karla weiß nicht, was sie denken soll. Hat Matthis versucht, Kontakt mit ihr aufzunehmen? Wird er gefangen gehalten? Das ist doch absurd. Hat er sich in irgendetwas reingeritten, das ihm dann über den Kopf gewachsen ist?

Sie hält eine kurze improvisierte Ansprache über die Auswirkungen eines TV-Auftritts auf das Privatleben und leiert ihre Sprechzeiten herunter, sie sagt einfach, was ihr einfällt, und mustert währenddessen die versammelten nackten Kandidaten genauer. Kann sie sich geirrt haben, als sie vorhin Matthis auf der Bühne entdeckt hat? Sie sieht ratlos in die Runde und merkt an den Gesichtern, dass sie aufgehört hat zu sprechen und die Kandidaten sich fragen, was sie noch von ihnen will. Also klatscht sie in die Hände und schließt ihre Rede ab.

»Männer, stählt nicht nur eure Körper, sondern macht euch klar, was ihr hier wollt und was auf euch zukommt. Der Medienrummel kann brutal sein, unterschätzt das nicht.«

Die Männer grummeln zustimmend, aber es ist ihnen anzumerken, dass sie Karlas Warnung für übertrieben halten.

Karla seufzt und verlässt die Umkleide.

Mieze steht noch an ihrem Caterertisch, obwohl sie längst alle Platten zusammengeräumt hat. Aufgeregt eilt sie zu Karla und hakt sie unter.

»Wo warst du? Ich suche dich schon die ganze Zeit.«

Karla drückt fest ihre Hand und fühlt, wie ihr Herz gegen den Brustkorb hämmert.

»Hast du Matthis gefunden?«

Mieze schüttelt den Kopf.

»Die Showrunnerin hat mich mit einem Teller Zimtschnecken in die Maske geschickt, das ist da hinten. Aber …«, sie kramt mit der freien Hand in ihrer Schürzentasche und zieht einen Umschlag hervor, »… ich habe das.«

Karla beäugt misstrauisch das Kuvert. »Fanpost?«

»Dachte ich auch zuerst. Und gib's zu, meine Zimtschnecken haben Huldigungen verdient, Autogrammwünsche, Heiratsanträge, unsittliche Angebote, Massenhysterien. Die Fluffigkeit des Hefeteigs bräuchte einen eigenen DeineRöhre-Channel, eine TV-Show.«

»Mieze!« Karla stöhnt. »Deine Zimtschnecken sind der Renner, und ich verehre dich für ihre Fluffigkeit, aber was ist in dem Umschlag?«

Mieze gibt ihn ihr.

»Ein USB-Stick. Der lag einfach so in meiner Schürzentasche. Ich hatte sie abgenommen, weil ich kurz mal pieseln wollte, und als ich zurückkam, steckte er drin. Ich hab natürlich keine Ahnung, was drauf ist oder ob er wirklich für dich ist, aber wer sollte *mir* einen USB-Stick unterschieben?«

Karla steht ratlos da und dreht das kleine Plastikding in den Fingern hin und her, als könnte man ihm seinen Inhalt doch irgendwie ansehen.

Mieze küsst sie auf die Wange.

»Ich muss loswieseln. Es gibt noch viel zu tun. Ich habe vier wagenradgroße Biskuitplatten in der Kühlkammer.«

Karla hilft ihr, die Platten zum Auto zu tragen.

»Gibt's morgen Riesentorten in der Show?«

Mieze lächelt geheimnisvoll. »In der Show nicht. Die sind für Noëma.«

»Dein Monogamie-Masterplan?«

Mieze verstaut alles auf dem Rücksitz. »Genau. Ich backe mir die perfekte Ehefrau.«

Während Mieze wendet und vom Parkplatz fährt, sieht Karla ihr nach und überlegt, ob sie mit Matthis den perfekten Mann hatte oder ob sie ihn sich nur in ihrer Vorstellung so gebacken hatte und er in Wirklichkeit ein ganz anderer war.

Da fühlt sie, dass jemand sie beobachtet. Sie dreht sich um und sucht zwischen den Mitarbeitern, die zu ihren Fahrzeugen gehen, den einen, der sie ansieht. Ein Mann mit silbernen Schläfen und einer Lederkette um den Hals lehnt an einem Auto. Diesmal weiß sie zumindest, dass sie ihm schon vor kurzem vor dem Nirwana begegnet ist, aber sie hat immer noch keine Ahnung, wer er ist. Sie nähert sich ihm und macht sich bereit, notfalls hinter ihm herzusprinten, sollte er versuchen wegzulaufen. Aber er bleibt stehen und nickt ihr freundlich zu.

»Stalken Sie mich?«

Er hebt beschwichtigend die Hände. »Sie sind doch Karla von der Liebeskummerpraxis. Ich hätte gern einen Termin.«

»Waren Sie schon mal Kunde bei mir?«

Er dreht verlegen an dem Anhänger seiner Kette, und Karla bemerkt, wie strahlend grau seine Augen sind, wie durchtrainiert sich seine Brust unter dem geblümten Hemd abzeichnet und wie schön seine Lippen geschwungen sind. Auch dass ihr sein Duft ausgesprochen gut gefällt; diese Mischung aus Pfefferminz, etwas Seifigem und Leder, kann sie nicht ignorieren, und sie ärgert sich darüber.

»Leider nicht.«

Seine Stimme ist etwas heiser, aber sehr melodisch und eher sanft.

»Woher kenne ich Sie dann? Ich nehme Sie erst als Klient an, wenn Sie mir sagen, wer Sie sind. Ich habe Sie schon vor dem Nirwana gesehen, aber ich komm nicht drauf.«

Er lächelt.

»Das ist auch eine Weile her, und Sie waren nur kurz bei mir im Büro, wir haben zwischen Tür und Angel Hallo gesagt.«

Karla wartet und wird langsam ungeduldig. Der Mann legt seine Hand an die Stirn, um seine Augen vor der tief stehenden Sonne abzuschirmen.

»Ich bin Matthis' Verleger. André Dvorák. Bei mir ist der erste Band von Super-Suzy erschienen.«

Karlas Knie werden auf einmal weich. »Schickt Matthis Sie?«

Er verzieht das Gesicht, als wäre die ganze Sache ihm unangenehm.

»Er hat mir eine Nachricht über das Kontaktformular meines Verlags geschrieben. Er bittet mich, Ihnen zu sagen, dass es ihm gut geht und dass Sie sich keine Sorgen machen sollen, dass er aber …«, er stockt und sucht nach den richtigen Worten.

»Dass er nicht zurückkommt«, haucht Karla und merkt, wie ihr schlecht wird.

»Dass er es Ihnen gerade nicht erklären kann. Und dass er noch Zeit braucht, um sein Leben zu überdenken. Sie sollen sich frei fühlen zu tun, was gut für Sie ist, und er wünscht Ihnen das Beste.«

Karla ist schlagartig so wütend, dass sie auf der Stelle anfangen könnte zu heulen. Wäre sie wirklich Super-Suzy, würde sie sich jetzt das Cape und den Strapsbody mit dem strahlenden Herzen auf der Brust herunterreißen und Blitze in alle Richtungen schleudern.

Der Mann sieht sie mitfühlend an.

»Mehr weiß ich nicht. Es tut mir wirklich leid.«

Karla nimmt alle Kraft zusammen, die sie noch hat, und stellt sich so aufrecht hin, wie sie kann. Atmen, blinzeln, atmen, nicht denken, weinen darf sie später, sie muss nur mit Würde von diesem Parkplatz runter.

Aber da legt der Mann den Arm um sie und zieht sie an sich, und Karla presst den Kopf an seine Schultern und schluchzt hemmungslos.

ZWÖLF

Lovecoach-Tipp:
Wer ficken will,
muss freundlich sein.
Verliebt nicht unbedingt.
Hauptsache,
Sie verwechseln beides
nicht.

»Und das hilft?«

André steht mit verschränkten Armen vor der Aquarellwand in Karlas Praxis und besieht sich die Kunstwerke ihrer Kunden.

»Manchen ja. Malen hilft, sich darauf zu konzentrieren, wer man ist und was einen glücklich macht, und das Glück nicht ausschließlich in einem Partner zu suchen. Viele haben das verlernt, die warten immer darauf, dass ihnen jemand Lebensfreude und Zufriedenheit vorbeibringt, anstatt selbst dafür zu sorgen.«

»Und deine zehn ersten Male?«

Karla schenkt den sehr starken süßen Kakao, den sie gerade gekocht hat, in zwei Becher und reicht André einen.

»Das ist eher ein Konzept für die Gekränkten und Geknechteten, für die, denen man eingeredet hat, dass sie ohne Beziehung nichts sind und dass nie wieder jemand sie interessant finden wird.«

André pustet über das fast schwarze Gebräu.

»Aufschlussreich, dass du trotzdem deine eigene Therapie gewählt hast und keine Aquarelle malst.«

Karla holt schon Luft, um etwas zu erwidern, aber ihr fällt nichts ein, also nippt sie nur am Kakao.

André hat sie auf dem Parkplatz der TV-Produktion im Arm gehalten, bis sie sich wieder einigermaßen beruhigt hat, und dann darauf bestanden, sie nach Hause zu fahren. In die Wohnung, die ja auch Matthis' Zuhause gewesen war, wollte Karla aber keinesfalls, also ist André zur Praxis gefahren, hat sie in den Sitzsack gesetzt und sich die ganze Geschichte schildern lassen. Karla war das erst ziemlich peinlich, ihr katastrophales Liebesleben vor einem fast Fremden auszubreiten und auf der anderen Seite ihres Sprechzimmers zu sitzen, aber dann merkte sie, wie gut ihr das tat. Auch über ihre Arbeit hat sie ihm viel erzählt und schließlich eine Führung durch die Räume angeboten, wobei sie die große Couch, auf der sie gelegentlich mit ihren Kunden handgreiflich wird, nicht weiter erwähnte.

Die Wand mit den Bildern interessiert ihn als Grafiker natürlich besonders.

»Ich würde dein Konzept gern abwandeln. Ich bin kein Liebeskummerexperte, aber ich hätte da eine Idee. Bist du bereit für ein Experiment? Es kostet dich nur einen Tag, und wenn es dir danach nicht besser geht, hast du nichts verloren. Musst du morgen ins Studio?«

Karla schüttelt den Kopf und sieht ihn misstrauisch an.

»Wenn du mir jetzt mit Bungeejumping, Tarantelstreicheln oder Rohe-Fischaugen-Essen kommst – da wäre ich raus.«

André lacht.

»Keine Sorge. Meine Idee ist viel einfacher. Statt zehn erste sexuelle Male schlage ich dir vor, einen Tag mit mir zu verbringen, wobei wir nur Sachen unternehmen, die dir Spaß machen. Ein unbeschwerter, schöner Tag. Kein Therapie-Gevögel, überhaupt nichts, das mit Matthis zu tun hat.«

Karla überlegt, die Idee gefällt ihr, und als sie schließlich nickt, klatscht André in die Hände.

»Sag mir zehn Dinge, die dich glücklich machen, und ich überleg mir was.«

Karla zählt sie an den Fingern ab, erst zögerlich, aber dann fällt ihr immer mehr ein.

»Verkleiden. Niedliche Hunde. Pasta. Geschwindigkeit. Theater. Rauschende Bäume. Massage. Urlaub. Barfuß laufen. Guter Rotwein.«

Sie könnte noch weitere Sachen aufzählen, aber André stoppt sie, und Karla wundert sich, wie wenig sie von diesen Dingen, die sie glücklich machen, in den letzten Jahren unternommen hat. Außer Pasta und Rotwein gab es eigentlich gar nichts davon.

»Schlaf dich aus, und morgen hol ich dich mit Frühstück ab.«

Er bringt sie zur Couch und faltet die dicke Patchworkdecke auseinander, die auf dem Hocker daneben liegt. Karla streckt sich aus und lässt zu, dass er die Decke über sie breitet. Er küsst sie sanft auf die Schläfe, erst findet sie das merkwürdig, aber dann kuschelt sie sich ein und ist fast schon eingeschlafen, als er das Zimmer verlässt. Im letzten wachen Moment hört sie noch, wie er die Praxistür hinter sich zuzieht.

André hält Wort. Am nächsten Morgen klingelt er mit zwei Kaffees und süßen Teilchen bei Karla, und sie frühstücken auf der Couch.

»Was ist in der großen Tüte?«

Karla sieht neugierig auf die Tasche, die André an der Tür abgestellt hat.

»Unser Outfit.«

Er steht auf und holt zwei schwarze Gewänder heraus, außerdem feste Schuhe und lange Ketten mit Runenzeichen. »Wir sind zwei Pilger vom Orden der Gütigen Freya. Wir begeben uns heute auf das Treiben der Marketender am Fuße der Burg Schönfels.«

»Wir gehen zu einem Mittelaltermarkt?«

Karla muss lachen, als André sich die Kutte überwirft und sich tief vor ihr verbeugt. »Ganz recht. Zukunft lesen, Schwangere segnen, Besessene heilen, Häuser ausräuchern, das ist die Gnade unserer Zunft.«

Karla schlüpft auch in ihr Kostüm und lässt sich die Ketten umhängen. Vor allem die riesige Zipfel-Kapuze gefällt ihr.

Der Markt ist schon gut besucht, als die beiden an der Burg ankommen. Feuerschlucker jonglieren mit brennenden Fackeln. Stelzenläufer schreiten durch die Menge. Fliegende Händler bieten in Bauchläden Schmuck und mittelalterliche Waffen feil. Ein Schmied hämmert ein glühendes Metallteil auf einem Amboss. Eine Bänkelsängerin mit entblößten Beinen singt frivole Lieder von nächtlichen Freuden, ein Hofnarr verspottet die umherschlendernden Gäste, ein paar Raufbolde provozieren Streit vor einer Schenke und prügeln sich sehr gekonnt und sportlich mit Morgensternen und Schwertern. Und überall duftet es nach Feuer, frisch gebackenem Brot und Met.

Eine Marktfrau winkt Karla und André eilfertig zu sich heran:

»Wollt Ihr edlen Pilger mir wohl die Zukunft weisen, dann beschenke ich die schöne Jungfer und Euch, wohlgestalteter Weiser, mit gottesfürchtigem Backwerk.«

André lässt Karla den Vortritt, als die Marktfrau ihnen die Hand hinstreckt. Und Karla prophezeit ihr: »Allgefälliges Glück, sofern sie den Versuchungen des Teufels zu widerstehen vermag.«

Dafür bekommen sie zwei große Stücke Blechkuchen.

Karla leckt sich genüsslich die Lippen.

»Den müsste Mieze probieren. Dann schafft sie sich glatt einen Holzofen in ihrer Superküche an, um dieses Raucharoma hinzukriegen.«

André weicht einem Henker mit schwarzer Kapuze aus, bevor der ihn am Pranger festketten kann.

»Mieze kenn ich übrigens auch«, murmelt er kauend. »Sie war auf der Party, auf der wir uns vor zwei Jahren getroffen haben, und ich habe sie vor dem Studio wiedergesehen.«

»Mieze ist toll«, nickt Karla und reicht ihre Bambusteller einer Jungfer mit eng geschnürtem Mieder und ausladendem Dekolleté, die alles Geschirr in einen großen Jutesack packt und sich mit einer Hand auf dem Herzen für die »milde Gabe« bedankt. Ein großer blonder Mann in scheppernder Rüstung und eine bis an die Zähne bewaffnete Frau in vollem Harnisch und mit kunstvoller Flechtfrisur nicken ihnen zu. Die Frau ruft André »Impfen und Zahnstein am Montag« zu, und André muss lachen, als er Karlas ratloses Gesicht sieht. »Das sind Wolfgang und Utascha, meine Tierärzte, also die von meinen beiden Katern, wir haben den jährlichen TÜV-Termin nächste Woche.«

Eine johlende Menge hat begonnen, einen armen Verurteilten auf einer Bühne mit Gemüseresten zu bewerfen und mit mittelalterlichem Unflat zu beschimpfen. Karla muss lachen bei dem, was der Menge alles einfällt, und ruft ihm auch »schurkischer Unhold, Teufelsbrut« zu.

Eine Frau nimmt sie plötzlich bei der Hand und zieht sie in einen Reigen von blumenbekränzten Maiden, die um einen geschmückten Baum herumtanzen. Die Schritte sind einfach, und Karla hat es bald raus. Auch André wird in die Runde genötigt und stolpert etwas unbeholfen zwischen den hüpfenden Jungfern herum. Karla fühlt sich mit jedem Sprung leichter und hört erst auf zu tanzen, als ihr Gesicht glüht und sie japsend vor Seitenstechen den Reigen verlassen muss.

André sieht auf die Uhr, die er schnell wieder unter dem Ärmel seiner Kutte versteckt, als ihn ein Marktschreier rügt: »Kein Teufelszeug auf dieser gottesfürchtigen Messe!«

»Wir müssen los«, sagt André, nimmt Karlas Hand und führt sie zum Parkplatz, wo sie sich am Auto umziehen.

»Die festen Schuhe lass mal lieber an«, kommandiert André und startet den Wagen.

Sie fahren eine halbe Stunde durch den Wald, bis André in einen schlammigen Weg einbiegt. Karla hört das Bellen sofort, als sie aussteigen. »Niedliche Hunde?«

»Und Geschwindigkeit.«

Er führt Karla an den Zwingern vorbei hinter ein kleines Haus, wo schon ein Hundeschlitten wartet. Ein Mann ist gerade dabei, ein Husky-Rudel in das Geschirr zu schnallen.

Karla staunt und kann gar nicht aufhören zu lächeln. »Ich liebe Huskys! Diese blauen Augen und die tolle Zeichnung.«

Sie dürfen einige Hunde streicheln. Der Mann passt auf, dass sie nur die anfassen, die das auch gut finden.

Dabei stellt er ihnen jeden einzelnen Hund vor. »Huskys können ziemlich wild sein. Das ist beim Ziehen ein Vorteil. Es sind keine Schoßtiere. Aber unser Bruno hier mag es gern an den Ohren.«

Er krault einen besonders großen Husky mit dichtem, strahlend weißem Fell und einer gefährlich aussehenden Zorrozeichnung im Gesicht. »Manche gucken, als planten sie die Weltherrschaft, andere grinsen die ganze Zeit, aber davon darf man sich nicht beirren lassen. Den Charakter sieht man ihnen nicht an. Es sind starke Tiere, und man muss ein Rudel sehr gewissenhaft zusammenstellen. Aber dieses hier läuft schon seit Jahren, die können perfekt miteinander.«

Er klopft einem kleineren mit zweifarbigen Augen auf die Kruppe.

»Die wollen rennen. Steigen Sie ein, und halten Sie sich gut fest.«

Karla ist noch nie zuvor mit einer Hundekutsche gefahren. Sie hat es sich beschaulich und romantisch vorgestellt, wie eine Schlittenfahrt im Winter mit Pferdchen und Glöckchen, aber als der Mann sich hinter sie auf den Wagen stellt, die Zügel in die Hand nimmt, das Kommando gibt und sich die dicken Gummiräder in Bewegung setzen, da wird sie in den Sitz gepresst und krallt sich an Andrés Ärmel fest. Das Husky-Rudel beschleunigt auf dem weichen Waldboden, und bald hetzt und rennt es durch den Wald, als wäre es einer Beute auf den Fersen. Karla genießt den Wind auf ihren Wangen und bewundert die Muskelkraft dieser starken Tiere, ihre

Energie und ihr Zusammenspiel. In den Kurven bremst der Mann den Wagen, der sich gefährlich neigt, immer etwas ab, und als sie schließlich wieder am Zwinger ankommen, japst Karla, als wäre sie selbst gelaufen. Sie kann gar nicht aufhören zu lächeln und bedankt sich überschwänglich bei dem Halter für dieses rasante Abenteuer. Auch die Huskys werden noch einmal ausgiebig geknuddelt. Dann fällt sie André um den Hals. »Ich weiß nicht, wann ich das letzte Mal so einen Spaß hatte!«

André grinst.

»Das war der Plan. Verkleiden, Theater, niedliche Hunde und Geschwindigkeit hätten wir. Weiter geht's.«

Er startet den Anlasser. »Jetzt kommt der Barfußurlaub.«

Karla hibbelt auf ihrem Platz herum und kann es kaum erwarten, die nächste Überraschung zu erfahren. Sie quasselt wie ein Wasserfall und erzählt André alles, was ihr einfällt, Kindheitserinnerungen, Romanhandlungen und Filme, Träume, die sie mal hatte, sie ist kaum zu bremsen.

Als André das Auto parkt, sind sie mitten im Nirgendwo. Er checkt auf seinem Handy, ob sie richtig sind, und deutet auf einen kleinen Waldweg: »Da lang.«

Sie schlendern durch den Laubwald, die Baumkronen über ihnen rauschen, ab und zu singt ein Vogel, oder sie hören ein Tier im Unterholz. Karla hat sich bei André eingehakt und wird ganz ruhig. Sie atmet die gute Luft tief ein, fühlt sich friedlich und befreit. Und als sie eine große Wiese erreichen und André seine Stiefel aufschnürt, fragt sie gar nicht, sondern zieht ihre Schuhe auch aus, nimmt seine Hand und stapft mit ihm durch das hohe Gras.

Das Zirpen der Grillen und das Muhen einer Kuhherde weiter hinten versetzen Karla in eine beschwingte Stimmung, sie fühlt sich wirklich wie im Urlaub. Dazu passt der Bungalow, der nach einem Hügel vor ihnen auftaucht. André steuert darauf zu, und staunend betritt Karla ein luxuriöses Blockhaus, auf dessen Veranda schon ein Whirlpool blubbert. Ein kleiner Kronleuchter an der Giebeldecke verbreitet ein heimeliges Licht, und auf der Küchenanrichte steht ein Korb mit Wein, Obst und Brot. An einer großen Schleife hängt ein handgeschriebener Zettel.

Macht es euch besonders nett! Kuss, Mieze.

Karla starrt André an.

»Das hier ist Miezes Holzhütte? Sie sagt immer Holzhütte, wenn sie mit Noëma übers Wochenende aus der Stadt fährt. Ich war noch nie hier und hab immer gedacht, das ist so ein Art Verschlag mit Luftmatratzen.«

André lächelt. »Mieze ist keine Frau für Luftmatratzen. Ich hoffe sehr, ihr Geschmack setzt sich in ihren Einkäufen fort.«

Er öffnet mit Schwung den Kühlschrank, der bis unter den Rand vollgepackt ist, und André grinst zufrieden.

»Also, Pasta hätten wir. Ich würde mal sagen, du hüpfst in den Whirlpool, und ich öffne den Rotwein.«

Das lässt sich Karla nicht zweimal sagen. Sie zieht sich nackt aus und steigt in das Wasser, das genau richtig temperiert ist.

André nestelt mit einer Hand an seiner Hose, während er mit der anderen zwei Gläser und einige Kondome auf einem kleinen Tablett balanciert. Er stellt es ab, streift sich Jeans, Hemd und Unterwäsche ab und gleitet ihr gegenüber ins Wasser. Nach einem Druck auf einen kleinen Knopf am Rand beginnt es zu sprudeln. Karla genießt das Blubbern aus den Massagedüsen auf ihrem Körper und rekelt sich wohlig. Auch André streckt sich aus. Nach einer Weile tastet Karla mit dem Fuß an Andrés Bein herauf. Er nimmt ihn und legt ihn sich in den Schoß. Langsam und kräftig massiert er ihren Ballen und ihre Zehen. Karla stöhnt begeistert und legt den anderen Fuß daneben. Sie tastet unter dem Wasser nach seinem Bein und streichelt seinen Knöchel und die Wade. Mit geschlossenen Augen lassen sie sich treiben und genießen die Berührung. Sie sprechen nicht, nur der Motor des Whirlpools und die Luft, die durch die Düsen strömt, sind zu hören. Karla spürt an ihrem Fuß, dass Andrés Schwanz sich versteift, und nimmt ihn zwischen die Fußsohlen. Sein großer Zeh tastet sich zwischen ihre Beine vor. Sie spreizt die Schenkel und rutscht ihm mit dem Hintern etwas entgegen. Als er ihren Kitzler berührt, zieht sie scharf die Luft ein. Ihre Bewegungen sind leicht und träge, wie absichtslos, es ist nichts Drängendes oder Forderndes in diesen Berührungen. Irgendwann stößt sich André vom Beckenrand ab und treibt zu ihr.

Er zieht Karla auf seinen Schoß, fährt mit den Händen durch ihr Haar und küsst sie. Sie fühlt sich wie eine Teenagerin. Wann hat sie das letzte Mal so intensiv geküsst? So geknutscht, als gäbe es nichts anderes? Sie kann sich nicht erinnern. Ihre Zungen spielen miteinander, seine Hände tauchen unter Wasser und streicheln ihre Brüste und Schenkel. Sie fühlt seinen harten Schwanz an ihrem Oberschenkel und fragt sich, wie es sein wird, jemanden zu vögeln, der Matthis kennt, aber dann treibt dieser Gedanke weg wie die Schaumbläschen, er platzt einfach und hinterlässt nur einen kaum wahrnehmbaren Duft nach Chlor. André dreht Karla um, sodass sie sich mit den Ellenbogen am Beckenrand abstützen kann, und drängt sich von hinten an sie. Eine Wasserdüse sprudelt genau in der Höhe ihrer Möse, und sie nimmt die Knie auseinander und kippt das Becken etwas nach vorn, bis der Strahl genau zwischen ihren Mösenlippen entlangrauscht und auf ihre Klit prasselt. Sie macht es sich oft selbst mit dem Duschkopf und weiß, dass es nicht lange dauern wird, der Reiz ist einfach zu intensiv. André umfasst sie von hinten und hält ihre Brüste in seinen Händen. Er reibt seinen Schwanz an ihrem Hintern, versucht aber nicht, in sie einzudringen.

»Komm du zuerst«, flüstert er ihr ins Ohr. »Es ist dein Tag, du hast dir einen Orgasmus verdient.« Er lacht. »Oder zwei oder drei – je nachdem, wie lange es dauert, bis wir hier völlig schrumpelig herumdümpeln.«

Karla konzentriert sich auf den Wasserstrahl an ihrer Möse und seine Hände, die mit ihren Nippeln spielen, und lässt sich von ihrem Höhepunkt einfach hinwegspülen. Sie stöhnt laut und driftet ab, ihre Beine scheren noch weiter auseinander, und André kniet dazwischen und presst seinen Schwanz an sie. Kichernd dreht Karla sich um, nimmt eines der Kondome vom Tablett.

Er zieht sie zu sich und küsst sie wieder. Sie rutscht über seinen Schoß und führt sich seinen Schwanz ein. Er seufzt.

»Daran denke ich schon den ganzen Tag.«

»Wie du im Whirlpool keimfrei gekocht wirst?«

»Wie sich deine Muschi anfühlt.«

»Wie fühlt sie sich an?«

»Geil. Fötzchengeil. Saftfotzengeil.«

»Ein Künstler und Dichter.«

André grinst und lehnt sich zurück. Karla reitet auf seinem Schwanz, und trotz Kondom ist der Spaß nach wenigen Stößen vorbei.

»Schade. Beim nächsten Mal dauert es länger.« Er küsst sie lange.

»Du wirst mich also noch mal saftfotzengeil ficken?«

»Aber so was von saftfotzengeil.«

Sie lachen und halten sich fest umschlungen und treiben im Wasser, bis Karla bemerkt, dass sie wirklich schon schrumpelige Finger haben. Sie steigen aus dem Whirlpool, nehmen die Weingläser mit und machen es sich auf einer breiten gepolsterten Liege bequem.

»Wie viele Vögelmöbel hat dieses Blockhaus eigentlich?«, fragt Karla, und André tut so, als würde er nachrechnen, zuckt dann aber mit den Schultern, rollt sich halb über sie und schiebt ihr die Hand zwischen die Beine.

»Einige. Und ich werde dich auf jedem knutschen, fingern, lecken, rimmen, von jeder Richtung ficken und was du sonst noch so möchtest.«

Karla nickt. »Bitte genau in der Reihenfolge.«

DREIZEHN

Lovecoach-Tipp:
Sex kann saukomisch sein,
also kichern, giggeln, lachen Sie –
aber nicht über den
Partner.

Fine streicht schon den ganzen Morgen um ihren Laptop herum. Sie hat mit dem Briefträger geflirtet und überlegt, ob sie mal was backen soll, Mieze entspannt das schließlich auch, aber dann hat sie sich mangels Talent dagegen entschieden. Ihre Mutter, fällt ihr ein, würde ihr jetzt raten, zum Fokussieren die Fenster zu putzen, aber das kommt nicht infrage. Sie loggt sich bei Lovecoach ein, die App arbeitet wieder perfekt, seit Fine das richtige Kästchen angekreuzt und ihre Einzugsermächtigung erneuert hat. Sie flippt ihre Matches durch, alte Bekannte, ein paar neue. Sie trifft sich mit HotPotatoe in der Lounge, aber obwohl er direkt loslegt und schweinigelt, was das Zeug hält, macht sie nichts davon an, und sie verabschiedet sich mit einem kurzen Sorry. Wenig später versucht sie es mit einem neuen Kandidaten, Klitorissimus. Es geht ein bisschen gehemmt los, aber dann dreht er auf, nur reißt er

Fine nicht wirklich mit, obwohl er Spielzeug vorschlägt und schöne Ideen hat, in denen ein großer Spiegel und eine Tube Gleitgel vorkommen. Ihn kickt Fine aus der Leitung. Und auch Manuel1980, BusenBiest und FrecherFreckel erleiden das gleiche Schicksal. Es hilft nichts, sie kriegt diesen Support mit den schönen grauen Augen und dem Wolpertingerhund nicht aus dem Kopf. Sie steht auf diese Bärchentypen. Bis sie ihn live gesehen hat, war sie mit ihren virtuellen Affären ausgelastet, aber jetzt muss sie immer daran denken, wie das wäre, wenn sie mit jemandem über dieselben Witze lachen könnte und dieser Jemand morgens mit ihr am Frühstückstisch säße und mit Marmelade kleckern würde. Sie weiß ja gar nicht, ob er wirklich hinreißend und nett ist, aber sie will es so dringend herausfinden, dass es fast wehtut. Endlich wirft sie sich mit ihrem Laptop auf den Futon und wählt die Kundenhotline.

Support
»Lovecoach, die App für mehr Lust im Leben, was kann ich für dich tun?«

Fine
»Hallo. Mein Benutzername ist FeinFrankstone, und meine liebste Sexstellung ist der Lotussitz mit viel Gleitgel. Ich habe kein technisches Problem, ich möchte mit einem Kollegen von dir sprechen, ich weiß seinen Namen nicht. Das ist so ein niedlicher Runder mit einem kleinen Hund.«

Support
»Sorry, wir geben keine Informationen über unsere Mitarbeiter oder unsere Kunden raus. Bei Lovecoach, der App für mehr Lust im Leben, wird Datenschutz ganz großgeschrieben. Unsere AGBs findest du auf unserer Internetpräsenz unter www …«

Fine
»Ja, ja, super, aber das ist ein Notfall.«

Support
»Ein technischer Notfall? Bitte präzisiere dein Problem.«

Fine
»Nein, ein privater Notfall. Deshalb brauche ich seine Kontaktdaten.«

Support
»Wir geben keine Kontaktdaten unserer Mitarbeiter oder unserer Kunden weiter. Wir bei Lovecoach, der App für mehr Lust im Leben, setzen den Datenschutz an erste Stelle. Die AGBs findest du auf unserer Internetpräsenz unter www…«

Fine legt auf. Sie könnte sich gleich dreifach in den Hintern beißen. Erstens, weil sie dem Wolpertinger-Mann ein falsches Bild geschickt hat. Zweitens, weil sie Karla nicht selbst erzählt hat, dass Matthis irgendwas mit der

TV-Show zu tun hat. Und drittens, weil sie den Support versetzt hat und ihn wahrscheinlich nie wiedersehen wird.

Eine Weile läuft sie ziellos in ihrer Wohnung herum und steht auch lange in ihrer Kammer, in der die Produkte lagern, die sie bei ihren Shootings verwenden soll. Dann hat sie endlich eine Idee. Sie breitet in ihrer Fotoecke eine schwarze Folie aus und stellt eine weiße Papierwand aufrecht hin. Sie umrandet sich die Augen dick mit schwarzem Lidschatten, bis das Make-up fast wie eine Waschbärzeichnung aussieht. Sie schlüpft in einen winzigen roten Spitzenslip und zieht ein T-Shirt an, auf dem mit großen Buchstaben das Wort *BITCH* geschrieben steht. Sie setzt sich auf einen Barhocker und tippt mit dem großen Zeh auf das Fußpedal ihres Selbstauslösers.

Foto eins.

Ächzend schleppt sie einen Sack Hundefutter heran, sprüht in großen Lettern *SORRY* auf die weiße Papierwand und lehnt sich gegen den Sack.

Foto zwei.

Der Sack kommt wieder in die Kammer. Vielleicht braucht sie den noch mal, sie hofft es jedenfalls sehr. Als sie den großen Eimer mit dem Aufdruck *More Moor!* aus dem Regal hebt, zögert sie kurz. Das wird eine Riesensauerei geben, aber da muss sie jetzt durch. Vom Sofa greift sie sich auch noch ein Kissen. Mit einer Schere öffnet sie den Eimer und bringt sich in Positur. Den Fuß auf dem Pedal, kippt sie sich die schleimige schwarze

Masse des *Moorbades für zu Hause* in einem Guss über den Kopf.

Foto drei.

Das Kissen aufzuschlitzen, ist schwieriger als gedacht. Hoffentlich sind da nun wirklich Federn drin und keine Styroporkügelchen. Sie hat Glück, eine erste Daune segelt zu Boden. Tropfend vor schwarzem Moorschlamm, hält sie das Kissen hoch über sich und reißt es weiter auf, bis die Federn wie in einer Schneekugel um sie herumschweben.

Foto vier.

Während sie versucht, nicht durch den Mund zu atmen, besieht sich Fine das Chaos, das sie angerichtet hat. Es wird Ewigkeiten dauern, die Fotoecke und sich selbst zu säubern, aber das ist ihr egal, dann hat sie wenigstens etwas zu tun, während sie wartet. Sie hat sich geteert und gefedert, mehr kann der Support doch wohl nicht verlangen. Sie wäscht sich schnell notdürftig und lädt die vier Fotos auf PicPlay unter dem hashtag *#meaculpa* hoch, dann braucht sie eine lange Dusche.

Heywasgeht-Gruppe *Kriegerinnen im Tal der Tränen.* Fine hat Karla hinzugefügt.

Fine
Mädels, wir müssen reden! Zu viele schlechte Vibes zwischen uns. Friede den Völkern und den Frauen! Karla, es tut mir leid, dass ich dir nicht selbst gesagt habe, dass Matthis mit der älteren Frau im TV-Studio war.

Mieze

Mir tut's leid, dass ich das vergessen habe. Ich bin gerade so mit meiner herumvögelnden Ehefrau beschäftigt, das ist mir hintenübergefallen.

Fine

Karla, haben wir uns wieder lieb?

Karla

Ja! Mieze, was hast du eigentlich mit Noëma vor? Und was hat das mit den Bergen von Kuchen zu tun, die ich heute Morgen beim Abholen in deiner Kühlkammer gesehen habe? Ich wollte nicht fragen, weil Noëma da war. Das ist doch nicht alles für die Show?

Mieze

Verrate ich nicht. Bin mir noch nicht sicher, ob es klappt.

Tilda

Ich trau mich kaum, Hallo zu sagen.

Fine

Mann, Tilda, erklär's halt. Keine von uns glaubt wirklich, dass du heimlich Matthis vögelst.

Tilda

Tu ich auch nicht.

Karla
Wie kommt sein T-Shirt in dein Bett?

Tilda
Die Decke liegt eigentlich aufm Sofa, da muss es reingerutscht sein. Es ist doch viel zu heiß für eine Bettdecke.

Karla
Mich interessiert jetzt weniger, wo genau ich es gefunden habe, sondern wieso du überhaupt ein T-Shirt von meinem Freund, sorry, EX-Freund hast.

Mieze
Dafür gibt es hundertpro eine Erklärung, Karla, lass sie doch mal.

Tilda
Matthis war vor etwa drei Wochen bei mir, er hatte mich zufällig auf Lovecoach entdeckt und wollte wissen, wie das damals war, als ich in die Kommune gegangen bin, und wie es für mich ist, dass meine Eltern das nicht wissen, und warum ich auf Lovecoach diesen Nickname habe.

Mieze
Welchen hast du denn?

Tilda
MistressDaisy.

Fine
Oha.

Mieze
Wieso oha?

Fine
Mistress ist was Strenges mit Aua und Haue. Und ein bisschen schräg.

Mieze
Stehst du darauf? Erziehungsspielchen? S/M? Männer, die um Strafe und Erniedrigung winseln?

Tilda
Auch. Ja.

Karla
Was hat Matthis damit zu tun? Und was hast du mit unserer Trennung zu tun?

Tilda
Gar nichts. Matthis wollte einiges wissen. Seit wann ich das über mich weiß, wie es dazu gekommen ist, ob ich eine Idee habe, warum ich so bin, wie ich bin, und warum ich das niemandem sage.

Karla
Warum hast du es uns nicht gesagt?

Tilda

Weil ich es nicht erklären kann und ich nicht möchte, dass man über mich urteilt und meine Psyche seziert. Meine Eltern haben mich als Teenie zu ein paar Psychologen geschleift. Ich will das nicht mehr.

Karla

Wir würden dich nie verurteilen oder sezieren.

Tilda

Ich hatte nichts mit Matthis, ich schwör's dir, und ich habe nichts mit seinem Abgang zu tun. Ich weiß nicht, wo er ist oder warum oder was er vorhat. Bei unserem Treffen hab die meiste Zeit ich geredet, er hat ganz wenig gesagt. Er hat mich aber gebeten, mit niemandem darüber zu sprechen. Was sollte ich denn machen? Ich bin ja bis heute nicht sicher, ob dieses Gespräch etwas mit dir und eurer Beziehung zu tun hatte.

Mieze

Wobei Noëma neulich so eine Andeutung mit S/M gemacht hat.

Karla

Was denn für eine Andeutung?

Mieze

Dass Matthis sie mal nach so einem Club gefragt hat. Er hat gesagt, er sucht eine Location für Super-Suzy Band zwei. Ich fand das nicht wichtig, bzw. dachte ich, du weißt eh, woran er arbeitet.

Karla
Jetzt weiß ich gar nichts mehr.

Fine
Fassen wir zusammen: Wir sind wieder Best Buddies, das ist die Hauptsache. Wir spionieren jetzt alle, was wir können, um rauszukriegen, wo Matthis steckt und warum. Mieze, du nimmst dir Noëma mal zwischen und schnüffelst im TV-Studio.

Mieze
Einer Frau mit Cake-Pops traut man keine bösen Hintergedanken zu!

Fine
Und deine Kommune, Tilda? Haben die sich wieder eingekriegt?

Tilda
Geschwistergericht am Wochenende.

Mieze
Das klingt fies.

Tilda
Ist es auch. Schlimmstenfalls werde ich rausgeschmissen.

Karla
Mädels, treffen wir uns Samstagmittag bei Tilda vor Ort. Dann überlegen wir uns was.

Mieze
Am Wochenende kann ich nicht, da bin ich in der Mission eheliche Treue unterwegs. Entweder klappt es, oder ich bin bald geschieden …

Karla
Miezekatze! Keine Panikreaktion! Krieg das mit Noëma mal wieder klar. Und wir besänftigen den Guru.

Tilda
Kein! Guru! Wir! Sind! Keine! Sekte!

Karla
Spaß!

Fine hat während des Chats immer mal wieder ihre PicPlay-Seite gecheckt, aber bis auf die üblichen Likes gab es keine Kommentare. Auch später am Nachmittag, als Fine die Wohnung aufgeräumt, ihre Produkte sortiert und katalogisiert, die Quartalsabrechnung gemacht, den Futon frisch bezogen, scharfe Möhren mit Sesam in den Ofen geschoben und eine Haarkur aufgetragen hat, gibt es keine Nachricht vom Support.

Aber dann verlinkt jemand zu einer anderen Seite, und als Fine dem Link folgt, findet sie den PicPlay-Account des Wolpertingers, der, wie sie jetzt liest, Mrs. Dalloway heißt. Und sein Herrchen heißt Urs. Und Urs ist offenbar ein Fan von Virginia Woolf. Sie liked das letzte Foto und schickt ihre Nummer über den privaten Messenger.

Kurz darauf klingelt ihr Telefon.

»Krasse Aktion.«

Seine Stimme klingt nicht mehr verärgert, wie sie beruhigt feststellt.

»Ich wollte mich entschuldigen.«

»Übergießt du dich dafür immer mit schwarzem Schleim?«

»Nur wenn ich saublöd war.«

»Das Hundefutter gab den Ausschlag. Mrs. Dalloway hat das sehr gefallen.«

»Du hast mir sehr gefallen. Ich war nämlich da bei unserem Date, aber ich war so dämlich und hab dir vorher ein falsches Foto geschickt.«

»Das ist schon ein bisschen psycho, oder?«

»Sagen wir mal, ich bin vorsichtig. Und nicht besonders geübt bei Dates im Real Life.«

Aus dem Hintergrund bellt Mrs. Dalloway.

»Sie will raus.«

»Dann kommt mich doch besuchen. Sie kriegt was aus dem großen Sack und du aus der Kaffeemaschine. Soll ich dir meine Adresse schicken?«

Ein kurzes Schweigen in der Leitung. Fine kaut auf ihrer Unterlippe herum und fragt sich, ob das zu schnell war.

»Der Vorteil von deiner Wohnung wäre natürlich, dass du da nicht weglaufen kannst.«

»Wieso? Bringst du ’ne Axt oder ’ne Kettensäge mit?«

Beide lachen.

Und zwanzig Minuten später klingelt es an Fines Tür.

Während Fine und Urs anfangs noch etwas befangen sind, rollt sich Mrs. Dalloway direkt in einem Sessel zusammen, als wohne sie immer schon bei Fine.

»Ich kann das nicht so gut mit Smalltalk.«

Fine dreht ihre Kaffeetasse in der Hand herum.

»Das trifft sich. Ich hab eher weniger Interesse an Smalltalk. Aber ich würde gern sehen, wer du wirklich bist, nachdem ich so viele Fotos von FeinFrankstone geliked habe.«

»Augenkontakt kann ich leider auch nicht so richtig gut.«

»Du bist schüchtern!«

Urs bricht in schallendes Gelächter aus.

»Wie kann das angehen, bei dem, was du im Netz veranstaltest? Da bist du die totale Rampensau. Und hier schüchtern? Ah, verstehe: Real Life.«

Fine zuckt mit den Schultern und studiert den Milchschaum in ihrer Kaffeetasse so intensiv, als könnte sie in den Bläschen die Zukunft lesen.

Urs nimmt ihr die Tasse aus der Hand.

»Alles klar. Das Sprechen ist nicht dein Ding und das Ansehen auch nicht. Womit würdest du dich denn wohlfühlen?«

Fine windet sich und knetet ihre Hände.

»Im Dunkeln finde ich es immer gut. Deshalb mag ich das Internet so, ich stell's mir vor wie einen riesigen schwarzen Raum, in dem alle mit ihren Ideen und Gedanken herumfliegen.«

Urs überlegt. Dann nimmt er zwei Küchentücher von der Spüle, dreht das erste ein paarmal, reicht es Fine, verdreht das zweite und legt es sich über die Augen. Er knotet es hinter seinem Kopf zusammen und wischt mit der Hand vor seinem Gesicht herum, um ihr klarzumachen, dass er wirklich nichts mehr sieht.

»Treffen wir uns im Deep Space?«

Zögernd verbindet sich auch Fine die Augen. Dann tastet sie nach seiner Hand und atmet hörbar aus.

»Besser?«

»Viel besser.«

Nebenan fiept die Wolpertingerin im Schlaf.

»Da müssten wir hin, direkt neben Mrs. Dalloway steht die Couch – also wenn du willst«, sagt Fine, die plötzlich viel mutiger ist, seit sie beide keine Orientierung mehr haben.

Urs zieht sie an sich und küsst sie erst kurz und dann sehr lange, und Fine fühlt ein Kribbeln in sich aufsteigen.

»Es gibt nichts, was ich gerade lieber täte, als mit dir blind zu diesem Sofa zu stolpern und mir die Haxen zu brechen.«

Sie halten sich eng umschlungen und tasten sich vorwärts. Aus der Küchennische heraus, um den Frühstückstresen herum, am Schreibtisch vorbei.

»Vorsicht, hier liegen irgendwo die Kabel vom Selbstauslöser.«

Endlich stößt Fines Knie ans Sofa, erleichtert lässt sie sich darauf fallen und zieht Urs mit sich.

Ohne etwas sehen zu können, sind Fines Sinne viel schärfer als sonst. Die kleinen Härchen auf ihrer Haut richten sich auf, wo Urs sie berührt. Er hat ungewöhnlich weiche Hände für einen Mann, mit denen er sie überall streichelt. Er berührt ihren Hals, ihr Gesicht, fährt ihr durchs Haar, massiert ihre Ohren, gleitet unter Fines Shirt, verwöhnt ihre Brüste so ausgiebig, dass Fine ganz schwindlig wird und sie selbst den Reißverschluss ihrer Hose öffnet und den Stoff von den Beinen strampelt. Auch sie versucht, jeden Zentimeter seines Körpers zu berühren, schmiegt ihren Kopf an seinen weichen runden Bauch, greift nach allem, was sie zu fassen bekommt, verrenkt sich, bis sie wie in einer 69 auf der Seite liegen, nimmt seinen Schwanz in den Mund und öffnet ihre Beine für ihn, damit er mit seinen Fingern dahin gelangt, wo es am schönsten ist. Er tastet sich vor zwischen ihre Mösenlippen und streicht über ihren Kitzler, und sie spielt mit seinen Eiern und lutscht ihm die Eichel, bis er keucht.

Sie will schon nach der Flasche Gleitgel tasten, die sie neben dem Bett stehen hat, aber das kommt ihr unnötig vor, ihre Möse fließt über vor Saft und Feuchtigkeit.

»Ich muss ja gestehen«, nuschelt Urs, während er ihren Mösenhügel knetet und den Kitzler mit dem Daumen bearbeitet, »ich weiß nicht wirklich, wie dieser Lotussitz funktioniert, auf den du so stehst. Also theoretisch schon, ich hab mir das vorher auf einem Pornokanal angesehen, aber praktisch bin ich eine Lotussitz-Jungfer.«

Fine lacht.

»Das ist keine Hexerei. Ich werde sehr sanft sein, damit sich deine Jungmännlichkeit nicht erschreckt. Setz dich einfach mal hin.«

Jetzt nimmt sie doch ihre Augenbinde ab und knotet ihm auch seine auf.

»Dass man sich dabei ansehen kann, ist das Beste.«

Er sitzt mit gestreckten Beinen auf dem Futon, sie rutscht nah an ihn heran, und während er sich schnell ein Kondom überzieht, hebt sie ihre Beine über seine, bis sie Bauch an Bauch dasitzen.

Urs besichtigt bewundernd ihre Brüste.

»Die Aussicht ist wunderbar, aber wie kommt jetzt das Harte ins Feuchte?«

Fine hebt ihr Becken, sodass ihre Möse über seiner Schwanzspitze schwebt.

»Jetzt müsstest du mal Hand anlegen und deinem Schwanz den Weg weisen.«

Beide bemühen sich und atmen schwer.

»Beim Yoga und beim Sex ist der Bauch manchmal im Weg«, sagt Urs.

»In Italien heißen Rettungsringe Lovehandles«, widerspricht Fine. »Wenn man vor Leidenschaft untergeht, muss man sich doch irgendwo festhalten.«

Urs' Schwanz gleitet in ihre Möse, und Fine jauchzt auf: »Geschafft!«

Urs lehnt sich ein bisschen weiter zurück. »Komm mal mit dem Hintern noch'n Stück näher ran, dann sitzt und passt alles.«

Endlich sind sie völlig miteinander verschmolzen.

»Und jetzt?«

Fine küsst ihn zärtlich. »Tantrisches Schaukeln.«

Und das tun sie. Sie halten sich fest umschlungen und wippen wie in Zeitlupe vor und zurück. Erst ganz zum Schluss, als Fine schon sehr tief atmet und kleine Schweißperlen auf der Stirn hat, flüstert sie ihm zu: »Leg dich mal zurück«, und sie selbst stützt sich rückwärts auf seinen Beinen ab und bewegt sich heftiger. Als sie kommt, atmet sie so tief, dass sie tanzende bunte Flecken hinter ihren geschlossenen Augenlidern sieht, und kurz darauf kommt Urs mit einem Gebrüll, als sollte der ganze Block mitkriegen, dass er, WolpertingerUrs, soeben die scharfe FeinFrankstone tantrisch ins Nirwana gevögelt hat.

»Finde ich gut, dass du nicht schüchtern bist«, kichert sie, als sie neben ihn gleitet und das Laken über sie beide zieht.

Er wischt sich den Schweiß von der Brust. »Das Leben ist zu kurz für sexuelle Verklemmtheit.«

Sie gibt ihm ein High Five. »So ist es, weiser Urs.«

Schläfrig kuschelt Fine ihren Rücken an Urs' weichen Bauch und klopft auf den Futon. Mrs. Dalloway überlegt nicht lange und springt zu ihr ins Bett. Sie dreht sich einige Male um die eigene Achse, lässt sich gegen Fine fallen, schmatzt und beginnt schon bald zu schnarchen.

Fine schiebt vorsichtig einen Zipfel der Bettdecke über die Hündin, um sie nicht zu wecken.

»Das passt alles wunderbar zusammen«, murmelt sie, presst ihren Hintern an Urs, und er zieht sie noch enger an sich.

Im Einschlafen überkommt Fine eine Ruhe und Wärme, die sie seit Jahren nicht mehr gefühlt hat. Sie atmet tiefer und lässt sich in diesem unerwarteten Gefühl wie auf einem Floß treiben.

Fine und Urs sind so versunken in ihrem Körperpuzzle und schlafen so fest, dass keiner von beiden das leise Ping von Fines Handy hört. Das Display leuchtet kurz auf, erlischt nach einem zweiten Ping aber wieder, und die Nacht ist so dunkel, als wäre die SMS nie angekommen.

Karla an Mieze, Fine, Tilda
Super-GAU! Seid ihr wach? Jemand hat Mieze einen USB-Stick zugespielt. Drauf sind Screenshots von Pornoseiten: Ich mit den One-Night-Stands von meiner Liste. Shit, ich bin nackt und vögelnd im Internet!

VIERZEHN

Lovecoach-Tipp:
Psssst! Beim Sex ist man nackter
als nackt. Hüten Sie Geheimnisse,
die Sie im Bett erfahren.
Was im Schlafzimmer passiert,
bleibt im Schlafzimmer.

Fine wischt mit dem Finger über den Tablet-Bildschirm und betrachtet die Fotos, die Karla nackt in allen möglichen Positionen zeigen, während Karla den Blinker setzt und sie beim Schulterblick stirnrunzelnd ansieht.

»Kommst du gut im Stehen?«

»Ist das deine drängendste Frage?«

Fine wischt weiter.

»Meine Güte, wie alt ist dieser Knabe? Ich hoffe, der war volljährig?«

Karla langt zu ihr auf den Beifahrersitz und klappt die Schutzhülle über das Tablet.

»Natürlich war der volljährig, das ist der Praktikant der Show, mit dem ich in einem Büro eingeschlossen war. Und ja, ich komme im Stehen wie im Liegen, solange meine Klit genug Aufmerksamkeit abkriegt. Meiner

Muschi ist das egal, ich nehme an, ich käme auch von der Decke hängend.«

Fine lacht. »Gibt es davon auch ein Foto?«

»Nicht witzig.«

Karla schnaubt durch die Nase und ändert die Einstellung des Navi, damit es die nächste Tankstelle anzeigt.

»Diese Fotos kann jetzt die ganze Welt sehen. Vielleicht ist das für dich als PicPlay-Star normal, wenn alle dich in den merkwürdigsten Posen begaffen können, aber das hier ist mein Privatleben.«

Jetzt fängt es auch noch an zu regnen, dicke Tropfen klatschen gegen die Scheibe, und Karlas Scheibenwischer quietscht nervtötend.

Fine hat sich einen Kaffee aus einer Thermoskanne eingeschenkt und öffnet eine Tafel Schokolade, die sie Karla als Friedensangebot hinhält.

»Urs kümmert sich drum. Er sagt, er checkt die betreffenden Seiten und vergleicht, welche User solche Fotos eingestellt haben, die meisten verwenden offenbar mehrfach denselben Nickname. Und wenn derjenige bei Lovecoach oder einer der Partnerseiten unter diesem Namen angemeldet ist, kann Urs die Kundendaten hacken.«

»Was meinst du denn mit Partnerseiten?«

Fine lutscht genüsslich ein Stück Schokolade.

»Na ja, Lovecoach ist nicht nur Lovecoach. Nach dem, was Urs mir erzählt hat, ist das ein riesiges Medien-Unternehmen, die haben zig Seiten und hängen praktisch überall mit drin. Beruhigend, oder? Der Big Brother, der uns watcht, ist ausgerechnet einer, der alles über unser Sexleben weiß.«

»Glaubst du, dass mich damit jemand gezielt erpressen will?«

Fine legt die Schokolade aufs Armaturenbrett und versucht, im dichten Regen draußen irgendwas zu erkennen, aber die Landschaft verschwimmt hinter den Wassermassen. Karla tritt auf die Bremse und fährt langsamer.

»Keine Ahnung. Bisher hast du ja nur die Bilder und keine Forderung bekommen. Vielleicht ist es auch eine Drohung. Oder ein Spaß.«

Karla schnaubt wieder.

»Das Internet hat eine merkwürdige Form von Spaß hervorgebracht«.

»Nee, das Internet ist schon klasse. Gerade für Pornos ist es klasse, das solltest du in deinem Beruf eigentlich zu schätzen wissen. Häme und Gemeinheiten gab es früher auch schon. Das Neue ist nur, dass jetzt nicht mehr nur das Dorf zuguckt, wenn du am Pranger stehst und mit faulen Eiern beworfen wirst, sondern die ganze Welt. Und dass nichts verschwindet. Beim nächsten Scheunenbrand wusste im Dorf niemand mehr, dass der Knecht es mal mit der Kuh getrieben hat. Im Internet …«

Karla unterbricht sie: »Apropos Knecht, da vorn ist die Abzweigung zum Hof.«

Fine, die noch nie in der Kommune war, schaut neugierig durch die Windschutzscheibe.

»Sieht aus wie ein Bauernhof.«

Karla parkt den Wagen auf dem Kies vor dem Haupthaus. »Was hast du erwartet? Eine Charles-Manson-Gedächtnis-Anstalt mit Stacheldraht und Maschinengewehren?«

Fine steigt aus und geht mit einem großen Schirm zum Fahrersitz herum.

»Mir sind Sekten nun mal unheimlich.«

Karla steigt aus und hakt sich bei Fine ein.

»Es ist keine Sekte. Und du bist denen auch unheimlich. Für die kommt so eine virtuelle Kunstfigur wie FeinFrankstone direkt hinter den Aliens.«

»Die sie irgendwann alle abholen und ins All beamen, um auf Alpha Centauri Orgien mit kleinen grünen Pimmeln zu feiern?«

»Nicht hilfreich! Reißen wir uns bitte mal zusammen, das ist heute wichtig für Tilda.«

Tilda trägt das offizielle weiße Leinengewand mit beigen weiten Hosen und wartet in ihrem Zimmer auf das Geschwistergericht. Sie springt auf, als die beiden Freundinnen eintreten, und nimmt Karla fest in die Arme.

»Das mit den Bildern ist abartig. Haltet ihr das für eine Rache-Aktion? Weiß Fines Nerd-Freund schon mehr?«

Sie küsst Fine auf die Wange.

»Das ist nicht mein Freund, das ist der Urs, der macht den Support«, stammelt Fine, und Karla und Tilda rollen mit den Augen.

Die drei lassen sich aufs Sofa fallen.

»Und du: Hast du eine Idee, wer da was ins Essen gemischt hat?«

»In den Kaffee. In einer Kaffeekanne haben sie ein Abführmittel gefunden. Das ist ungefährlich, sorgt aber eben für Übelkeit. Bisher bin ich die einzige Verdächtige.«

»Was glaubst du denn selbst?«

Tilda beißt auf ihren Lippen herum.

»Milena? Sie kann mich nicht leiden, und sie weiß wohl, dass ich im Schuppen ein Handy benutzt habe. Vielleicht hat sie auch gesehen, wie ich nachts weg bin. Sie ist die Einzige, die einen Grund hätte.«

Karla steht auf und sieht durchs Fenster. Es hat aufgehört zu regnen. Draußen werden die Feuerkörbe zusammengeräumt, und zwei Bruderknechte kontrollieren eine Regenrinne.

»Aber hast du nicht gesagt, Milena war die Schwestermagd der Woche und für die Feuer verantwortlich? Es war doch brüllend heiß und trocken. Sie war den ganzen Tag draußen im Garten und hat die Feuer beaufsichtigt. Während du mit deinen Eltern zugange warst und ich den Latexmann entsorgt habe, habe ich sie hier drinnen jedenfalls nicht gesehen.«

»Du hast einen Latexmann entsorgt?«

Fine zieht die Augenbrauen hoch, aber Tilda und Karla winken ab.

»Andere Geschichte. Ich glaube nicht, dass es Milena war. Sie findet dich doch vor allem deshalb nicht gut, weil du dich nicht immer an die Regeln der Gruppe hältst. Die ist doch eher eine Ameisenfickerin. Dass sie dich verrät, ja, aber dass sie ihre Geschwisterknechte und -mägde vergiftet? Sehr unwahrscheinlich.«

Fine schaltet ihr Handy ein und gibt die PIN ein. Karla zeigt auf das Telefon.

»Hast du nicht erzählt, die kommt aus einer radikalen Ökobewegung? Selbst wenn sie weiß, wo dein Handy liegt – kann sie das überhaupt, in Minutenschnelle das Ding bedienen und Unruhe stiften? Ist das Internet nicht eher Neuland für sie?«

Tilda überlegt.

»Wahrscheinlich, aber wer soll es denn sonst gewesen sein?«

Ein großer Gong schlägt und ruft die Mitglieder der Gruppe zusammen. Karla und Tilda gehen zur Tür, Fine tippt noch eine SMS zu Ende. Auf ihrem Display leuchtet eine Nachricht von Urs: *Finni, ruf mich dringend an!*

Karla hält ihr die Tür auf. »Was Wichtiges?«

Fine schüttelt den Kopf. »Kümmer ich mich später drum.«

Der Meditationsraum ist voll besetzt. Die Schwestermägde und Bruderknechte sitzen alle in helles Leinen gewandet auf Yoga-Sitzpolstern im Kreis. Tilda stellt ihre Freundinnen vor und bittet darum, sie als Beistand mit ins Geschwistergericht bringen zu dürfen. Ein älterer Mann, der als Bruderknecht der Woche den Vorsitz hat, gewährt ihr eine Begleitperson. Karla legt Fine die

Hand an den Rücken. »Bleib du. Ich schau mich draußen ein bisschen um.«

Fine macht zwar große Augen, lässt sich aber neben Tilda auf einem der dicken Kissen nieder, schlägt die Beine unter und nimmt die angebotene Hand der Schwestermagd neben sich. Alle senken die Köpfe, und der Bruderknecht der Woche stimmt ein Lied über Dankbarkeit und Frieden an.

Karla zieht leise hinter sich die Tür ins Schloss.

Ihr ist sofort, als sie die Frauen der Versammlung gesehen hat, aufgefallen, dass Milena fehlt. Möglicherweise liegt sie krank im Bett oder hat Pflichten, oder es ist Brauch, dass die Anklägerin erst später dazukommt, das kann alles sein, aber Karla findet ihre Abwesenheit merkwürdig und will der Sache auf den Grund gehen.

Die Schlafräume im Erdgeschoss sind leer. Auch in der Küche und im Garten trifft sie niemanden. Sie steigt so leise wie möglich die Treppe zur ersten Etage hinauf. Die Büros und die Kammern mit den Webstühlen und Töpferscheiben liegen verlassen da. Weiter hinten hört sie etwas, sie weiß noch nicht genau, was das ist. Auf Zehenspitzen schleicht sie den Gang entlang und späht durch das Schlüsselloch einer geschlossenen Tür. Drinnen zeigt sich ihr nur ein kleiner Ausschnitt. Sie sieht den entblößten Unterkörper einer Frau mit dichtem, wolligem Mösenhaar und eine ebenfalls behaarte Männerhand, die sie knetet und streichelt. Karla legt ihr Ohr gegen das Schlüsselloch. Sie hört Schmatzen und Stöhnen. Eine Männerstimme, die immer wieder »Ich liebe dich, ich liebe dich so« und »Du Engel, du Engel« raunt, und das Lachen der Frau. Ein kehliges, raues Lachen. Karla ist sich sicher, dass es Milenas Stimme ist. Ihren Liebhaber kann sie nicht erkennen, außer der Hand zwischen Milenas Beinen und einem Stück seines dicht bewachsenen Oberschenkels ist nichts zu sehen.

»Ich würde alles für dich tun, du reiner Engel«, sagt der Mann, und dann senkt sich ein schwarzer Lockenkopf über Milenas Möse, und die Hand krallt sich in ihre Oberschenkel. Nur Milenas Stöhnen hört man jetzt noch und ein männliches Brummen.

Karla hat genug gesehen und schleicht zurück zur Treppe. Unten öffnen sich gerade rechtzeitig die Türen, und die Gruppenmitglieder strömen hinaus.

Karla geht auf Fine zu.

»Was ist los? Ihr habt doch höchstens eine Viertelstunde getagt?«

Tilda antwortet statt Fine, weil deren Handy klingelt. Einige Gruppenmitglieder bemerken das mit missbilligenden Blicken.

»Die Käse müssen gedreht werden. Außerdem haben die Schwestermägde Leinentücher in der Lauge, die müssen ausgewaschen werden. Wir haben jetzt erst mal für die Gemeinschaft gesungen und meditiert, und der Bruderknecht der Woche hat vorgelesen, was mir vorgeworfen wird. Nach der Pause soll ich mich zu den Anschuldigungen äußern.«

Karla nickt Fine zu, die ihr Handy gezückt hat. »Scheint wichtig zu sein?«

Fine schüttelt den Kopf. »Später. Ich stell's jetzt aus.«

»Nein, kümmer dich ruhig drum, ich würde gern beim zweiten Teil neben Tilda sitzen.«

Beide Freundinnen sehen sie gespannt an.

»Ich hab einen Plan, aber ich weiß noch nicht, ob's klappt.«

Fine hält ihnen beide gedrückte Daumen entgegen und geht in den Garten.

Karla und Tilda stehen schweigend zusammen, bis der Gong geschlagen wird und sich die Gruppe erneut versammelt.

Diesmal sitzt Milena unter den anderen. Karla mustert alle und findet gleich drei Männer mit dunklen Locken. Sie weiß nicht genau, ob Milenas Liebhaber dabei ist, sie hat vorhin eben nicht auf die Männer im Versammlungsraum geachtet. Aber sie muss es riskieren, eine andere Chance hat Tilda nicht, denn obwohl in der ersten Sitzung für die Gruppe meditiert wurde, ist die Stimmung nicht gerade liebevoll und vergebend. Die meisten Gruppenmitglieder erinnern sich wohl noch sehr gut daran, wie übel ihnen war, und die, die es nicht erwischt hatte, mussten die Sommerfeuer-Orgie abbrechen. Sie haben also alle gute Gründe, um Tilda rauszuwerfen.

Die Türen werden geschlossen, die Gemeinschaft fasst sich wieder an den Händen und spricht ein mehrstrophiges Gedicht, in dem es um Wahrheit, Güte und Verzeihen geht. Trotzdem werfen die meisten Tilda weiterhin grimmige Blicke zu.

Karla wartet gespannt ab, als Tilda aufgerufen wird und berichtet, was sie am Tag der Sommerfeuer gemacht hat. Sie verschweigt auch den plötzlichen Besuch ihrer Eltern nicht und wie sie versucht hat, die beiden so durchs Haus zu führen, dass sie die Orgie nicht mitbekamen. Jetzt erhebt Karla als ihre Verteidigerin die Stimme.

»Auch ihren Eltern ist schlecht geworden«, wirft sie ein, »und Tilda würde doch kaum ihre eigenen Eltern vergiften.«

Ein Raunen geht durch die Gruppe. Jemand fragt, warum sie überhaupt Besuch empfangen hat an so einem wichtigen Tag. Tilda zögert nur kurz und gibt dann zu, dass jemand ihre Eltern ohne ihr Wissen eingeladen haben muss, und zwar mit ihrem Handy, das sie im Schuppen versteckt hat.

Das interessiert den vorsitzenden Bruderknecht.

»Du versteckst ein Handy? Was sollen diese Heimlichkeiten vor deinen Gemütsgeschwistern?«

Tilda sieht ruhig in die Runde. Karla bewundert sie dafür, sie kann sich noch gut erinnern, wie Tilda früher bei jedem kleinsten Konflikt geflüchtet ist oder aggressiv wurde. Das Leben in der Gruppe hat ihr wirklich gutgetan.

Tildas Stimme bleibt ganz klar und zittert nicht ein Mal: »Ich bin bei einer Dating-App angemeldet. Ich finde meine Sex-Kontakte online. Ich verabrede mich mit fremden Männern und Frauen und treffe sie nachts. Ich betrachte das als mein Privatleben, es schadet nicht der Gruppe und hat mit euch nichts zu tun.«

Die anderen reden durcheinander und sind kaum zu beruhigen. Eine Frau ruft: »Das geht uns schon was an, wenn du solche Geheimnisse hast.«

Der Bruderknecht der Woche klopft mit einem Stab auf den Boden, aber die anderen beruhigen sich nur langsam. Karla nutzt den allgemeinen Tumult und kniet sich so hin, dass sie alle sehen können.

»Es geht hier doch nicht um Tildas Dates, sondern darum, wer euch das Zeug in den Kaffee gerührt hat, oder? Und ich denke, ich weiß, wer es war, Tilda war es jedenfalls nicht!«

Schlagartig wird es still, und alle starren Karla an. Karla würde sich wohler fühlen, wenn sie sicher sein könnte, dass ihr Plan funktioniert, aber es ist eine Gleichung mit zwei Unbekannten und kann gewaltig in die Hose gehen. Sie möchte keinesfalls verantwortlich für Tildas Rauswurf sein. Jemand räuspert sich, und Karla wird bewusst, dass die Gruppe ungeduldig darauf wartet, dass sie sagt, was sie weiß. Das Problem ist: Sie weiß gar nichts, sie rät nur.

»Ich habe an diesem Tag Tilda in der Küche geholfen und war auch daran beteiligt, ihre Eltern hinauszukomplimentieren. Abgesehen von kurzen Zeitspannen, in denen ich draußen war, hatte ich den Herd mit den Kaffeekannen praktisch immer im Auge.«

»Als du mir den Schwanz gelutscht hast, warst du nicht in der Küche!«, ruft einer, und vor allem die Männer lachen.

Karla zeigt auf ihn und sagt betont sachlich:

»Danke, ja, dir hab ich den Schwanz gelutscht, und du …«, sie deutet auf einen großen Blonden, »du hast mich von hinten gefickt. Auf dir …«, sie hat einen Kleineren mit mokkafarbener Haut entdeckt, »auf dir bin ich geritten, und eine nette Frau hab ich hier im Versammlungsraum geleckt, ich weiß aber nicht mehr, ob du das warst oder du da hinten.« Die beiden brünetten Frauen zucken lachend mit den Schultern.

»Um's kurz zu machen, ja, ich war eine Weile nicht in der Küche, aber ich stand direkt am Herd, als Tilda den Kaffee serviert hat, und war immer mit ihr zusammen, bis ihre Eltern und übrigens auch ich davon getrunken haben. Da war er schon vergiftet. Tilda kann es also nicht gewesen sein.«

»Aber du weißt, wer es war?«, ruft der vorsitzende Bruder durch den steigenden Lärmpegel.

Zwei Dutzend Augenpaare sehen Karla an. Jetzt muss sie überzeugend sein.

»Ich bin sicher, dass ich Milena am Kaffee gesehen habe, und zwar kurz bevor Tilda und ich mit den Eltern die Küche betreten haben. Milena hat euch vergiftet!«

Das allgemeine Gemurmel steigert sich schlagartig.

Milena springt auf und rudert fassungslos mit den Armen. Auch Tilda sieht Karla entsetzt an. Karla steigert ihre Anschuldigungen und hofft, dass sie überzeugend ist.

»Milena hasst Tilda. Sie hasst sie, weil sie so hübsch ist und so fröhlich und weil sie heimlich ein Handy hat und weil sie sich nachts wegschleicht. Sie wollte den

Verdacht auf sie lenken, damit ihr sie aus der Kommune werft. Sie ist eifersüchtig und missgünstig.«

Dann fällt Karla nichts mehr ein, und sie hofft, dass ihre Anschuldigungen ausreichen. Ihre Hand krallt sich in Tildas Schulter. Sie hat aus den Augenwinkeln gesehen und auch gefühlt, dass Tilda kurz davor ist, aufzuspringen und ihr zu widersprechen. Karla befürchtet schon, dass sie nachlegen muss, und windet sich innerlich, ihr war selten etwas so unangenehm wie diese ungerechten Anschuldigungen. Aber da steht endlich einer der dunkel gelockten Männer auf. Glück gehabt, genau das hatte Karla provozieren wollen. Langsam senkt sie sich auf das Meditationskissen und lässt den Bruderknecht reden.

»Das stimmt nicht, sie lügt!«, ruft er mit sich überschlagender Stimme und starrt zwischen Milena und Karla hin und her.

»Milena ist eine wunderbare Schwestermagd, das wisst ihr alle, sie ist rein und hält sich genauestens an unsere Regeln. Sie ist ein Engel, voller Licht und Güte und auch Strenge, aber das darf sie, denn sie würde nie etwas gegen die Gruppe unternehmen, sie ist viel zu gutherzig und voller Seele. Milena, es tut mir so leid!«

Theatralisch legt er die Hände an seine Brust.

»Ich kann nicht zulassen, dass du in den Dreck gezogen wirst. Ich liebe dich so! Es war meine Idee. Ich habe das Medikament in den Kaffee gemischt.«

Die Gruppe ist starr vor Entsetzen. Der Vorsitzende schlägt wieder mit dem Stock auf den Boden. Es wird nur langsam ruhiger. Der Bruderknecht steht mit gesenktem Kopf da und gesteht alles.

»Ich sehe es doch jeden Tag, wie ihr mit Tilda lacht und ihr die Verstöße durchgehen lasst. Aber Milenas Schönheit und Reinheit würdigt ihr nicht, und wenn sie darauf besteht, dass Regeln eingehalten werden, Regeln, die wir uns selbst gegeben haben, dann stöhnt ihr oder macht euch drüber lustig. Ich wollte, dass du den Frieden bekommst, den du verdient hast, mein Engel.«

Milena ist das alles sichtlich peinlich.

Der Vorsitzende fasst noch einmal nach: »Du hast also deine Gemütsgeschwister vergiftet, uns die Sommerfeuer verdorben und Tildas Eltern hergelockt, nur damit wir Tilda ausschließen und du Milena beeindrucken kannst?«

Schuldbewusst und dramatisch fällt der Bruderknecht auf die Knie. »Ich bitte um Verzeihung.«

Viele in der Gruppe schütteln die Köpfe. Der Vorsitzende ordnet eine gemeinsame Meditation an und eine Pause, danach soll der Bruderknecht in seinem Zimmer warten, während die Gemütsgeschwister beraten, was mit ihm passieren soll.

»Und mit Tilda!«, ruft Milena. »Das Handy und diese Sextreffen widersprechen unseren Grundsätzen von Naturverbundenheit und Keuschheit.«

Karla stöhnt innerlich: Die gibt nie auf. Aber der Besitz eines Handys muss doch weniger wiegen als Dünnpfiffpulver im Kollektivkaffee. Nur hibbelig übersteht sie die Meditation und ist froh, als der Vorsitzende die

Türen öffnen lässt und sie sich endlich mit Tilda beratschlagen kann.

Tilda ist aufgebracht und zerrt Karla in ihr Zimmer.

»Was hast du dir dabei gedacht? Du kannst nicht einfach jemanden beschuldigen, nur weil du glaubst, dass ein anderer dann schon die Wahrheit auspacken wird.«

Karla nimmt Tilda fest bei den Schultern.

»Ja, den Oscar für Charakter und Integrität bekomme ich für diese Vorstellung sicher nicht, aber irgendwas musste ich tun, ich kann doch nicht zulassen, dass dir irgendein notgeiler Knecht dein Leben versaut.«

Sie weint fast, und Tilda nimmt sie in die Arme und streichelt ihr den Rücken. »Frag mich nächstes Mal, wenn du mich rettest, ob ich mit der Methode einverstanden bin.«

Karla nickt und wischt sich über die Augen.

Während das Geschwistergericht beratschlagt, müssen Tilda, Karla, Milena und der Bruderknecht draußen warten. Karla knetet an ihrer Tasche herum, Tilda beißt sich auf die Lippen, Milena meditiert vorbildlich noch eine Runde. Schließlich verkündet der Vorsitzende die Entscheidung, und Karla ist überrascht: Tilda darf bleiben, muss aber zusammen mit Milena den kleinen Kartoffelacker bestellen, niemand darf ihnen dabei helfen. Das gemeinsame Arbeiten soll die beiden näher zusammenbringen. Der Bruderknecht muss aus dem Gutshof ausziehen und ein Jahr lang im Pförtnerhaus schlafen. Er wird außerdem in diesem Jahr für die beschwerlichsten und niedrigsten Arbeiten eingeteilt. Danach wird seine Wiederaufnahme verhandelt. Über Tildas Vorschlag, zukünftig eine freiere Sexualität zu leben, wird meditiert und beim nächsten Quartalskonvent diskutiert.

Fast tanzend bringt Tilda ihre Freundin zum Parkplatz und erzählt Fine, die auf der Kühlerhaube sitzt, die gute Nachricht. Fine gratuliert zwar, kann sich aber nicht so richtig freuen. Sie hört sich den Verlauf des Geschwistergerichts an und hält den beiden schließlich ihr Handy hin.

»Urs hat mehrfach gesimst und angerufen. Er hat rausgefunden, woher die Sexbilder von Karla kommen.« Sie wählt seine Nummer und stellt auf Facetime. Das runde, freundliche Gesicht des Lovecoach-Supports erscheint.

»Ja, Karla«, fängt er an, »ich habe es Fine schon erklärt: Aus den Pornoseiten konnte ich den Nickname rausfiltern, unter dem die Fotos hochgeladen wurden. Es stammen alle Bilder von derselben Person. Alle diese Pornoseiten gehören zum Lovecoach-Imperium, deshalb habe ich mit ein paar Tricks auch Zugang zu den Kundendaten. Das ist illegal. Erzählt das nicht rum, sonst bin ich meinen Job los.«

Karla und Tilda nicken. Karla wippt auf den Zehenspitzen, sie kann kaum atmen vor Anspannung und Angst.

»Wer ist es?«, fragt sie gepresst und muss hart schlucken.

»Also …«, Urs zögert, »es kann natürlich sein, dass nicht der Besitzer des Accounts der Schuldige ist, sondern dass jemand seinen Account genutzt hat, vielleicht war der Zugang offen, und jemand hat sich eingeloggt, oder vielleicht hat jemand den Zugang gehackt. Wenn ich das schaffe, dann auch jemand anderes.«

Karla stöhnt.

»Uuuuurs! Wer?«

Urs räuspert sich.

»Noch mal, Karla, ich meine das ernst, diese Auskunft ist total illegal, mach nicht irgendeinen Scheiß und lauf da hin, das musst du mir erst versprechen!«

Karla nickt ungeduldig, sie hält es kaum noch aus.

»Der User-Nickname heißt LysanderSommernacht, und der Account wurde eingerichtet und bezahlt von einem André Dvorák. Kennst du den?«

Karla ist leichenblass geworden, sie schwankt auf ihren Absätzen und stößt leicht gegen Tilda, die sie erschrocken ansieht.

»André ist Matthis' Verleger.«

Ihr Gesicht kriegt plötzlich wieder Farbe, ihre Augenbrauen ziehen sich zusammen, und ihr Mund wird hart wie ein Strich.

»Ich lasse mich nicht mehr verarschen«, zischt sie, »diesen Scheißkerl falte ich so was von zusammen, der kann froh sein, wenn er ohne Anzeige aus der Sache rauskommt.«

Sie öffnet die Autotür so heftig, dass der Wagen wackelt und Fine von der Kühlerhaube rutscht. Fine sieht

Tilda entschuldigend an und stürzt um das Auto herum, um sich in letzter Minute auf den Beifahrersitz zu werfen, bevor Karla mit durchdrehenden Reifen davonrast.

FÜNFZEHN

Lovecoach-Tipp:
Be your own Bodyguard.
Lassen Sie nur
Menschen zwischen Ihre Schenkel,
denen Sie wirklich vertrauen.
Entpuppt sich jemand als Idiot,
behandeln Sie ihn auch so,
und werfen Sie ihn raus.

Wenn Mieze die Gabel durch den süßen Teig zieht und das Marmormuster erscheint, überlegt sie immer, ob Noëmas Nonna aus den Schlieren wohl die Zukunft vorhersagen könnte. Bei ihrer Hochzeit hatte die Großmutter im Scherz Miezes leere Espressotasse genommen und behauptet, sie sehe darin viel Liebe und viele einsame Nächte, eine große Familie und Glück, das aber erst erarbeitet werden müsse. Und Noëma hatte gelacht und gesagt: »Das passt auf jede Ehe, Nonna, trotzdem, grazie.« Es mochte ja ein Spaß gewesen sein, aber die Prophezeiung hat sich bewahrheitet. Noëma ist nach wie vor Miezes große Liebe, die Nächte, in denen Noëma im Club arbeitet, sind einsam, und die Nächte, in denen sie bei anderen Frauen ist, sind noch viel einsamer, und die große Familie, die hat Mieze ja quasi mitgeheiratet. Sie schiebt die Rodonkuchen in den Ofen und macht sich an die Obstbleche. Im TV-Studio braucht man sie heute nicht, da findet irgendeine Konferenz statt, Mieze weiß nicht, worum es geht, aber es klang nach Krise. Ein Glück, dass sie sich darum nicht kümmern muss, sie ist mit ihren eigenen Katastrophen beschäftigt. Aber morgen Abend endet hoffentlich der schwierige Teil ihrer Ehe, und sie hat Noëma gezähmt wie Nonna ihren Guiseppe. Mieze trägt die pikanten Tartes, die sie am Nachmittag hergestellt hat, in die Kühlkammer, wo sich schon Torten, Blechkuchen und Muffins stapeln, und macht sich daran, die großen eckigen Biskuitteigböden zu füllen und mit Fondant zu überziehen. Auf den weißen Fondant wird sie morgen mit Airbrush ein schwarzes Ornament sprühen, und am Ende wird in der Kühlkammer eine fünfstöckige Riesentorte stehen, eine Kopie ihrer Hochzeitstorte, diesmal ohne Nonnas Hilfe gebacken. Mieze kann nicht anders, sie ist stolz auf ihr Werk, obwohl es auf die Kuchen ja eigentlich nicht ankommt, und wenn sie ehrlich ist, backt sie nur deswegen immer weiter, weil sie nervös ist und nicht ganz so sicher, dass alles glattgehen wird. Als sie den letzten Rodon mit Schokolade übergossen und in der Kühlkammer verstaut hat, räumt sie die Küche auf. Das ist schnell erledigt, Mieze arbeitet präzise und kleckert nicht herum, sie muss nur die Schüsseln in den Spüler stellen und mal über die Arbeitsflächen wischen, dann sieht alles wieder so makellos wie eine Musterküche aus. Fast wünscht sie sich, es gäbe mehr zu tun, irgendetwas Klebriges, bei dem sie richtig schrubben und sich verausgaben muss, denn der Abend hat gerade erst angefangen, und die Nacht wird lang werden. Noëma ist im Club und hat angekündigt, dass sie nach der Schicht noch ihre Turntables abbaut, weil morgen ein Techniker kommt, um irgendetwas zu reparieren. Mieze kann sich denken, was das heißt: zehn Minuten, um ein paar Stecker zu ziehen, und eine Stunde, um die Barmaid auf dem Tresen zu ficken. Mieze schüttelt den Kopf so heftig, dass sich eine Strähne aus ihrem strengen Dutt löst, sie will sich das gar nicht genau vorstellen. Sie sieht auf die Uhr. Noch hat es keinen Zweck, ihr Handy einzuschalten, also badet sie erst ausgiebig, cremt sich ein und kuschelt sich mit einer dicken Decke in die Lieblingsecke ihres Sofas.

Dann meldet sie sich bei Lovecoach an. Als MademoiselleChou scrollt sie durch ihre Matches und ist fassungslos, wie viele unmoralische Angebote sie bekommt, sie wird geradezu überschüttet, der reinste Süßwarenladen. Darunter sind eine Menge Frauen, die sie sich live nie trauen würde anzusprechen. Achtunddreißig Möglichkeiten, und alle wollen mit ihr ins Bett. Wider Willen ist Mieze geschmeichelt, und einen Moment lang kann sie verstehen, wie verführerisch das für Noëma sein muss, im Club jeden Abend Dutzende von Angeboten zu bekommen, wie das ihr Ego streicheln muss und, auch das denkt Mieze widerstrebend, wie egal es sich jetzt schon anfühlt. Sie könnte einfach auf SexyPussy1990 klicken und mit ihr chatten, sie könnte Feierbiest87 treffen oder UnkeuschesNoennchen hier in ihr maßgefertigtes damastbezogenes Ehebett einladen oder alle drei zusammen und eine Orgie feiern, und Noëma würde nichts merken, wenn sie spätnachts nach Hause kommt, und es hätte auch wirklich nichts mit ihr zu tun.

Mieze wird trotzig, für sie bedeutet es keinen Verzicht, das alles zu unterlassen. Noëma treu zu sein, ist keine Pflichterfüllung. Mieze will niemandem sonst so nah sein wie ihrer Frau, sie will etwas Besonderes für sie sein und versteht ihre Liebe als ein Mysterium, das sie miteinander teilen. Aber Noëma nicht, Noëma fickt rum wie eine läufige Straßenkatze und hält ihre Pussy jeder entgegen, die um sie herumscharwenzelt. Wütend wischt Mieze alle ihre Matches in den Papierkorb und wartet. Gleich ist es Mitternacht, da legt immer eine Stunde lang ein Gast-DJ auf, und Noëma macht Pause. Und währenddessen wird sie garantiert online sein. Mieze aktualisiert ihre Statusanzeige und kommt sich vor wie eine fleischfressende Pflanze, die ihre klebrige, duftende Blüte öffnet, als sie den Text, den sie sich in der Wanne überlegt hat, ins Chatfenster schreibt.

Bist du genauso heiß wie ich heute Nacht? Ist deine Möse feucht, und bist du bereit für einen kurzen leidenschaftlichen Fick in der Lounge? Steckst du mir die Finger in die Fotze? Leckst du mich, bis ich schreie? Hast du einen Lederdildo dabei? Ich warte auf dich!

Wie paralysiert sieht Mieze aufs Display und wartet. Schon fünf nach zwölf. Es kann nicht sein, dass Noëma nicht darauf anspringt, denn die Ledersache gefällt ihr besonders, das weiß Mieze. Sie wartet und hofft gleichzeitig, dass Noëmas Nickname Cavalletta nicht aufleuchtet. »Die Heuschrecke«, das passt. Das Weibchen paart sich und beißt dem anderen Weibchen den Kopf ab oder ernährt sich von dessen Körper. Ist es das, was Noëma über Sex denkt? Nahrung und Vernichtung? Wie kann es sein, dass Noëmas konservative Bilderbuchfamilie so einen weiblichen Macho hervorgebracht hat? Aber vielleicht gerade deswegen. Während Mieze über das sizilianische Frauenbild nachgrübelt, pingt das Handy in ihrer Hand, und Mieze erschreckt sich so, dass sie zusammenzuckt und es fast fallen lässt. Cavalletta hat sie gematcht. Mieze schließt einen Moment die Augen. Sie wusste es. Enttäuschung und Aufregung schwappen zu gleichen Teilen in ihrem Magen herum. Sie zögert nur einen kurzen Moment, jetzt oder nie, bald ist Noëmas Pause auch schon wieder vorbei. Mit einem Seufzer tippt Mieze auf die Schaltfläche und lädt Noëma in die Lounge ein.

MademoiselleChou
Na du? Schon hungrig? Vernaschst du mich jetzt?

Cavalletta
Die Facts, Süße: 1) Ich suche nichts Festes und 2) das hier ist eine einmalige Sache.

MademoiselleChou
Ahh, eine Fremdgängerin. Böses Mädchen.

Cavalletta
Ohne Liebe und ohne Wiederholung ist das kein Fremdgehen, nur ein kleines Feuerwerk, das kratzt den Himmel nicht. Und ja, ich kann böse sein.

MademoiselleChou
Eine Kriegerin und Poetin, nice. Was machst du denn so, wenn du richtig böse wirst?

Cavalletta
Ich würd zuerst mal sagen, du ziehst dich aus, splitternackt, und ich seh dir dabei zu und bereite meinen Strapon vor.

MademoiselleChou
Du gehst ja ran. Das Höschen auch gleich? Willst du mir denn gar nicht zur Hand gehen?

Cavalletta
Bist du nackt?

MademoiselleChou
Ganz nackt. Fühlt sich merkwürdig an, vor einer völlig Fremden zu stehen, die dazu auch noch angezogen ist und einen Dildo in der Hand hat. Willst du mich denn gar nicht anfassen? Mein Fötzchen ist rasiert und die Klit gepierct. Guck mal.

Cavalletta
Spreiz die Beine für mich und zeig mir deine Fotze.

MademoiselleChou
Leckst du mich?

Cavalletta
Mach's dir selbst mit der Hand.

MademoiselleChou
Fühlt sich ganz warm und glitschig an. Fass mich an.

Cavalletta
Steck dir einen Finger rein. Fick dich. Ich will hören, wie es schmatzt.

MademoiselleChou
Ich kann es dir gleichzeitig besorgen. Komm, ich zieh dir den Reißverschluss auf und steck dir die Hand zwischen die Beine. Ich wette, du hast eine sehr saftige Fotze.

Cavalletta
Bist du bereit für den Gummischwanz? Den schieb ich dir jetzt rein. Geh auf alle viere und streck mir den Arsch hin.

MademoiselleChou
Ich bin geil und ungeduldig.

Cavalletta
Ich halte deine Arschbacken auseinander. Rück die Fotze höher, bück dich, damit ich dich ficken kann.

MademoiselleChou
Ich fühl den Schwanz am Fötzchen, schieb ihn rein.

Cavalletta
Braves Mädchen. Brauchst du auch ein paar Schläge auf den nackten Arsch?

MademoiselleChou
Mach mit mir, was du willst.

Cavalletta
Wichs dir die Klit, komm jetzt.

MademoiselleChou
Und du? Soll ich dich anschließend lecken?

Cavalletta
Ich komme, wenn du kommst, mach schon.

MademoiselleChou
Aaaaaaaaah.
Bist du gekommen?
Cavalletta?
Cavalletta?

Noëma hat die Lovecoach-Lounge längst verlassen, aber Mieze schließt die App nicht. Sie sitzt mit dem Handy in der Hand da und schickt Noëma nach dem plötzlichen Abbruch etwas über den Messenger.

Da warst du aber schnell weg. Ich will dich live spüren. Lass uns treffen. Morgen 19 Uhr, Hotel Europa, Suite 140. Die Tür ist offen, ich erwarte dich im Bett. Überrasch mich! Ich mag es auch ein bisschen härter und kinky und bin offen für alles. Meine Möse wird schon wieder nass, ich kann es kaum erwarten, dass du mich im Real Life fickst.

Das ist riskant. Was soll sie machen, wenn Noëma nicht darauf anspringt? Aber könnte sie da widerstehen? Sie hat sich von Mieze so oft eine härtere Gangart im Bett gewünscht, und hier wird ihr alles angeboten, was sie geil macht.

Am nächsten Morgen sitzen beide Frauen mit ihrem Espresso in der Küche. Eigentlich hätte Noëma an diesem Samstag frei, aber sie erklärt Mieze, der Techniker komme, bevor der Club aufmache, und sie wolle dabei sein, wenn er an ihren heiligen Turntables rumhantiere, keine Ahnung, wie lange das dauern werde. Mieze spielt die Verständnisvolle und küsst Noëma. Die sieht sich irritiert in der stillen, glänzenden Hightech-Küche um.

»Backst du gar nicht?«

Mieze schüttelt den Kopf.

»Im Studio passiert heute nichts. Karla macht ein Coaching mit den Frauen in der Kandidatenvilla.«

Sie ist froh, dass ihre Frau nicht in die Kühlkammer schaut, in der so viele Kuchen und Torten lagern, als wollte sie damit halb Sizilien beköstigen, und so ist es ja auch.

Jetzt muss nur noch alles klappen. Den kleinen Transporter hat sie gestern schon von der Mietwagenfirma abgeholt, er steht vor dem Haus.

Um 16:30 Uhr fährt Noëma zum Club.

Mieze klingelt wenige Minuten später beim Nachbarn und bittet ihn, ihr beim Tragen der Hochzeitstorte zu helfen.

Um 17:30 sind alle Backwerke verladen. Mieze springt kurz unter die Dusche, ohne sich dabei Frisur und Make-up zu ruinieren, packt den Kleidersack ein und eilt zum Transporter.

Um 17:50 erreicht sie das Hotel, und wie verabredet schleppen die Mitarbeiter alles ins Schlafzimmer der Suite 140, das die Angestellten nach Miezes Anweisungen hergerichtet haben.

Um 18:10 steigt sie in ihr Hochzeitskleid, das sie auf eine Handbreit überm Knie gekürzt hat. Sie hat gerade den Reißverschluss hochgezogen und ist in ihre High Heels gestiegen, als es an der Tür der Suite klopft: Die Gäste sind da.

Um 18:50 ist alles bereit.

Um 18:53 schaltet Mieze das Licht aus. In der Dunkelheit riechen die Kuchen noch viel intensiver. Der Duft von Mandeln, Aprikosen, Schokolade und Marzipan muss bis auf den Hotelgang hinauswabern.

Um 18:56 geht nebenan die Tür des Wohnzimmers. Jemand betritt die Suite 140. Mieze dreht das Ohr zur Zwischentür, als könne sie so besser hören, was drüben passiert.

Um 18:59 öffnet sich die Zwischentür, und Mieze schaltet das Licht an.

Applaus und Gejohle brandet auf, dann: Totenstille. Die Stille ist greifbar wie ein Block Gelatine, der das ganze Zimmer ausfüllt. Mieze und Noëma sind gleichermaßen erstarrt.

Und alle anderen auch.

Auf der linken Seite des Schlafzimmers steht Noëmas Familie. Nonna, die Eltern, die Brüder und Cousins. Tanten, Onkel. Zwischen ihnen ein großer Tisch, beladen mit all den Köstlichkeiten, die Mieze in dieser Woche gebacken hat. In der Mitte das Prunkstück, der fünfstöckige Traum in Schwarzweiß, die Replik der Hochzeitstorte. Daneben Mieze in einer Minikleidversion ihres Hochzeitsoutfits, sexy in den hohen Schuhen, sie hält das Tortenmesser.

Und in der Tür: Noëma. Splitternackt in schwarzen Lackstiefeln, die bis zu den Oberschenkeln gehen. Und über ihrer Möse wippt leise ein Umschnalldildo.

Noëma starrt Mieze an. Mieze starrt Noëma an. Die Familie starrt Noëmas Umschnalldildo an.

Ganz langsam, als würde sie sich vor einem gefährlichen Tier in Sicherheit bringen, tritt Noëma einen Schritt zurück, und noch einen, und wirft die Zwischentür mit einem so lauten Knall zu, dass das Bild an der

Wand daneben wackelt. Jemand räuspert sich. Zwei Cousinen tuscheln, ein Baby beginnt zu weinen. Mieze sucht den Blick von Noëmas Bruder Franko und dreht pantomimisch an einem unsichtbaren Knopf, er versteht sofort und schaltet die Musik ein.

Mieze läuft rüber ins Wohnzimmer, in dem Noëma sich schon fast wieder komplett angezogen hat. Sie wirkt so verstört, dass Mieze fast Mitleid bekommt, aber nur fast. Einige ihrer Cousinen sind hinterhergekommen, umringen Noëma, schwatzen italienisch auf sie ein und ziehen sie zurück ins Schlafzimmer. Die Familie bemüht sich, Normalität herzustellen, alle reden jetzt, gestikulieren, schenken Kaffee und Sekt aus, reichen Tabletts mit Muffins herum. Die Cousinen zerren Noëma zur Riesentorte, Mieze legt ihre Hand auf das Tortenmesser, und gemeinsam mit der sichtlich überrumpelten Noëma schneiden sie die mittlere Etage an. Die Familie klatscht und lacht und johlt, wie bei der Hochzeit, und doch ganz anders. Noëmas Gesicht ist wächsern.

Jemand fotografiert, der helle Blitz blendet Mieze. Sie lehnt sich zu ihrer Frau und legt ihr den Arm um die Taille.

»Heute ist unser einjähriges Ehejubiläum«, flüstert sie und wartet, bis sie Noëmas Blick aufgefangen hat und sicher sein kann, dass die ihr auch zuhört.

»Das«, sie nickt in die Runde, »können wir haben, eine große, sizilianische Familie, du und ich, wir könnten Kinder haben und die Traditionen weitergeben. Hier gehören wir her, das ist das richtige Leben. Deine Affären machen alles kaputt, sie machen mich kaputt. Das wollte ich dir zeigen.«

Noëma und sie füttern sich, wie es die Familie verlangt, gegenseitig mit einem Stück Torte für ein Foto. Nach dem viel zu hellen Blitz tritt Noëma einen Schritt zurück, streicht Mieze eine Haarsträhne hinters Ohr – wieder ein Blitz – und flüstert ihr zu: »Ich habe dir immer die Wahrheit über mich gesagt. Ich habe dich nie gedemütigt, und du wusstest genau, wen du heiratest. Diese Aktion hier verzeih ich dir nie. Ich packe noch heute Nacht meine Koffer, und dann kannst du gern auf la famiglia machen. Aber mit uns war's das, MademoiselleChou.«

Mieze steht in ihrem kurzen Hochzeitskleid neben der Torte, starr wie eine Figur aus Fondant.

Noëma nimmt sich einen Teller, belädt ihn und stellt sich zu ihren Brüdern, die ihr feixend die Ellenbogen in die Seite stoßen und unter Gelächter einen wippenden Umschnalldildo pantomimisch darstellen.

Nonnas scharfem Blick entgeht das ebenso wenig wie die einzelne Träne, die über Miezes lächelndes Gesicht läuft.

SECHZEHN

Lovecoach-Tipp:
Versöhnungs-Sex ist heiß.
Nur deswegen mit Tellern und
Anschuldigungen um sich zu werfen,
damit es nachher im Bett knistert,
ist aber eine sehr dumme Idee.

»Natürlich habe ich Sie nicht vergessen!«

Aber Karla hat die Mittagsklientin tatsächlich vergessen. Sie weiß nicht, wie es passiert ist. Heute früh war sie noch im Studio, weil eine der Kandidatinnen plötzlich Skrupel bekommen hatte, ihre Brüste im Fernsehen zu zeigen – nicht ihre Muschi, nur die Brüste. Die Kandidatin jammerte, alle anderen hätten schönere, und weigerte sich, Stellproben mitzumachen oder eines dieser Miniinterviews zu geben, die während des Piloten eingespielt werden sollten, um die Männer und Frauen zu präsentieren, die man in der Show nackt herumhüpfen sehen würde. Karla vermutete, dass die Kandidatin versuchte, so kurz vor dem Dreh der Pilotsendung die Produktion zu erpressen, ihre Gage zu erhöhen, denn bei all den Castings, den Fotoshootings, den Auswahlrunden und den bisherigen Proben waren ihre Brüste nie ein Problem gewesen. Die Showrunnerin, die ihre blauen Dreadlocks zu einem riesigen Knoten zusammengeknödelt hatte, keifte Karla an, sie solle »in diesem Puff endlich für Ruhe sorgen«. Karla versuchte der Kandidatin zuzuhören, was einfacher gewesen wäre, wenn die Showrunnerin nicht ständig gestört und gefragt hätte, ob das »Busengate« jetzt bereinigt sei. Alle, auch die Mitarbeiter in der Verwaltung und in der Regie, waren heute nervös und zickig, es schlugen mehr Türen als sonst, die Beleuchter, die normalerweise Sprüche klopften und durch nichts aus der Ruhe zu bringen waren, schrien ihre Assistenten an, und ständig klingelte irgendwo ein Telefon. Karla hatte das Gefühl, dass etwas vor sich ging, die Spannung war greifbar. Auch Mieze, die sie mit roten Augen, aber perfekt frisiert wie immer am Cateringtisch getroffen hatte, fühlte die merkwürdige Stimmung und verglich das Studio mit einem Ameisenhaufen, in den man einen Stock gestoßen hat. Karla hätte sich gern ausgiebig um Mieze gekümmert, die ihr noch nachts über den Verlauf ihres Familienfestes berichtet und schluchzend erzählt hatte, dass Noëma eine Sporttasche gepackt habe und anderswo übernachte. Aber die Showrunnerin stand bereits wieder hinter ihr und herrschte sie an, sie solle »die Tittentussi auf Spur bringen«. Karla löste sich widerwillig von ihrer verweinten Freundin, deutete im Weggehen pantomimisch an, eine Flasche Wein zu entkorken, woraufhin Mieze nickte und ihre Hand ans Ohr hielt wie ein Handy.

Im Gespräch mit der Kandidatin fand Karla heraus, dass die Frau ihr mickriges TV-Honorar aufbessern wollte, weil sie Schulden hatte. Karla redete ihr ins Gewissen, versprach, eine Schuldnerberatung zu besorgen, betonte noch einmal, wie wichtig es für die Menschen an den Bildschirmen sei, mehr unoperierte Brüste zu sehen, die sich bewegten und auf einer natürlichen Höhe befänden, und die Kandidatin lenkte schließlich ein. Karla hastete aus dem Studio, um der Showrunnerin, die sie heute wieder schwer auf dem Kieker hatte, nicht noch einmal zu begegnen und Mieze vielleicht noch zu erwischen. Aber ihre Freundin war bereits gegangen, und dann sprang Karlas Wagen nicht an, und sie musste einen Techniker nach einem Überbrückungskabel fragen, woraufhin sie doch wieder der Showrunnerin in die Hände fiel, die ihr eine Standpauke über die Wichtigkeit der Pilotfolge hielt: »Schätzchen, das hier ist alles erst mal ein Testballon. Sorg für gut gelauntes Humanmaterial, mach deinen Job, sonst kann ich meinen Job nicht machen, und dann öffnen sich die Geldsäcke nicht, und wir haben Schweiß, Tränen und Sperma umsonst investiert!«

Irgendwo zwischen einem der Wutausbrüche der Showrunnerin, dem defekten Anlasser, Miezes Elend, der verschuldeten Kandidatin und Karlas eigenen Existenzsorgen (denn sie brauchte diesen Job bei der Show, ihre Praxis war noch lange nicht so weit, dass sie wirklich Gewinn abwarf), irgendwo in all diesem Chaos hatte sie die Mittagskundin einfach vergessen.

Schließlich war Karla in die Praxis zurückgekehrt, hatte sich einen großen Milchkaffee gemacht, eine Packung Zimtschnecken geöffnet, die Schuhe ausgezogen und es sich auf dem Sitzsack gemütlich gemacht, um Mieze anzurufen und anschließend auf ihren Nachmittagstermin zu warten, einen älteren Herrn, der immer so herzzerreißend schluchzte, und den hätte sie im Leben nicht verschusselt. Aber Rita, diese stille frustrierte Frau, der nun schon die dritte Beziehung innerhalb eines Jahres in die Brüche gegangen war und die oft nur stumm dasaß und Karla mit großen Augen ansah, als könnte die ihr erklären, warum das Leben so ungerecht war, die hatte sie tatsächlich vergessen.

Und nun steht Rita in der Tür, blass, mit hängenden Schultern und einem fast demütig hinnehmenden Ausdruck im Gesicht, weil es wieder passiert ist, weil sie wieder zu unwichtig ist und wieder keiner auf sie Rücksicht nimmt, nicht einmal ihre eigene Liebeskummer-Expertin, die sie immerhin für die Coachinggespräche bezahlt.

Karla überkommt das Gefühl, dass etwas gewaltig schiefläuft in ihrem Leben, dass alles einfach zu viel wird und sie die Fassade der toughen Frau, die ihr Leben gut genug im Griff hat, um sogar anderen Ratschläge zu geben, nicht mehr lange aufrechterhalten kann. Sie ruft also: »Natürlich habe ich Sie nicht vergessen!«, und führt Rita ins Sprechzimmer, wo diese wie gewohnt auf dem Holzstuhl Platz nimmt. Karla stellt die Kleenexbox, einen Teller mit einer Zimtschnecke und einen Kaffee auf das Tischchen. Sie will sich schon auf ihren üblichen kleinen Sessel mit dem Blümchenmuster setzen, überlegt es sich dann aber anders, stellt einen zweiten Holzstuhl ganz nah vor Ritas und nimmt Platz. Dann umfasst sie die Hände ihrer Kundin und sieht ihr tief in die Augen. Warum nicht mal etwas Neues versuchen und mit der Wahrheit arbeiten, anstelle Rita immer wieder zu erzählen, dass der Richtige schon deshalb noch kommen werde, weil sie es verdient habe.

Karla räuspert sich.

»Um ehrlich zu sein: Ich habe Sie vergessen. Und ich denke, genau das ist Ihr Problem.«

Rita sieht sie erschrocken und schockiert an, entzieht Karla ihre Hände und nestelt an den Knöpfen ihrer Strickjacke.

»Es war viel los heute, und da sind Sie hintenübergefallen. Das tut mir wahnsinnig leid, aber lassen Sie uns sehen, wie das passieren konnte. Sie verschwinden leicht, Sie erdulden Ungerechtigkeit einfach so, fast habe ich den Eindruck, Sie warten darauf, dass man Sie missachtet. Daran sollten wir arbeiten.«

Rita sitzt da, zusammengesunken, und rutscht unbehaglich auf dem Stuhl hin und her.

»Das Leben wird Sie nicht beschenken, weil es für jeden einen Topf voller Glück gibt. Sie müssen sich bemerkbar machen, laut ›Hier!‹ schreien. Sie müssen für sich sorgen, dafür, dass man Sie achtet, dass man Sie mit Respekt behandelt. Dass man Sie bemerkt. Und ich denke, Sie wären bei einer Kollegin, die Verhaltenstherapie anbietet, vielleicht besser aufgehoben als bei mir.«

Karla atmet tief durch. Das fällt ihr schwer. Eine Kundin zu verlieren, erst recht eine, die so regelmäßig kommt wie Rita, kann sie sich eigentlich gar nicht leisten. Außerdem kratzt es an ihrem Ego, dass sie wohl nicht fähig ist, Rita zu helfen.

Ausgerechnet jetzt klingelt es Sturm. Karla wirft verärgert einen Blick auf die Uhr. Den Nachmittagskunden erwartet sie erst in zwei Stunden, und Post geht ausschließlich an ihre Privatadresse. Es klingelt wieder. Und wieder. Jedes Mal zuckt Rita zusammen, als hätte sie einen Stromstoß bekommen. Schließlich springt Karla auf, läuft zur Tür und drückt auf den Summer. Wenn es irgendjemand ist, der zu einer anderen Wohnung will, wird er jetzt wenigstens Ruhe geben, und sie kann sich um Rita kümmern. Sie horcht einen Moment, alles bleibt ruhig, na bitte.

Wieder ergreift sie Ritas Hände.

»Das Problem ist nicht, dass Sie dieses Jahr von drei Männern verlassen wurden«, setzt sie so sanft wie möglich an. »Das Problem ist, dass Sie sich Männer aussuchen, die Sie nicht wirklich sehen. Und dass Sie Ihre Bedürfnisse in einer Beziehung nicht durchsetzen. Vielleicht kennen Sie Ihre Bedürfnisse selbst auch gar nicht richtig.«

Und jetzt, das erste Mal seit vielen Wochen, in denen Rita stumm und anklagend auf diesem Stuhl gesessen hat, während Karla damit beschäftigt war, ihr Selbstvertrauen zu heben, jetzt weint Rita.

Karla kniet sich vor ihrer Kundin hin, umarmt sie und hält sie einfach eine Weile, bis sie sich beruhigt hat.

Dann schnäuzt sich Rita, nimmt ihre Handtasche und steht auf. Sie ist schon fast an der Tür des Sprechzimmers, als sie sich noch mal umdreht und Karla schüchtern anlächelt.

»Kann ich die Zimtschnecke mitnehmen?«

Karla lacht, zeigt mit einem Daumen nach oben und reicht sie ihr.

»Guter Anfang! Das nächste Mal fragen Sie nicht, sondern schnappen sich die Zimtschnecke, die Sie haben möchten!«

Sie begleitet Rita zur Tür und will ihr noch sagen, wo sie sich über mögliche Therapien informieren kann, aber gerade als sie die Praxistür öffnet, schiebt sich aus dem Dämmerlicht des Treppenhauses eine Gestalt auf sie zu und schlüpft zwischen den beiden Frauen hinein. Es ist André.

Karla sieht ihn fassungslos an, und Rita verschwindet in der Verwirrung, ohne dass Karla sich von ihr verabschieden kann.

Sie stemmt die Hände in die Hüften und nickt Richtung Ausgang.

»Hau bloß ab! Ich hab am Telefon alles gesagt!«

Das stimmt. Minutenlang hat sie auf Andrés Mailbox geschimpft, nachdem sie von Tildas Geschwistergericht zurück war und André nicht erreicht hatte. Dass er ein perverses Arschloch sei, der aus welchen Gründen auch immer Sexfotos von ihr ins Netz gestellt habe, dass sie ihn anzeigen werde, dass er das Letzte sei, außerdem der totale Loser im Bett (was nicht der Wahrheit entspricht), und dass man ihn mit der Kneifzange nicht anfassen dürfe.

André hat später versucht, sie zurückzurufen, aber Karla hat ihn jedes Mal weggedrückt, wenn seine Nummer im Display aufleuchtete. Mit kriminellen Vollhonks verhandelt sie nicht. Es gibt keine Entschuldigung für seine Taten, und Karla wird nichts gelten lassen, was er jetzt vorbringen könnte.

André bewegt sich kein Stück.

Sie hat gedacht, er würde laut werden, vielleicht sogar schreien, um sich zu verteidigen, aber seine Stimme ist ganz leise.

»Karla, ich war das nicht.«

Karla wartet. Mehr kommt nicht.

Kalt mustert sie ihn von oben bis unten. Welch ein Würstchen muss jemand sein, der einer Frau erst Gefühle vorspielt, sie damit ins Bett kriegt und dann das intimste Material über sie verbreitet und es am Ende noch nicht mal zugibt. Soll er doch wenigstens gestehen, dass es ein Scherz für ihn war, dass er sich super amüsiert hat auf ihre Kosten.

Das alles sagt Karla nicht. Sie sagt nur: »Die Bilder wurden über deinen Account eingestellt.«

André nickt. »Ja, wurden sie. Und ich habe sie alle gelöscht und meinen Account auch.«

Am liebsten würde Karla ihn schlagen. Auf ihn einprügeln, bis sein schönes Gesicht nicht mehr so schön aussieht und seine grauen Augen nicht mehr so strahlen, bis sein athletischer schmaler Körper ganz zerschunden und gekrümmt ist und er aussieht, wie sie sich fühlt. Und gleichzeitig ist sie müde, leer, findet kaum noch die Kraft, sich auf den Füßen zu halten. Sie will nur noch, dass er endlich verschwindet. Sie öffnet die Tür ein Stück weiter. André bleibt stehen.

»Ich habe keine Bilder von dir ins Netz gestellt. Warum sollte ich das tun? Außerdem passt der Zeitstempel doch gar nicht. Das Foto mit dem ganz jungen Mann ...«

»Du brauchst mir das nicht in allen Einzelheiten zu erzählen!«, unterbricht Karla ihn, aber André lässt sich nicht beirren.

»Das Foto mit dem ganz jungen Mann wurde nachmittags hochgeladen, gegen vier, das sieht man an den Log-in-Daten. Da war ich gerade vorn beim Pförtner des Aufnahmestudios von deiner TV-Show. Das kann er dir bestätigen. Und Kameras haben das natürlich auch erfasst.«

Karla wird schwindlig. Sie weiß überhaupt nicht mehr, was sie denken soll. Es ist vielleicht nicht die naheliegendste Frage, aber sie stellt sie trotzdem: »Wieso warst du beim Pförtner?«

André zögert. Es ist also doch etwas unkoscher an ihm. »Ich hab ihn nach dir gefragt. Ob du im Studio bist.«

Er schluckt und überlegt offensichtlich, ob er ihr alles sagen soll.

»Ich hab behauptet, du bist meine Freundin und hast dein Portemonnaie zu Hause vergessen. Er hat dann in einer Liste nachgeguckt und gesagt, du müsstest in einer halben Stunde fertig sein. Also hab ich auf dem Parkplatz auf dich gewartet.«

In Karlas Kopf dreht sich alles, sie lässt sich in das große Samtsofa fallen. André geht vor ihr in die Hocke, versucht, ihren Arm zu streicheln, was Karla jedoch abwehrt, und sieht sie mit feuchten Augen an.

»Ich würde dir so was nie antun! Nie! Aber es stimmt, dass ich dich angelogen hab. Ich war nicht zufällig am Nirwana, und auf dem Studioparkplatz auch nicht.«

Karla atmet vorsichtig ein und aus. Sie fühlt sich ganz schlaff wie eine Schlenkerpuppe, hat erst mal keine Kraft mehr für Widerstand und lässt André erzählen.

»Matthis hat mich gebeten, mich um dich zu kümmern. Ich hielt es für einen Freundschaftsdienst. Da wusste ich noch nicht, wie scharf du bist und wie deine Haut im Halbdunkeln schimmert und wie schön es klingt, wenn du lachst, und wie gut du dich anfühlst, und dass ich so schnell was für dich empfinden würde.«

Karla würde ihn gern nach Matthis fragen, aber sie bemüht sich, jetzt nicht den Faden zu verlieren, nur weil ihr Herz gewaltig angefangen hat zu klopfen bei dem, was André sagt.

»Es ist dein Account.«

Er nickt. »Mein Grafikbüro – wir sind ja nicht nur ein Verlag, sondern machen auch Broschüren und so weiter für alle möglichen Kunden –, mein Büro hat die Grafiken für das Pressematerial von deiner TV-Show geliefert. Das Lovecoach-Imperium ist der Hauptwerbesponsor der Show und stellt auch deren Bilder und Software für die Spiele.«

Er überlegt, wie er es am besten erklären soll.

»Ein Mitarbeiter der Show könnte sich, wenn seine Befugnisse weit genug gehen, mit ein paar Tricks das Passwort zu meinem Lovecoach-Account besorgt und sich damit auf diesen Pornoseiten eingeloggt haben.«

Er lässt das kurz sacken und ergänzt dann: »Diese Pornoseiten gehören ja auch zum Konzern. Das ist alles eine totale Datenkrake.«

»Wer aus der Show sollte mich denn so demütigen wollen?«

Karlas Stimme ist klein und leise.

André nimmt sie in die Arme, erst wehrt sie sich, aber er lässt sie nicht los, umschließt sie fest, bis sie das Gefühl hat, sie könnte sich vollkommen schlaff machen und er würde sie immer noch aufrechthalten.

»Das kriegen wir zusammen raus! Ich verspreche dir, dass wir das rausfinden.«

Sie schmiegen sich auf dem großen Samtsofa aneinander. André breitet die Decke über sie beide und umschlingt Karla. Sie schließt die Augen, während er erzählt. Von seiner Kindheit, seinem Studium, wie er den Verlag aufbaute und Matthis kennenlernte, von seinen

Ex-Freundinnen, seiner gescheiterten Ehe, von allen möglichen Peinlichkeiten und Absurditäten, und dass er als Jugendlicher Bücher geklaut und auch mal ein Auto kurzgeschlossen habe. Dass er auf Partys immer Beklemmungen bekomme, weil er glaube, sämtliche Gäste starrten ihn an, dass er alle zwei Monate in die Oper gehe, weil er denke, kultivierte Menschen machten das eben, und sich dann entsetzlich langweile. Dass er es bei der Steuererklärung nicht immer ganz genau nehme und er sich sofort ein bisschen dumm fühle, wenn jemand Schach oder Skat spielen könne, während er trotz mehrerer Anläufe die Regeln bisher nicht verstanden habe. Dass er seine Brust zu schmal finde und seine Waden eine komische Keulenform hätten, weswegen er ungern ins Schwimmbad gehe.

Manchmal kichert Karla, manchmal streichelt sie ihn, wenn er bei einer seiner Erinnerungen schlecht wegkommt, meistens hört sie einfach zu, aber ein paarmal widerspricht sie ihm auch. Es wird immer wärmer unter der Decke, und im gleichen Maße, wie André sich vor ihr entblößt, zieht Karla Kleidungsstück um Kleidungsstück aus, bis sie schließlich nackt neben ihm liegt. Er rollt sich ein Stück von ihr weg, windet vorsichtig seinen Arm unter ihrem Kopf heraus, steht vom Sofa auf und streift seine Kleidung ebenfalls ab.

»Das bin ich«, sagt er schließlich und dreht sich vor ihr, und Karla hat das Gefühl, dass sie ihn alles fragen und ihm alles sagen dürfte, weil er wirklich nichts zurückhält.

»Weißt du, wieso Matthis mich verlassen hat?«

»Nein.«

»Hast du die Bilder von mir ins Internet gestellt?«

»Ich schwöre bei meinen komischen Keulenwaden, nein, hab ich nicht.«

Karla klopft neben sich und hebt die Decke an wie eine Einladung, und André schlüpft zu ihr.

Etwas ratlos sieht sie ihn an.

»Ich wäre gerade so gern jemand anderes, weißt du. Jemand ohne all diesen komplizierten Ballast.«

Er überlegt.

»Kannst du ja sein.«

Er springt aus dem Bett und tippt auf seinem Handy herum. Ein Gitarrenriff erklingt, das Karla sehr gut kennt, auch wenn sie es schon Jahre nicht mehr gehört hat.

»I just died in your arms tonight«, singt André die erste Zeile mit, und Karla lacht. »Sind die Achtziger zurück?«

Er wuschelt sich durch die Haare, bis sie wild abstehen, und wirft sich neben sie aufs Sofa.

»Ich bin ein Nerd, der gerade einen Zauberwürfel-Wettbewerb gewonnen hat, und du das tolle Mädchen aus der Parallelklasse, das nachher noch in seinen Aerobic-Kurs muss und mich vorher ein bisschen ranlässt.«

Karla steigt ein.

»Du hast mich mit einem Ed-von-Schleck-Eis betört, sodass ich endlich vergessen habe, dass du ständig von Pac-Man und Knight Rider redest.«

Er streicht über ihren Bauch und ihre Brüste und küsst ihre Nippel, die hart werden. Dann saugt er sich an ihrem Hals fest, und sie erinnert sich, wie stolz sie damals war, als sie mit dem ersten Knutschfleck in die Schule kam.

Andrés Atem kitzelt sie im Ohr.

»Jetzt hast du die Oversize-Jacke mit den Schulterpolstern ausgezogen, und ich darf dich aus deinen Leggins schälen und das erste Mal in meinem Leben als kajaläugiger Jungmann eine Möse anfassen.«

Karla kreist mit ihren Fingernägeln über seinen Oberschenkel, bis er eine Gänsehaut bekommt, und gleitet dann zwischen seine Beine. Sein Schwanz ist hart und warm.

»Du siehst ein bisschen aus wie Limahl, und ich fühle mich endlich wie die Hübsche aus *La Boum*, die ich seit Jahren sein will.«

Karla rollt sich über ihn und küsst ihn lange, während seine Hände durch ihr Haar gleiten, ihren Rücken hinabstreicheln und ihren Po kneten. Sie will ihm ganz nah sein, zieht ein Kondom über seinen harten Schwanz und führt ihn zu ihrem Möseneingang.

»Sei sanft mit mir, ich hab nicht viel Erfahrung. Außer mit dem Vokuhila-Punk aus der Anti-Atomkraft-Gruppe hab ich's noch mit keinem gemacht.«

Langsam senkt sie sich auf ihn und fühlt, wie sein Schwanz in ihre Möse gleitet.

»Dein Fötzchen ist glitschig wie Slime, du böses, verdorbenes Schulmädchen.«

Sie kichert.

Er hebt sanft ihre Brüste an und lässt sie über seinem Gesicht schaukeln. Karla legt den Kopf in den Nacken und kreist mit dem Becken. Er saugt an ihren Brustwarzen und erwidert ihre Bewegungen. Dann zieht er sie zu sich, bis sie ganz auf ihm liegt, umklammert sie fest mit Armen und Beinen, und ohne aus ihrer Möse zu gleiten, dreht er sie auf den Rücken. Sie spreizt die Beine weiter, sodass er tief in sie eindringen kann. Karla kann gar nicht aufhören, ihn küssen zu wollen, ihre Zungen spielen miteinander, und ihre Lippen pressen sich aufeinander, als wollten sie sich gegenseitig aussaugen. André fasst unter Karlas Bein und legt es sich über die Schulter. Den anderen Fuß bringt sie selbst in Positur und stemmt ihn gegen seine Schulter. Sie spürt die Verengung ihrer Möse sofort, er stößt jetzt in einem anderen Winkel in sie, und sie stöhnt bei jeder Bewegung und hat das Gefühl, dass sie völlig verschmelzen. André kommt schnell und presst sich fest an sie. Nach einem Moment, in dem er mit geschlossenen Augen sehr tief geatmet und seinen Höhepunkt genossen hat, nimmt er ihren Fuß von seiner Schulter, rückt eine Winzigkeit ab, um mehr Platz zwischen ihren Beinen zu haben, lässt seinen Schwanz aber weiter in ihr und streicht mit dem Daumen über ihre geschwollenen und nassen Mösenlippen. Er findet den Kitzler, Karla keucht und spannt den Oberkörper an wie einen Geigenbogen. Er streicht mit sanftem Druck über ihre Klit, gleichmäßig und zunehmend schneller, bis er in ihrer glitschigen Spalte auf und ab gleitet. Er passt sich

Karlas Stöhnen an, massiert die Knospe fester, wenn sie tiefer atmet, und in dem Moment, als sie laut aufjauchzt, presst er seinen Handballen gegen ihre Möse und lässt sie ihren Höhepunkt bis zur letzten Welle auskosten.

Sie liegen schon eine Weile verschwitzt und mit verschlungenen Beinen auf der Couch, und Karla ist fast eingeschlafen, als André ihren Nacken küsst und murmelt: »Es wird sich alles klären, auch das mit Matthis. Und dann siehst du zurück wie auf die Achtziger und fragst dich, was für ein Irrsinn das war.«

Sie dreht sich überrascht zu ihm um. »Das versuche ich seit Wochen. Wieso sollte ich plötzlich rauskriegen, was mit Matthis passiert ist?«

»Drei Gründe.«

Er zählt sie an seinen Fingern ab. »Weil ich glaube, dass du jetzt bereit bist, die richtigen Fragen zu stellen und dann auch Konsequenzen zu ziehen.«

»Hm. Zweitens?«

»Weil es eine Spur gibt. Für den zweiten Band seines Comics wollte er in einem S/M-Club recherchieren, und dieser Club ist ja nicht irgendwo in einem Paralleluniversum, sondern hier in der Stadt.«

»Und drittens?«

Er küsst sie wieder. »Weil du nicht mehr glaubst, dass du das alles allein stemmen musst. Du hast deine Freundinnen … und …«

»Und?«

»Und wenn du willst, hast du auch mich.«

SIEBZEHN

Lovecoach-Tipp:
Sprechen Sie miteinander
über Sex.
Aber nicht beim Sex.
Im Bett wird nur gevögelt,
nicht diskutiert.

Der schwere Lautsprecher verfehlt Noëmas Fuß nur um wenige Zentimeter.

»Hey! Ich bin doch wohl kaum zu übersehen!«

Noëma schubst die junge muskulöse Frau mit dem komplett tätowierten Hals, die das Equipment vom DJane-Pult gewuchtet hat.

Die legt zur Entschuldigung die Hände vor der Brust aneinander und beginnt, das Gewirr an Kabeln und Steckern zu sortieren, damit sie die nächste Box von der kleinen Tribüne heben kann.

Karla muss zugeben, dass Noëma recht hat, es ist wirklich schwierig, sie zu übersehen.

Noëma hat sich den Kopf rasiert. Statt der schwarzen Stachelfrisur trägt sie jetzt einen grell violett gefärbten Haarflaum, der kaum so lang wie ein halbes Streichholz ist. Sie trägt schwarzes Leder und ihre Bikerboots, aber unter ihrer Jacke blitzt ein ebenfalls violettes Chiffontop mit Rüschen. Die Augen sind schwarz umrandet, und an der Schläfe zieht sich ein gemaltes Tattoo bis auf den Schädel, ein Feuervogel, soweit Karla das erkennen kann, ohne Noëma direkt anzustarren. Keine Frage, Noëma ist eindeutig auf dem Kriegspfad. Und sie hat offensichtlich überhaupt keine Lust, sich mit Karla und André zu unterhalten, während diese Rowdie-Frau ihre heilige Technik austauscht. Über Mieze schon gar nicht. Karla hat es versucht. Sie hatte mit André vor dem Nirwana gewartet, bis sie das Knattern von Noëmas schwerer Maschine hörten, und sie dann bis in den Club verfolgt, der seltsam verlassen und bei Tageslicht sogar schäbig aussieht, gar nicht so glamourös und sexy wie neulich in der Nacht, als Karla hier das Lovecoach-Date hatte.

»Wenn du über Mieze reden willst: Vergiss es! Wir sind fertig miteinander!«

»Darf ich drei Sätze sagen, und dann lass ich dich damit in Ruhe?«

Noëma wippt ungeduldig auf den Absätzen ihrer Stiefel und zündet sich eine Kippe an.

»Erstens: Mieze liebt dich. Zweitens: Sie weiß, dass das keine gute Aktion mit deiner Familie war, und sie will, dass du zurückkommst.«

Noëma bläst scheinbar ungerührt den Rauch aus.

»Drittens?«

»Du liebst Mieze.«

Karla sieht, wie Noëmas Auge einen winzigen Moment zuckt, und beschließt, sie nicht weiter zu bedrängen. Sie weiß, dass Noëma dann dichtmacht. Also kommt sie zu dem anderen Punkt: Matthis.

»Das ist André.« Sie schiebt ihn auf Noëma zu, und beide schütteln sich wortlos die Hände.

»Er ist Matthis' Verleger. Super-Suzy ist bei ihm erschienen.«

Noëma nickt. »Ich weiß, wer du bist. Du hast das Corporate Design für unsere Clubs gemacht.«

Jetzt nickt Karla, als sei ihr das immer schon bekannt gewesen. Dabei hatte sie mit der Clubszene nie viel am Hut. Mit Matthis hatte sie eher zu Hause gekocht oder war paddeln. Erst heute Morgen im Bett hat sie mit André über den zweiten Teil von Super-Suzy geredet. Er erzählte ihr, dass Matthis auf der Suche nach einem S/M-Club gewesen war, um eine Kulisse für Suzys weitere Abenteuer zu finden. Und André hatte ihn ins Zerberus geschickt.

»Gehört alles derselben Firma«, hatte André ihr noch erklärt. »Das Zerberus ist ein exklusiver Sadomaso-Laden, da kommt man nur mit Einladung rein. Im Nirwana gibt's eher Techno und Trance. Das Hades spielt klassischen Hardrock, hat aber auch einen Darkroom und Nischen, und ins Xibalba gehst du, wenn du gezielt zu Sexpartys willst oder gern Grunge und Heavy Metal hörst.«

Karla zerknüllte ihr Kopfkissen, als könnte es irgendwas dafür, dass ihr Leben gerade so verwickelt war.

»Und da ist Matthis hingegangen?«

André strich ihr liebevoll eine Haarsträhne hinters Ohr.

»Offenbar schon. Denn ein paar Tage später hat er vor meinem Büro auf mich gewartet. Er war völlig durch den Wind, total durcheinander. Er hat mir nur gesagt, dass es mit dem zweiten Band länger dauern werde, dass er etwas klarkriegen müsse und dafür allein sein wolle. Er meinte, er werde sich eine Weile nicht melden.«

André zögerte, aber Karla ließ ihn nicht aus den Augen, bis er weiterredete.

»Und er bat mich, mich um dich zu kümmern, wenn irgendwas sein sollte. Ich habe ihm noch gesagt, er solle auf jeden Fall mit dir reden und nicht einfach verschwinden, aber er meinte, das ginge nicht. Wörtlich sagte er …«

Wieder sah André verlegen im Zimmer herum, bis Karla seinen Blick einfing und ihn aufforderte, auszupacken.

»Er sagte: ›Die Trennung wird ihr sehr zusetzen, aber ich kann es ihr jetzt nicht erklären, ich kann einfach nicht.‹«

Karla schluckte. Matthis war also nicht einfach nur eine Weile weg, er wollte nicht wiederkommen, er hatte sich wirklich von ihr getrennt. Eine kleine Hoffnung war immer noch dagewesen, dass das alles ein großes Missverständnis gewesen sein könnte.

»Ich weiß nicht, was im Zerberus passiert ist, und ich habe auch keine Ahnung, wer ihm dort reingeholfen hat.«

Karla war aus dem Bett gesprungen.

»Ich kenne jemanden, der in einem der Clubs arbeitet, und sie kennt jeden in der Szene.«

Und nun stehen sie hier, und Noëma sieht sie an und wartet ungeduldig darauf, dass man sie endlich weiterarbeiten lässt. Karla ist mir einem Mal ganz mutlos. André sieht ihr an, wie schwer es ihr fällt zu fragen, also hilft er ihr.

»Es geht um Matthis. Wir wissen, dass er kurz vor seinem Verschwinden im Zerberus war. Hast du ihm eine Einladung besorgt?«

Noëma zündet sich eine neue Zigarette an der alten an und nickt.

»Er wollte für seinen Comic recherchieren. Ich hab noch geflachst, dass es da heftig zur Sache geht, aber er wollte unbedingt hin. Unsere Thekenfrau arbeitet halb hier und halb im Zerberus, sie hat ihm so einen Wisch geschrieben. Ich weiß nicht, ob er wirklich dort war.«

Karlas Mund ist ganz trocken vor Aufregung. »War er. Kurz bevor er verschwunden ist.«

Noëma fixiert sie. »Oha. Na ja, man sagt: Wer sich ins Zerberus wagt, kommt verwandelt raus. Vielleicht hat Matthis etwas über sich erfahren, das er lieber nicht wissen wollte. Übrigens hab ich ihm die Sache mit der Kulisse für seinen Comic nicht abgenommen, ich weiß, wie jemand aussieht, der Blut geleckt hat.«

Karla weiß gar nicht, wie sie darauf reagieren soll. Blut geleckt? Was meint Noëma damit?

»Schreibt uns deine Barfrau auch so einen Wisch? Erst muss ich die Aufzeichnung der Pilotfolge hinter mich bringen, aber wenn die Nackten verkuppelt sind, will ich da unbedingt hin.«

Noëma ruft ohne Vorwarnung zur Bar rüber: »Theresa, machst du mal zwei Einladungen für den Kerker klar?«

Die Frau im Batikkleid, die bisher Flaschen gezählt und Getränkekisten geschleppt hat, dreht sich zu ihnen um und lacht: »Nachschub für den Sklavenmarkt?«

Die Roadiefrau wuchtet eine weitere Lautsprecherbox auf den Boden, und Noëma schreit auf. »Hey, sachte, ein bisschen zärtlicher mit meinen Schätzchen!«

Als Noëma ihr die Einladungen gibt, küsst Karla sie kurz auf die Wange und flüstert ihr ins Ohr: »Du liebst Mieze. Und im Gegensatz zu mir und Matthis weißt du, wo sie ist, also klärt das!«

Dann verlässt sie mit André den Club. Ihre Hand hält die beiden Eintrittskarten fürs Zerberus fest umklammert. Das Club-Logo ist ein Wappen mit drei Hundeköpfen.

Heywasgeht-Gruppe *Kriegerinnen aus dem Tal der Tränen.*

Karla
Miezkatz? Sorry, ich hab's bei Noëma versucht, aber sie war eher nicht so zugänglich.

Mieze

Sie ist sauer. Heute früh hat sie ihre Barmaid hergeschickt, damit sie ihr Sachen für den Club mitbringt.

Tilda

Autsch! Wollt ihr beide mal in die Kommune kommen? So ein bisschen spirituelle Auszeit?

Karla

Ha. Ich stell mir Noëma gerade beim Meditieren vor, und jedes Mal, wenn ihr schwarzes Leder knirscht, zucken alle Kommunengeschwister zusammen.

Tilda

Oder ihr Gesicht, wenn Bruder Sören zu ihr sagt, sie soll mal die Käse wenden.

Mieze

Nicht hilfreich.

Tilda

Bleib geduldig, Mieze. Entweder könnt ihr euch verzeihen, dann wird alles wieder gut. Oder ihr könnt es nicht, dann ist eine Beziehung sowieso unmöglich.

Karla

Weise Worte, Tilda.

Tilda
Ich fühl mich auch ganz erleuchtet … Mieze, im Ernst: Wir haben hier einen Bruderknecht, das ist der, der mein Geschwistergericht geleitet hat, der kann das gut, Mediation und so was. Den könnt ihr auch in der Stadt treffen.

Mieze
Eure Sekte macht Hausbesuche?

Tilda
Wir. Sind. Keine. Sekte.

Karla
Ich finde die Idee gut, reden auf neutralem Boden, verhandeln, Kompromisse finden.

Mieze
Was willst du denn beim Thema Treue für'n Kompromiss finden? Da gibt's nur ganz oder gar nicht.

Karla
Es gibt nie nur ganz oder gar nicht. Übrigens hat mir Noëma gesagt, dass Matthis in so einem schrägen S/M-Club war, kurz bevor er sich in Luft aufgelöst hat. Genau da fahr ich nach der Pilotfolge mit André hin.

Tilda
André! Hey!

Mieze
André im Sinne von André Erste-Male-Liste oder André SeinenNamenmüssenwirunsmerken?

Karla
Die Liste hab ich aufgegeben.

Tilda
Und die These von den zehn ersten Malen?

Karla
War halt 'ne These. Werd ich überdenken.

Fine
Neuigkeiten, Mädels!

Fine hat Urs zur Gruppe hinzugefügt.

Urs
Hi miteinander. Karla, ich weiß inzwischen, wo die Fotos von dir hochgeladen wurden.

Karla
???

Urs
Im Studio, wo deine Show gedreht wird! Den genauen Standort krieg ich noch.

Karla
Ich fass es nicht. Aber Hauptsache, es war nicht André.

Tilda
André! Hey!

Mieze
Ich glaube, den sollten wir uns doch merken.

Tilda
Ich muss jetzt im Ernst Käse wenden und dann mit Milena auf den Acker, gemeinsames Pflügen für die Frauenfreundschaft. Mieze, bleib bei Noëma dran, ihr liebt euch. Karla, lass dich nirgendwo anketten! Urs, good job! Friede uns allen.

Mieze
Like!

ACHTZEHN

Lovecoach-Tipp:
Sie sind die Königin der Nacht.
Lassen Sie sich hofieren,
und behandeln Sie sich auch selbst so.
Wenn Sie nicht begeistert von sich sind,
wer soll es sonst sein?

»Was, oh Herrin, ist ein Schandpranger, und wieso steht da hinten ein elektrischer Stuhl? Ich dachte, hier geht's um Dating und Erotik?«

Mieze und Karla sind entsetzt, als sie das Set betreten, in dem in Kürze die Pilotfolge der Nackt-Kuppelshow aufgezeichnet werden soll. Beide waren ein paar Tage nicht im Studio, und das hat sich in dieser kurzen Zeit massiv verändert: Statt der bonbonbunten Kulissen sieht es hier jetzt eher aus wie eine bizarre Mischung aus Kerker und apokalyptischem Schlachtfeld. Käfige hängen von der Decke, eine Streckbank steht weiter hinten, und die Sofalandschaft, auf der die Kandidaten sich entspannt rekeln sollten, ist einer Art Donnerkuppel-Theater gewichen.

Karla kann es nicht fassen.

»Das ist jedenfalls nicht die Show, für die ich unterschrieben habe. In dem alten Konzept stand noch was im Sinne von ›lustvolle, erotische Erwachsenenspiele‹.«

Die Showrunnerin bleibt nicht mal stehen, während sie Karla und Mieze zusammenstaucht, sondern sieht sie nur finster an: »Wenn Frau Doktor endlich zu arbeiten geruhen möchte, kämen wir vielleicht vorwärts. Und die Stullen, schmieren die sich hier von alleine? Ladys, wir haben heute Gäste, die Hauptwerbesponsorin kommt, also bewegt eure Ärsche, wenn ich bitten darf.«

Sie hastet direkt weiter, um zwei Beleuchter zur Schnecke zu machen, deren Scheinwerfer offensichtlich Probleme haben.

Karla wartet, bis sie außer Hörweite sind. »Die ist ja noch übler drauf als sonst. Eher ein schlecht gelaunter Roadrunner als eine Showrunnerin.«

Mieze macht das Roadrunner-typische Meep-meep-Geräusch.

Außer ihren geröteten Augen sieht man ihr nicht an, wie sehr sie unter der Trennung von Noëma leidet. Ihr Pferdeschwanz und ihr Make-up sind akkurat wie immer, und die hellgrüne Schürze mit den weißen Punkten und dem Schriftzug *Backmieze* ist perfekt gebügelt und gestärkt.

Karla streichelt ihr kurz über den Arm, lässt es aber schnell, als Miezes Augen wieder anfangen feucht zu werden. Sie winkt Fine, Tilda und André zu, die mit der ersten Zuschauergruppe an ihre Plätze geführt werden. Die Pilotsendung soll vor Publikum aufgezeichnet werden, und während der drei Stunden, bis es losgeht, werden zwei Anheizer versuchen, die Leute mit einer Mischung aus Comedy, Klatsch- und Rufspielen und albernen Interviews gehörig in Stimmung zu bringen, damit der Saal tobt, wenn die Kameras schließlich aufzeichnen. Karla beneidet sie nicht im Mindesten um diesen Job. Massen anzuheizen bedeutet Schwerstarbeit, diese beiden sind allerdings, wie sie aus einer gemeinsamen Kaffeepause weiß, Ballermann-erprobt und werden das mit Sicherheit hinkriegen. Außerdem ist das ihrer eigenen Aufgabe gar nicht so unähnlich, denn sie wird sich jetzt den Kandidatinnen und Kandidaten widmen und dort für gute Stimmung sorgen. Jedenfalls so lange, bis sie den Anruf von Urs bekommt, auf den sie so dringend wartet. Er hat es ihr gestern Abend ausführlicher erklärt: Derjenige, der unter Andrés Account ihre Nacktbilder ins Internet gestellt hat, ist meistens zweimal täglich online, vormittags und am späten Abend. Urs wird unmittelbar vor dem Vormittagstermin einige von Karlas Bilder kommentieren und den User nach weiterem Material fragen. Urs war sich ziemlich sicher, dass er darauf reagieren wird.

»Die meisten Perversen und Netz-Assis können nicht widerstehen, wenn man sie lobhudelt. Die fühlen sich bestätigt und legen nach. Wenn unser Stalker das tut, müsste er lange genug am Bildschirm kleben, dass du hinrennen und ihn überraschen kannst. Ich sag dir dann, wo der Computer steht.«

Karla ist so aufgeregt, dass sie schwitzige Hände bekommt und darüber sogar die merkwürdigen Kulissen vergisst und nur am Rande mitbekommt, dass sich der Erkennungsjingle offenbar auch geändert hat, von einer romantisch poppigen Musik, in der eine hauchende Frauenstimme immer wieder »Love is everywhere« gewispert hat, zu einem harten Beat mit einem höhnischen Gegröle. Aber vielleicht ist das auch nur ein Soundcheck, und einer der Techniker hat aus Spaß mal was anderes eingelegt.

Jetzt muss sie sich auf ihren Job konzentrieren. Sie liest noch schnell eine SMS von Fine, die ihr aus dem Saal berichtet, dass sie ganz tolle Plätze direkt neben der VIP-Lounge haben, dann betritt sie die Garderobe – und bleibt wie angewurzelt stehen. Offenbar sind schon alle Kandidatinnen bis auf eine im Aufenthaltsraum oder in der Maske. Und diese eine hat, was strengstens und vertraglich verboten ist, bereits Kontakt zu einem männlichen Kandidaten aufgenommen. Ziemlich intimen Kontakt.

Er sitzt nackt mit weit gespreizten Beinen auf der Couch, während sie ebenfalls nackt neben ihm kniet und ihm den Schwanz lutscht. Sie hat ihm eines der neonfarbenen Kondome übergezogen, die in den späteren Folgen der Show zum Einsatz kommen sollen, nimmt den Schwanz tief in den Mund und krault nebenher seine Eier. Er besorgt es ihr mit einem surrenden Vibrator, den er im gleichen Rhythmus in ihre Möse schiebt und wieder ein Stück herauszieht. Beide haben die Augen geschlossen, die Kandidatin saugt und presst die Lippen fest um die Eichel, ihr Partner fickt sie mit dem Gummischwanz, was sie jedes Mal mit einem gurgelnden Stöhnen beantwortet. Neben den beiden hängt eine Spiegelwand, und wenn die Frau ihren Hintern etwas höher hebt, weil sie den Mund über seinen Schwanz senkt, sieht Karla ihre rosigen und von Muschisaft überströmten Mösenlippen, zwischen denen der Vibrator verschwindet und wieder hervorkommt. Beide bewegen sich völlig im Einklang, und Karla tut es leid, sie stören zu müssen, aber es geht nicht anders.

Sie schleicht ein paar Schritte zurück auf den Flur und singt erst leiser, dann lauter die frühere Erkennungsmelodie der Show: »Lo-ove is every-everywhere, o-ho lo-ove, yeah lo-ove …« Dabei tritt sie fester auf als sonst und betritt scheinbar in ihr Tablet vertieft die Garderobe.

Die beiden haben ihre Kleidung zusammengerafft und halten sie sich vor. Der Mann wirft sich hektisch seinen Show-Bademantel über, als er Karla erkennt. Karla sieht ihm an, dass er einen Moment überlegt, ob er irgendeine Geschichte erzählen soll, dann entscheidet er sich anders, lässt sich neben die rotwangige Frau auf das Sofa fallen und legt einen Arm um sie.

»Verrat uns nicht.«

Karla winkt ab. »Ach was. Showbiz. Wir nehmen das mal als Interpretation einer Besetzungscouch. Aber jetzt müsst ihr ganz schnell in die Maske. Und zwar ohne dass euch Rastawoman zusammen sieht, die ist eh schon auf hundertachtzig, also los geht's.«

Sie winkt und will sich schon umdrehen, aber das Pärchen rührt sich nicht von der Stelle.

»Nee.«

Der Mann sieht Karla fest an und zieht seine Partnerin noch etwas enger an sich.

»Wie ›nee‹?«

»Nee, wir machen das nicht.« Die Frau schlüpft auch in ihren Bademantel. »Wir wollen nicht mehr, wir sind raus.«

»Wir haben uns verliebt«, sagt der Mann, als wäre damit alles geregelt.

Karla schüttelt den Kopf und setzt sich zu den beiden. »Das ist toll, dass ihr euch hier gefunden habt, gratuliere, ich freu mich wirklich für euch. Allerdings habt ihr einen Vertrag unterschrieben. Und außerdem könnt ihr nicht am Tag der Pilotaufzeichnung zurücktreten.«

»Können wir doch.«

Der Mann klingt trotzig, und Karla ahnt, dass das schwieriger werden wird als gedacht. Sie versucht, sehr verständnisvoll zu klingen, die beiden sollen wissen, dass sie auf ihrer Seite ist. Gleichzeitig muss sie ihnen klarmachen, wie das hier läuft.

»Seht mal. Ihr könnt ja privat machen, was ihr wollt. Ihr habt es bisher geheim gehalten, das schafft ihr auch weiterhin. Und das hat doch auch seinen Reiz, oder?«

Das Pärchen lächelt sich an.

»Na also. Niemand sieht in der Show eure Gesichter.«

Karlas Stimme wird leiser. Was sie jetzt sagt, darf wirklich niemand mitkriegen, sonst fliegt sie hochkant raus. »Sorgt halt dafür, dass ihr in den ersten Spielen verliert. Dann ist es wie nicht teilgenommen. Und die Ersten, die gehen, werden gar nicht interviewt. Was kommt denn gleich am Anfang für ein Kasperkram?«

Sie sucht auf ihrem Show-Tablet den Ablauf.

»Hier! Was mit Tanzen nach Choreo und ein Trampolin-Battle. Da kann man doch gut und unauffällig verlieren! Ihr bekommt das Standard-Kandidatenhonorar und müsst keine Vertragsstrafe zahlen. Der Sender hat seine Show, ihr habt eure Ruhe, alles gut.«

Die Frau starrt sie mit großen Augen an: »Du weißt das gar nicht? Das Konzept ist vor drei Tagen geändert worden. Es gibt Interviews von Anfang an, und zwar ohne die Masken. Wir sollen uns gegenseitig nicht sehen, aber das Publikum darf sofort wissen, wer wir sind.«

Karla schüttelt den Kopf. »Kann nicht sein.«

»Doch. Es ist alles total fies geworden.«

Die Frau zieht ihr Smartphone aus der Bademanteltasche. »Die Spiele haben sich auch geändert. Es gibt eine Schwabbel-Challenge, wo unsere Cellulite bewertet wird, es gibt eine Art Guillotine-Nummer, wo der kleinste Schwanz rausfliegt. Und hast du die neuen Einspieler etwa nicht gesehen?«

Die Frau redet sich jetzt in Rage. »Von wegen ›Love is everywhere‹! Das wird richtig eklig. Wir sollen Pornoszenen nachspielen, eine Brustvergrößerung wird verlost,

Frauen sollen es mit Gummidödeln treiben, und es gibt eine Sodomistennummer, bei der Männer eine Schafattrappe ficken sollen, während irgendwelcher Schleim runtertropft, und wer als Erster keinen mehr hochkriegt, kommt an den Schandpranger! Die anderen finden das auch abartig – alle wollen unbedingt raus aus den Verträgen.«

Karla wedelt mit der Hand vor dem Gesicht. »Das ist doch Quatsch! Solche Sauereien waren nie geplant, das ist eine sexy Spielshow mit Dating und Spaß. Bei dem, was du da erzählst, würde ich nie mitmachen.«

»Eben«, die Frau lehnt sich auf dem Sofa zurück, »wir auch nicht!«

»Außerdem wollen die uns erpressen«, ergänzt der Mann und zeigt Karla einen etwas verwackelten Film auf dem Handy seiner Partnerin. Darauf steht die Showrunnerin speichelsprühend vor Wut vor ihr und schreit sie an, sie würde die bisherigen Probeaufnahmen auf den Internetseiten der Produktionsfirma hochladen, mit Gesicht und allem, und sie würde Nacktbilder, nur ganz minimal verhüllt, für Plakatwände und Werbeanzeigen benutzen und sie mit Geldstrafen und Shitstorms überziehen, falls sie bei dem neuen Showkonzept nicht mitmachen.

Karla weiß gar nicht, was sie dazu sagen soll. Sie holt sich das Einverständnis der Frau und schickt das kurze Video an Urs weiter. Wer weiß, wozu sie das mal brauchen kann. Offensichtlich hat die Showrunnerin kein Problem damit, Menschen im Internet bloßzustellen.

Sie bittet die Frau, ihren alten Vertrag und das neue Showkonzept an Fines Mailadresse zu schicken. Dann ruft Karla Fine an, um zu fragen, ob das alles legal ist. Fine hat einige Jura-Kurse besucht, als sie mit ihren FeinFrankstone-Fotos ins Profilager gewechselt ist. Und Fine bestätigt ihr nach einigen Minuten, in denen Karla und das Pärchen schweigend dasitzen, was Karla schon befürchtet hat: Es sind Knebelverträge. Die Produktionsfirma darf das Format und Konzept der Show ändern, die Kandidaten haben unterschrieben, dass sie damit einverstanden sind, und je später ein Kandidat vor der Sendung aussteigt, umso mehr Strafe muss er zahlen. Fine glaubt zwar, dass einige Richter das als sittenwidrig einstufen würden: »Aber so weit müsst ihr ja erst mal gehen.«

Karlas Gesicht sieht jetzt genauso trotzig aus wie das der beiden Kandidaten.

»Bei so was Ekelhaftem mach ich nicht mit«, schnaubt sie schließlich. »Danach könntet ihr euch nirgendwo mehr blicken lassen. Der Job ist mir egal und mein Honorar auch. Am besten für uns alle wäre, die Show würde gecancelt. Jetzt.«

Da pingt Karlas Handy wieder. Tilda meldet sich aus dem Saal.

Die Sponsorin ist da, ich kenn die!

Karla ruft sofort zurück.

»Du kennst die Lovecoach-Gründerin?«

»Ich wusste nicht, dass ihr Lovecoach gehört, aber ja, ich kenn die. Sie heißt Gemma. Ich hab früher mal

Domina-Kurse in so einem Fortbildungszentrum gemacht, Hotel d'Amour oder so ähnlich, da war sie mit der Leiterin befreundet und bei einigen Veranstaltungen dabei. Das ist eine Gute, die ist zwar strange, aber integer. Die würde so einen Schrott wie diese Verträge nicht dulden«, sagt Tilda, die auf dem Zuschauerrang neben Fine das veränderte Sendekonzept mitbekommen hat.

Das Handy pingt schon wieder. Eine SMS von Urs, der ihr meldet, dass Andrés Account gerade aktiviert wurde, und zwar im Pressezentrum im zweiten Stock. Karla überschlägt in Gedanken kurz den Weg. Da wird sie sich jetzt beeilen müssen.

Sie springt auf, ruft dem Pärchen ein »Wir regeln das!« zu und keucht ins Handy: »Tilda, bitte kümmer dich um diese Gemma, die Show muss gestoppt werden, hörst du? Ich will hier nicht mitmachen, und die Kandidaten auch nicht. Du musst sie irgendwie rumkriegen!«

Dann sprintet sie in Richtung des Treppenhauses.

Aus der großen Halle hört sie das Gejohle des Publikums und einen Gong. Noch eine Stunde bis zur Aufzeichnung.

Da sind die ersten Stufen. Karla rafft ihren Bleistiftrock über die Knie und rennt.

Ein Gang, um die Ecke, ein zweites Treppenhaus, wieder Stufen. Dann eine Schwingtür, ein Flur mit Teppichboden, weiter hinten das Pressezentrum. Karla keucht, ignoriert das Seitenstechen und das Hämmern in der

Brust, stößt die Tür auf und steht schwer atmend im Pressezentrum. Der große Raum ist leer. Karla wird schwummerig. Die Enttäuschung rauscht in ihren Ohren. Dann hört sie doch etwas. Ganz hinten in der letzten Reihe sitzt jemand. Sie geht mit wackligen Knien die Schreibtische entlang und springt den letzten Meter fast.

Die Showrunnerin erschreckt sich so sehr, dass sie ihren Becher mit dem spermafarbenen Smoothie umstößt. Der dickflüssige grünliche Schleim suppt über die Tastatur. Karla starrt auf den Bildschirm und sieht sich selbst. Nackt. Mit dem Praktikanten.

Sie kann ihren hochkochenden Zorn fast nicht unterdrücken, am liebsten würde sie auf das blaue Haarnest einschlagen. Aber sie beherrscht sich.

»Was bist du bloß für eine Bitch«, zischt sie. Dann schreit sie doch.

»Was hab ich dir getan!?«

Die Showrunnerin ist aschfahl geworden. Sie versucht, mit zitternden Händen die Sauerei auf dem Schreibtisch wegzuwischen. Dann sieht sie Karla hasserfüllt an.

»Frau Liebesdoktor, ja? Keine Ahnung von Fernsehen, aber gleich mehr verdienen als ich. Du weißt, was die Kandidaten brauchen, ach ja? Ich schufte mir hier den Buckel krumm, ich hätte deinen Job locker mitmachen können, ich wäre richtig gut gewesen, und ich brauche das Geld. Aber nein, die wollten eine sogenannte Fachfrau.«

Sie springt auf und schubst Karla.

»Du hast weder einen Doktor, Frau Pseudoexpertin, noch hast du Ahnung von Psychologie, du bist nur ’ne dumme Labertante mit ’nem Klemmbrett. Deine Praxis ist ein Witz. Du hilfst Leuten? Du machst nur Beziehungen kaputt!«

Karla ist so überrascht, dass sie sich nicht mal ärgert. »Welche Beziehungen mache ich bitte kaputt? Die sind doch schon hinüber, wenn die Klienten zu mir kommen. Ich fege die Scherben auf.«

»Du! Machst! Alles! Kaputt!«, schreit die Showrunnerin sie an. »Meine Freundin war bei dir, und anschließend ging bei uns nichts mehr. Ich wollte mich versöhnen, aber du hast ihr erzählt, sie soll sich aus ›toxischen Beziehungen‹ befreien. Ich bin nicht ›toxisch‹! Ich mochte sie!«

Karla sucht in ihrem Gedächtnis nach der Frau, um die es geht, findet aber kein Gesicht, das passen könnte.

»Und dann kommst du dumme Kuh auch noch in *meine* Show. Erst nimmst du mir die Frau weg und dann meinen Job!«

Jetzt wird es Karla zu blöd. »Ich hab dir überhaupt nichts weggenommen, ich kenn dich nicht mal. Aber du hast dich strafbar gemacht mit meinen Fotos im Internet. Und du hast Andrés Account gehackt. Das ist auch illegal. Wir zeigen dich an. Du hättest mit mir sprechen können, aber nein, du machst lieber so einen Scheiß. Du musst mich gezielt verfolgt haben, um mich mit diesen Männern zu fotografieren, und du kanntest die Verabredungen, also hast du meinen Lovecoach-Account gehackt. Wie krank ist das? Du löschst jetzt alles, was du von mir hochgeladen hast, aber pronto!«

Noch bevor sich die Showrunnerin widerwillig an die verschleimte Tastatur setzt, pingt bei beiden gleichzeitig das Handy. Karla sieht eine SMS von der Produktionsleitung: *Konferenzsaal. SOFORT!*

Während die Showrunnerin gar nicht weiß, was sie davon halten soll, hat Karla eine Ahnung. Offenbar hat Tilda ihre Sache gut gemacht und konnte an diese Gemma herankommen.

Der große Tisch im Konferenzsaal ist so voll besetzt, wie Karla es noch nicht gesehen hat. Da ist das Produzentenpaar: ein eher schmächtiger, aber attraktiver älterer Mann und seine Frau, die eigentliche Produzentin mit weißlila gefärbtem Haar. Dann noch eine große, sehr schlanke, ganz in Schwarz gekleidete Frau mit knallrotem Irokesenschnitt und tiefblauen Augen, einige Männer im Anzug, die wahrscheinlich die Hausjuristen sind, einige jüngere, die Karla aus Marketing-Meetings kennt, und jetzt auch sie selbst und die Showrunnerin.

An einer Wand läuft die Übertragung aus dem Studiosaal, wo die Anheizer immer noch das Publikum bespaßen und gerade bunte Bälle in den Zuschauerraum schießen.

Die Produzentin räuspert sich, sofort sind alle still. Aber noch bevor sie etwas sagen kann, erhebt sich die Frau mit dem roten Irokesenkamm, blickt wie eine

Kriegerin in die Runde, und als sie ruhig und leise zu sprechen beginnt, ist ihre Stimme so furchteinflößend und schneidend, dass niemand es wagt, sie zu unterbrechen. »Trifft es zu, dass das Konzept in den letzten Tagen komplett geändert wurde?«

Die Produzentin mit den weißlila Haaren atmet hörbar ein, aber die Kriegerin macht ihr, ohne sie anzusehen, mit einem Handzeichen deutlich, dass sie noch nicht fertig ist. »Diese Spieleshow hatte eine unterhaltsame und lustbetonte Ausrichtung, sie sollte für eine unverkrampfte Sexualität und einen spielerischen Umgang miteinander stehen. Stimmt es, dass sie umgeschrieben wurde in ein gescriptetes Trash-Format, das möglichst viele Skandale produzieren und die Mitwirkenden diskreditieren soll? Und ist es richtig, dass die Kandidatinnen und Kandidaten in ihren Verträgen eine Klausel unterschrieben haben, die ihnen jedes Recht auf Privatsphäre nimmt?«

Die Kriegerin zeigt auf den ältesten der Anzugträger, als würde sie ihn in der Klasse drannehmen. Prompt stottert er wie ein schlecht vorbereiteter Schüler.

»Äh. Ja, schon.«

»Wer verantwortet das?«

»Ich, Gemma. Ich verantworte hier absolut alles.«

Die Produzentin ist aufgestanden und steht nun ebenfalls in Angriffshaltung da. Die Knöchel ihrer auf den Tisch gestützten Finger sind weiß, und ihr Augenlid zuckt vor Ärger. »Was glauben Sie denn, Gemma? Dass wir hier Ringelpiez mit Anfassen veranstalten? Die

Zahlen müssen stimmen, das ist ja auch im Sinne von Lovecoach, oder sehe ich das falsch?«

»Dieses Konzept ist mit Lovecoach nicht vereinbar.«

Die Produzentin lacht höhnisch. »Gemma, also bitte! Sind Sie etwa die Heilsarmee für gebrochene Herzen, ein Verein voller Nächstenliebe, der die Menschen nur glücklich machen will?«

Die Frau in Schwarz lässt sich nicht aus der Ruhe bringen. »Ich wüsste nicht, was an sexuell befriedigten Menschen schlecht sein sollte.«

»Und ich wüsste nicht, was an rentablen Sendungen schlecht sein sollte. Deshalb sind Sie doch unsere Hauptwerbesponsorin, weil Sie hier etwas verdienen wollen.«

Die Produzentin setzt sich wieder. Nach einem Moment folgt die Kriegerin ihrem Beispiel und lässt sich ebenfalls auf den Stuhl sinken, ihre Körpersprache bleibt aber angespannt. Eine zum Sprung bereite Tigerin. Sie zieht die Augenbraue hoch und lässt die Produzentin reden.

»Wir haben Testrunden veranstaltet, und wir haben Prognosen bei einem Wirtschafts- und Meinungsforschungsinstitut eingeholt. Die Wahrheit ist: Gut gelaunte Nackedeis, die fröhlich herumtollen, bringen es nicht mehr. Die Leute wollen was Extremeres. Auch die Werbepartner haben uns immer mehr in die Richtung gedrängt, die Show so zu überarbeiten, dass sie mehr Aufmerksamkeit erregt. Und das tut sie jetzt. Mit dem neuen Konzept haben wir gestern praktisch alle restlichen

Werbeminuten verkauft. Diese Sendung wird einschlagen wie eine Bombe.«

»Lovecoach verkauft keine Bomben, wir sind nicht im Krieg, schon gar nicht im Geschlechterkrieg«, sagt Gemma sehr freundlich und ruhig. »Wir sponsern die ersten beiden Sendungen nur mit dem ursprünglich vereinbarten Konzept: freie Lust und Liebe für alle. Und nur wenn die Kandidaten respektvoll behandelt werden.«

Mit einem lauten Klatscher schlägt die Produzentin auf den Tisch. »Hier wird jeder respektvoll behandelt!«

Karla tippt hektisch eine Nachricht an Urs in ihr Handy. In dem Moment, als sie sie absendet, zeigt die Produzentin auf sie: »Wir haben sogar eine Betreuung für die Mitwirkenden. Karla, die Kandidaten sind alle zufrieden und werden wie kleine Könige behandelt, nicht wahr? Erzählen Sie das doch mal!«

Karla nestelt an ihrer Blusenschluppe. »Also, um ehrlich zu sein«, sie zögert, aber da bemerkt sie, dass der große Bildschirm an der Wand flackert, die Übertragung aus dem Studiosaal ist gestört, und stattdessen erscheint in einzelnen Pixelinseln ein anderes Bild. Schnell spricht sie weiter. »Das neue Konzept finde ich menschenverachtend, frauen-, männer- und lustfeindlich. Furchtbar. Wenn so etwas gesendet wird, tun wir damit niemandem einen Gefallen. Ich arbeite bei so etwas jedenfalls nicht länger mit. Und dass die Kandidaten gut behandelt werden, ist ein Witz.«

Alle sehen sie an. Karla wartet. Karla wartet einen weiteren endlosen Moment, und endlich ist das neue

Bild auf dem Fernseher komplett, und der Ton schaltet sich dazu. Karla schickt innerlich ein Danke an Urs, den Wunder-Hacker. Die Showrunnerin erscheint auf dem Monitor: der Handyfilm, in dem sie zetert und die Kandidatin bedroht.

Gemmas Gesicht wird vor Wut fast so rot wie ihre Haare. Sie sieht einen nach dem anderen in der Runde an und bleibt bei der Showrunnerin hängen. »Sie bekommen nirgendwo mehr in der Branche einen Job, dafür sorge ich! Und wir hier …«, ihr Kopf dreht sich zu der erstarrt dasitzenden Produzentin, »wir hier sind fertig. Die Show ist gestorben. Von mir aus machen Sie mit Ihren Werbepartnern weiter, wenn Sie unbedingt müssen, aber die Kandidaten und die Mitarbeiter, die sofort gehen wollen, bekommen meine volle juristische Unterstützung. Schönen Tag noch!«

Sie schreitet auf ihren unfassbar hohen Absätzen aus dem Konferenzsaal, und Karla denkt, dass sie gut versteht, warum Gemma Tilda so dermaßen beeindruckt hat, dass sie sich noch nach Jahren an sie erinnern konnte.

Auch die anderen verlassen den Konferenzraum.

Als Karla gehen will, sieht sie noch einmal zu dem Produzentenpaar, das am Fenster zusammensteht und miteinander flüstert. Die Frau klopft immer wieder ungeduldig mit einem Schlüssel aufs Fensterbrett. Erst weiß Karla gar nicht, wieso sie sich von dem Ding nicht losreißen kann, irgendetwas fesselt ihren Blick. Dann blinkt etwas auf, und Karla weiß plötzlich, was sie erkannt hat. Am Schlüssel der Produzentin baumelt ein Anhänger, ein Wappen mit drei Hundeköpfen: das Logo des S/M-Clubs Zerberus.

NEUNZEHN

Lovecoach-Tipp:
Raus aus den Schubladen,
rein in die Betten.
Ob hetero, homo, devot oder fetischistisch –
wurscht, Sexualität fließt.
Lassen Sie sich nicht labeln,
sondern mitreißen vom Strom
neuer Erfahrungen.

Karla tastet sich unsicher vorwärts, und als sie Andrés Hand zu fassen bekommt, drückt sie sie fest.

Sie hatte sich ihren Ausflug in die Welt aus Lust und Schmerz, Unterwerfung und Dominanz etwas anders vorgestellt.

Der Eingang des Zerberus bestand nur aus einer Art Wartehäuschen. Dort hatten sie zusammen mit zwei anderen Paaren ihre Einladungen abgegeben und ihre Taschen in Spinde eingeschlossen. Sie waren von bulligen Security-Männern abgetastet worden und mussten ihre Handys abgeben und eine Erklärung unterschreiben, dass sie über das, was im Club geschieht, schweigen würden. Man legte ihnen Armbänder mit Chips um, die beim Verlassen des Clubs zum Bezahlen ausgelesen werden konnten. Dann wurden sie mit verbundenen Augen in eine Limousine gesetzt. Die Fahrt war nicht weit, wahrscheinlich nur über das Werksgelände, früher standen hier eine kleine Gipsfabrik, eine Brauerei und ein Zementwerk, und vielleicht hatte der Fahrer ein paar Extrarunden gedreht, um die Spannung zu erhöhen. Schließlich waren sie in einer Art Garage angekommen. Die Security-Männer halfen den Gästen beim Aussteigen, nahmen ihnen die Augenbinden ab und ließen sie vor einer Panzertür warten. Einer drückte einen Knopf, eine Kamera richtete sich surrend auf die Gruppe, dann öffnete sich die Tür, die massiv war wie bei einem Tresor. Dahinter befand sich nichts als ein Fahrstuhl. André, Karla und die anderen gingen hinein, das Wachpersonal wünschte grinsend »Einen schönen Abend!«, und der Fahrstuhl sauste in die Tiefe. Unten lag ein schummriger Backsteingang vor ihnen, der anfangs noch durch eine einzelne brennende Fackel erhellt wurde, danach wurde es immer finsterer. Die beiden anderen Pärchen waren offenbar schon hier gewesen, sie gingen voran, Karla und André folgten.

André schlingt im Dunkeln den Arm um Karlas Taille, vor ihnen wispern und kichern die anderen Gäste, dann hört man nichts mehr von ihnen.

»Nicht gerade ein Club für Klaustrophobiker«, murmelt Karla, und André schnaubt neben ihr. »Oder gerade deshalb. Die wollen hier doch gequält werden.«

Irgendwann dringt leise Musik zu ihnen, und langsam wird es wieder heller. Dann stehen sie vor einem dicken roten Samtvorhang wie in einem Theater. Karla zieht sich die Zorromaske über, die bisher um ihren Hals gebaumelt hat. Die halterlosen Netzstrümpfe schneiden in ihre Fußsohlen, und das eng geschnürte Korsett drückt ihre Brüste nach oben. Sonst trägt sie nur noch einen Spitzen-Panty. André hat sich für eine knappe schwarze Lederhose, ein durchsichtiges schwarzes Shirt und ebenfalls eine Zorromaske entschieden. Vor Andrés großem Schlafzimmerspiegel hatten sie deswegen kichern müssen.

»Wir sehen aus wie die Panzerknacker.«

»Oder wie eine Waschbärgang. Wahlweise können wir nach dem Zerberus einen Kiosk überfallen oder die Mülltonnen durchwühlen.«

Sie schieben den Vorhang zur Seite und betreten endlich den Club, wo eine große, sehr schlanke Frau an einem Pult mit Laptop steht und in ein Headset spricht. Sie steckt in einem violetten Latexanzug, der nur die kleinen spitzen Brüste freilässt und so eng ist, als wäre er aufgesprüht. Sogar ihre Mösenspalte zeichnet sich deutlich unter dem hauchdünnen Material ab, und Karla muss an die Tauchlack-Experimente ihrer Kindheit denken. Obwohl die Frau, die ihnen lächelnd entgegensieht, eine Haube aus Pfauenfedern trägt, die ihr bis zur Nase geht und nur die Augen freilässt, erkennt Karla die Empfangsdame sofort: Gemma, die Gründerin von Lovecoach. Die Chefin begrüßt also selbst die Gäste, das hätte sie nicht gedacht. Karla ist froh, dass sie da ist, auch wenn sie nicht glaubt, dass Gemma sich nach dem kurzen Zusammentreffen im Konferenzraum von der Nacktshow an sie erinnert. Aber da hat sie sich geirrt.

»Herzlich willkommen, Karla«, sagt Gemma mit einer Stimme, die viel wärmer und gurrender ist als ihr Kriegerinnenton bei dem Meeting.

»Ich wusste gar nicht, dass du zur Gemeinde zählst.«

Karla versucht, möglichst selbstbewusst zu lächeln. »Öfter mal was Neues. Wir sehen uns nur um, ob das was für uns sein könnte.«

»Dann lasse ich euch beim ersten Rundgang begleiten, damit ihr euch nicht verlauft.«

Gemma klopft sich auf den Oberschenkel und kommandiert: »Brutus, bei Fuß.«

Ein Mann mit schwarzer Lackmaske über dem Kopf kriecht auf allen vieren zu ihnen. Über der Mundöffnung steckt ein Schlauch in einem Ventil, der zu einer Art Rucksack führt. Ansonsten ist er bis auf ein Penisfutteral nackt. Zwischen seinen Hinterbacken steckt das Ende eines schwarzen Plugs, an dem ein Stummelschwanz befestigt ist. Gehorsam stellt er sich neben Gemma und reibt die Nase an ihrem Bein. Sie tätschelt ihm den Kopf.

»Du wirst unsere neuen Gäste herumführen. Darf er sprechen?«

Sie sieht Karla fragend an. Karla antwortet etwas steif: »Sehr gern!«, in einem Ton, als hätte Mieze ihr Sahne zur Sachertorte angeboten.

Gemma schraubt den Schlauch vom Ventil und hakt ihn am Rucksack ein. Dann legt sie dem Sklaven ein Halsband um und befestigt eine Leine daran, die sie Karla in die Hand drückt.

»Führ ihn eng am Körper. Er schnappt gern mal, wenn er andere Hunde trifft, da braucht er eine strenge Hand.«

André reicht sie mit vielsagendem Blick eine Gerte.

»Nicht auf die Fußsohlen und nicht auf die Nieren.«

André nickt mit Kennermiene, als würde er täglich einen Hundesklaven disziplinieren.

»Und wenn er jemanden anpinkeln will, braucht ihr vorher die Erlaubnis der anderen Herrschaft.«

Karla rutscht ein »Ach Gott!« heraus, dann machen sich die drei auf den Weg durch die Bar, die als Kontaktzone dient und in der es einige Stände und Theken gibt, an denen man sich mit Gerätschaften, Peitschen, Ketten, Sextoys oder Dessous ausstatten kann. Manche Gäste lassen sich Stirnbänder mit kleinen Kästchen aushändigen, die ein Techniker ihnen anschließend um die Köpfe legt und mit einem Rechner verbindet. Auch André nimmt eines davon mit. Karla kennt diese Kameras vom Tauchen und fragt sich, ob das Geschehen im Club auf irgendwelchen Lovecoach-Seiten online zu sehen sein wird. Sie prüft nach, ob ihre Panzerknackermaske richtig sitzt. Sie ist heilfroh, dass ihr unfreiwilliger Auftritt als Internet-Pornoqueen vorbei ist, und möchte kein Comeback als Herrin der Peitschen erleben.

Hinter einer quietschenden Holztür beginnen die Spielräume.

Karla fällt zuerst der Kontrast zwischen dem alten Gewölbe und der topmodernen Technik auf. Der Club könnte sich in einem ehemaligen Bunker befinden, in einem stillgelegten Tunnelsystem oder in unterirdischen Lagerhallen. Die Decken sind hoch und gewölbt und aus unverputztem Beton. Auf dem Boden wiederum liegt edelstes Parkett, erhellt wird das Ganze nur durch Fackeln und funzelnde Kronleuchter.

An den Wänden befinden sich riesige Bildschirme, auf denen Menschen bei Peitschenspielchen, beim Ficken, im Whirlpool oder auf der Streckbank zu sehen sind. Erst hält Karla die Filme für Pornos, dann entdeckt sie sich selbst und André auf einem der Screens, sieht hoch und stellt fest, dass winzige Drohnen durch den Club fliegen, die die Gäste filmen und die Orgien übertragen.

Der Sklavenhund zerrt an der Leine, sie folgen ihm entlang einer Landschaft aus Matratzen und Kissen, auf der sich eine Gruppe Männer um zwei Frauen herumdrängt. Die beiden Frauen liegen seitlich in der 69 beieinander und lecken sich die Mösen, während die Männer sich gegenseitig wichsen oder die Schwänze lutschen. Einer lehnt sich gebückt gegen die Wand, an der ein großer Gummipimmel befestigt ist. Er bringt den Silikonschwanz in Positur, zieht ihm eines der Kondome über, die überall herumliegen, und lässt den Plug in seinen Arsch eindringen, während er die Frauen beobachtet und

»Immer schön die Fötzchen lecken«, »Schleckt sie aus, die Pfläumchen!« oder »Geile nasse Fotzmösen« in ein Headset spricht, offenbar kommentiert er die Szene für irgendwelche Zuhörer.

Sie betreten einen Gang, von dem einige weiß geflieste und grell beleuchtete Räume abgehen. In einem sitzt eine Frau mit weit gespreizten Beinen auf einem Gynäkologenstuhl. An ihren Nippeln sind Klemmen befestigt, die mit einer großen Batterie verbunden sind. In ihre Möse ist ein Spekulum eingeführt, und einige Leute stehen Schlange, um hineinzusehen oder am Strom-Regler zu drehen. Im nächsten Zimmer wird ein junger asiatischer Mann von Mitarbeiterinnen des Clubs kunstvoll verschnürt. Zuerst denkt Karla, dass auch sie einen hautengen Latex-Suit wie Gemma tragen, aber dann erkennt sie, dass sie völlig nackt sind und die Farbe nur aufgemalt ist. Brüste und Möse sind kreisförmig ausgespart, und irgendwie sehen diese Frauen durch das Bodypainting noch nackter aus. Eine der Frauen knüpft einen letzten Knoten und klapst dem Mann so fest auf den nackten Hintern, dass es in der gefliesten Kammer laut klatscht, dann betätigt eine andere einen Seilzug und zieht den verschnürten Mann hoch, bis er auf Schulterhöhe über dem Boden schwebt. Er hängt dort völlig bewegungslos. Die beiden Mitarbeiterinnen nehmen eine große gelbe Schlange aus einem Terrarium und legen sie über seinen Körper. Sofort ringelt sich der Schwanz der Schlange um ihn. Die Mitarbeiterinnen sehen immer wieder auf ein Display an der Wand, auf dem das Wort *Wumme* leuchtet, offenbar das Safeword. Blinkt es länger als drei Sekunden, greift eine von ihnen nach dem sich windenden gelben Tier, das Wort erlischt wieder, und die beiden lassen zu, dass die Schlange sich enger um den verschnürten Körper schlingt.

André, der etwas blass um die Nase geworden ist, zieht sie weiter und zeigt auf eine Nische hinter einer großen Palme. Karla folgt ihm und zerrt Brutus gerade noch rechtzeitig weg, bevor er sich auf einen anderen Sklavenhund stürzen kann, der ebenfalls die Zähne fletscht, aber einen Maulkorb trägt. Das Halsband des anderen ist offenbar mit einer Stromleitung versehen, denn seine Herrin klickt nur einmal kurz, und der andere Hund zuckt zusammen und winselt.

In der Nische zieht André ein Foto von Matthis heraus und zeigt es Brutus. Erst sieht er weg, schnüffelt an Karlas Füßen und an der Palme, aber dann hockt sich Karla vor ihn hin und streichelt ihm den Kopf und die Ohren.

»Bitte schau dir das Foto an, lieber Hund. Und wenn du den Mann darauf kennst, bellst du einfach. Du hilfst mir, und ich sorge anschließend dafür, dass du mehr Spaß hast, als für uns den Hirtenhund zu machen.«

Das überzeugt ihn. Der Sklave wirft endlich einen Blick auf das Foto und bellt kurz und hoch. Karla schnippt mit den Fingern, als wäre sie eine Hypnotiseurin. »Und jetzt red Tacheles. War der hier, und wie finde ich ihn? Dann werfe ich Stöckchen oder was du sonst brauchst für einen gelungenen Abend.«

Der Sklave räuspert sich, leckt sich die Hände, als wären es Pfoten, und nuschelt mit gesenktem Kopf: »Der ist manchmal hier. Mit seinem Herrschaftspaar. Ältere Leute. Der Mann hat ihn ganz schön rangenommen, die Frau guckt dabei zu.«

Karla schüttelt den Kopf. »Kann nicht sein. Das ist doch alles Quatsch. Bist du sicher, dass er hier nicht nur recherchiert hat?«

Brutus sieht sie jetzt direkt an. »*Ihr* beiden Spaßbremsen recherchiert hier nur. Der Mann auf dem Foto war weggetreten vor Ekstase.«

Karla schüttelt weiter den Kopf, bis der Hund wieder jault und an der Leine zerrt. Widerwillig verlässt Karla die schützende Nische und wird vorbei an einigen Käfigen, in denen Frauen sich Vibratoren einführen und Männer ihre Prinzenzepter und abgeschnürten Hoden zur Schau stellen, zu einer Wand geführt, an der lauter Urkunden unter Glas hängen.

Karla und André lesen das vorgedruckte »Sklavenvertrag« in der oberen Zeile, der Rest ist jeweils handschriftlich, manche sind nur unterzeichnet, auf manchen gibt es zusätzlich dunkelrote Fingerabdrücke. Der Hund drückt seine Nase auf ein Dokument, das ganz unten rechts hängt, hechelt mit heraushängender Zunge und schwenkt seinen Hintern wild herum, bis der Stummelschwanz an seinem Plug wedelt. Karla beugt sich hinunter und erstarrt. Matthis hat dort unterschrieben, dass er als Sklave allem folgen und alles erdulden wird, was seine Herrschaft von ihm verlangt, dass er über Schmerz nicht klagen und sich jeder Anordnung fügen will. Datiert ist das Papier auf den Tag, an dem er Karla verlassen hat. Ihr wird schwindlig. Die anderen beiden Unterschriften kennt sie auch. Von ihrem Arbeitsvertrag bei der TV-Show. Das Produzentenpaar ist Matthis' Herrschaft. Karla versucht, sich die drei zusammen vorzustellen. Matthis, ihr Matthis nackt, während ihn die Produzenten mit brennenden Kerzen zwiebeln, verschnürt unter die Decke hängen oder mit Reitersporen bearbeiten. Es gelingt ihr nicht. Sie weiß nicht, ob sie lachen oder schluchzen soll, und klammert sich an Andrés Arm. Er umfasst sie fest, beugt sich zu ihr, streichelt ihr Haar und will ihr gerade etwas Tröstendes zuflüstern, da wird er abgelenkt und sieht auf einen der großen Plasmabildschirme. Karla folgt seinem Blick.

Eine der Drohnen ist zum Eingang zurückgeflogen, über fickende Gäste, gespreizte Beine und nackte Körper hinweg, die in merkwürdige Apparaturen eingespannt sind. Karla entdeckt Gemma am Eingang. Und neben ihr steht das Produzentenpaar, beide sehen nicht gerade erfreut aus, der Lovecoach-Chefin zu begegnen. Hinter ihnen wartet nackt und über den ganzen Körper verkabelt Matthis, mit gesenktem Kopf. Seine Augen sind verbunden und seine Hände hinter dem Rücken gefesselt. Karlas Herz hört für einen Moment auf zu schlagen und rast dann umso heftiger. Seit Wochen hat sie sich vorgestellt, wie es wäre, Matthis zu begegnen, ihn zu fragen, was das alles soll, was sie falsch gemacht hat, wie sie sich so irren konnte und ob er so unglücklich mit ihr war, dass er sich nicht einmal verabschiedet hat. Und jetzt, wo er denselben Club betritt wie sie, ist ihre Kehle so zugeschnürt, als trüge sie selbst ein Hundehalsband. Eigentlich will sie nur noch weg. Sie hat es direkt vor den Augen: Ihr Exfreund ist in einer ganz anderen Welt unterwegs, und was immer er dort sucht und findet, sie wird ihm nicht folgen, sie kann es nicht teilen und will es auch nicht, all diese Spielarten hier sind ihr völlig fremd. Karla dreht sich um, sieht André fast panisch an, und er weiß sofort, was in ihr vorgeht. Er hält sie ganz fest an den Schultern und zwingt sie, ihn anzuschauen.

»Du musst das klären. Du kommst sonst nie zur Ruhe. Sprich mit ihm.«

Sie kämpft mit sich, überlegt, ob es nicht vielleicht sogar besser wäre, per Ghosting zu verschwinden. Was soll man sich denn noch sagen, wenn man sich offensichtlich Millionen Kilometer auseinanderentwickelt hat? Aber sie weiß auch, dass es sie immer verfolgen wird, wenn sie sich jetzt nicht verabschiedet. Sie hat einen sauberen Schnitt verdient. Und André auch.

Als sie schließlich tief ein- und ausatmet und nickt, kniet sich André vor Brutus. »Bitte hilf uns noch mal. Wir müssen die drei da trennen.«

Er zeigt auf den Bildschirm, und nach einer langen Sekunde stöhnt der Sklave schließlich. »Meine Güte, könnt ihr euren Kram nicht außerhalb des Clubs regeln? Manche Leute wollen sich hier amüsieren. Das ist doch keine verfickte Beziehungstherapie. Ich hab die ganze

Woche Stress, ich rödel in meiner Firma, zu Hause schreien die Kinder, ich komm her, um mal ein paar Stunden zu entspannen, und dann gerate ich an solche Spinner mit ihrem Psychoscheiß. Ich sollte euch der Chefin melden.«

Er ist so verärgert, wie ein Hund nur sein kann, aber Karla sieht ihn so flehentlich an, dass er seufzt und sich erweichen lässt.

»Na von mir aus, Punkte fürs Karma-Konto. Ich lenk für euch die Herrschaft ab, und du bringst den Sklaven dann zu ihr, in einen der Kerker. Am Ende des Gangs, sehen aus wie Pferdeboxen, da kann man die Türen verschließen, und ihr könnt euch analysieren, einen Stuhlkreis machen, eure Krise pantomimisch darstellen oder was ihr sonst so Perverses miteinander tun müsst. Schwirr los, Mädchen, reservier dir schnell schon mal ein Séparée, da herrscht immer Andrang.«

Karla küsst André und sieht Brutus dankbar an, aber der ist schon wieder auf allen vieren und zerrt an der Leine. Dann verschwinden die beiden in der Menge.

Karla macht sich auf den Weg zu den Kerkern, vorbei an Nischen, in denen Paare vor einer Kamera vögeln und dabei den Anweisungen folgen, die sie über Lautsprecher hören und die offenbar von internationalen Webcam-Kunden stammen. Ein Quietschen und Stampfen empfängt sie hinter der nächsten Ecke, und Karla bleibt einen Moment überrascht stehen. Hier sind die Maschinen aufgebaut, die sie schon kurz auf dem Bildschirm gesehen hat.

Eine Frau liegt fest verzurrt bäuchlings auf einem Bock vor zwei großen Rädern. Ein Dildo, der an dem ersten Rad befestigt ist, fickt sie mechanisch. Alle paar Stöße gleitet der Dildo aus ihrer Möse, dann schiebt sich das zweite Rad hinter sie und dreht sich schnell, sodass die daran montierten Paddel auf ihren schon sehr roten Hintern klatschen. Anschließend rückt wieder das erste Rad an seine ursprüngliche Position, und ein anderer Dildo, ein wesentlich größerer, fickt sie weiter.

In einer anderen Maschine liegt ein älterer Mann unter einer Folie. Er atmet durch ein Rohr, ein Saugmechanismus setzt ein und laminiert ihn so eng, bis er völlig eingeschweißt ist.

In einer dritten Maschine, die eher wie ein mittelalterliches Folterinstrument aussieht, hängt ein Paar kopfüber und wird immer wieder in ein Becken mit Wasser getaucht. Mitarbeiterinnen des Clubs gehen zwischen den Maschinen hin und her, spannen Vibratoren neu ein, fühlen Puls, sprechen mit den Gästen oder kontrollieren Fesseln.

Karla hastet weiter.

Am Ende des Gangs kann sie eine Reihe großer Holzverschläge erkennen, offenbar die Kerkerboxen. Erleichtert sieht sie, dass eine der Türen offen steht. Es trennt sie nur noch eine weitere Spielwiese von ihrem Ziel. Im schummrigen Licht wälzen sich nackte Körper übereinander. Ein Mann in einer Art Büßergewand wirft sich vor ihr auf die Knie und streckt ihr ein vibrierendes großes Kreuz aus Silikon entgegen.

»Lass mich deiner Punze frönen, Jungfer!«

Karla steigt über ihn. »Danke, äh, gerade nicht.«

Eine Gruppe junger Frauen, die sich gegenseitig mit Auflagevibratoren verwöhnen, winkt sie zu sich, aber Karla winkt nur zurück und schüttelt den Kopf. Und auch das Angebot zweier Männer mit Latexhandschuhen, sich eine gegenseitige Analmassage zu gönnen, lehnt sie ab.

Sie flüchtet geradezu in eine der Kerkerboxen, hängt noch ihre Waschbärmaske draußen an die Tür, damit André weiß, wo er sie findet, und schiebt das Holztor hinter sich zu. Jetzt muss sie warten. Von draußen dringen Stöhnen, Keuchen und Lustschreie zu ihr. Aus einem Lautsprecher kommt eine Männerstimme: »Immer schön die Fötzchen lecken!« Sie erkennt den Kommentator von der ersten Spielwiese wieder. Sie sieht sich in dem kleinen Raum um. Ein Flatscreen flimmert an der Wand. In der Mitte des Raums steht eine Art moderne Streckbank aus blankem Stahl, und an der Decke ist ein passender Rahmen befestigt, an dem allerlei Gerätschaften angebracht sind. Karla tippt auf den Monitor. Statt eines großen Bildes sieht sie viele kleine – offenbar Aufnahmen der Stirnkameras, die manche Gäste tragen. Sie sieht behaarte und glatt rasierte Mösen, steife Schwänze, schaukelnde Brüste, Hoden in Nahaufnahme, Paddel, die rote Striemen auf Hintern hinterlassen, steife Schwänze mit bunten Kondomen, Laborsituationen, hechelnde Münder, zugekniffene Augen und spritzendes Wasser im Whirlpool. Hektisch sucht sie die handtellergroßen

Bilder ab, dann findet sie das, was sie braucht: Andrés Kamerasicht. Auf Matthis.

Brutus spricht mit dem Produzentenpaar, das verärgert zu sein scheint. Karla wüsste zu gern, was er ihnen erzählt. Es wirkt jedenfalls, denn widerwillig binden sie Matthis an einem Käfig fest und gehen mit Brutus um die nächste Ecke. Karla sieht, wie Andrés Kamera schnell näher an Matthis' Gesicht heranzoomt, er knotet ihn los und führt ihn weg. Matthis stolpert ohne Gegenwehr hinter ihm her. Karla bemerkt jetzt, dass er außer der Augenbinde auch Ohrstöpsel trägt, er weiß also nicht, was um ihn herum vorgeht.

Ungeduldig wartet sie darauf, dass die beiden Männer endlich bei ihr eintreffen. Der Gynäkologenraum, die Käfige, die Spielwiese, die Maschinen, die zweite Spielwiese, endlich sind sie da. Karla schwitzt und friert gleichzeitig. Alles, was sie über Krisengespräche gelernt hat, erscheint ihr in dieser Umgebung unsinnig. Sie will es nur noch hinter sich bringen. Sie öffnet das Tor, nimmt Matthis wortlos in Empfang, nickt André dankbar zu, der ihr bedeutet, er werde in der Bar auf sie warten. Am liebsten würde sie einfach mit ihm gehen, raus aus dieser Welt, irgendwo etwas Starkes trinken und sich zu Hause unter einer großen Decke mit ihm zusammenrollen. Die Holztür schließt sich scheppernd, und Karla fühlt sich genauso gefangen, wie es Matthis ist.

Sie schiebt den Riegel vor. Unschlüssig bleibt sie stehen und sieht den Mann an, mit dem sie so lange zusammengelebt hat. Er steht verkabelt, blind, taub und gefesselt vor ihr wie ein Komparse aus einem Science-Fiction-Film. Sie kann nicht anders und streicht ihm über die Wange. Matthis zuckt zusammen, rührt sich aber nicht. Hinter ihm auf dem Monitor wechselt das Bild. Offenbar hat André seine Kamera abgenommen. Stattdessen sieht sie nun eine junge blonde Frau, deren Brüste gerade mit flüssigem Latex bestrichen werden. Aus der Nachbarbox dringen Peitschenhiebe zu ihnen herüber. Erst ein Zischen, dann ein Klatschen und ein Schmerzlaut.

Sie nimmt Matthis die Ohrstöpsel ab.

Und die Augenbinde.

Obwohl das Licht in den Kerkerboxen trübe ist, muss er anfangs blinzeln.

Dann erkennt er sie, und Panik macht sich auf seinem Gesicht breit. Instinktiv sieht er sich um, dann wird ihm klar, dass er nicht flüchten kann und dass das auch sinnlos wäre. Er sinkt in sich zusammen.

»Karla!«

Seine Stimme klingt ganz gebrochen. Tränen schwimmen in seinen Augen.

»Ich weiß.«

Sie streicht ihm wieder über die Wange. Er fühlt sich so vertraut an und gleichzeitig so fremd.

Nebenan hat die Geräuschkulisse gewechselt, es sind jetzt Klatscher, gefolgt von einem befehlenden »Bück dich, los, bück dich tiefer!« zu hören.

Karla seufzt. »Ich hatte mir eine Aussprache anders vorgestellt.«

Er zuckt hilflos mit den Schultern. »Ich wusste einfach nicht, was ich dir sagen soll.«

»Die Wahrheit?«

Sie rutscht auf die Streckbank. Ihre Füße baumeln in der Luft.

»Nenn mir doch einfach mal die Fakten. Was ist passiert mit dir?«

Nebenan ein Gurgeln, ein Klatschen, wieder das Gurgeln. »Lutsch ihn ganz tief!«, befiehlt die Männerstimme.

Matthis ringt mit sich, setzt mehrmals an, stockt, versucht es wieder und schweigt.

Karla zeigt um sich. »Flucht ist zwecklos. Die Tür ist abgeschlossen, und deine Hände sind gefesselt – wenn auch nicht von mir. Aber: keine Hände, keine Kekse. Du kommst hier nicht raus. Also rede.«

Er lehnt sich gegen die Wand und schließt die Augen. Dann atmet er tief ein und sieht sie endlich an.

»Ich habe Super-Suzy gezeichnet. Und bei den Szenen im Verlies habe ich festgestellt, dass mich das angemacht hat. Ausgeliefert sein. Schmerz. Demütigung. Erst hab ich einfach gedacht, ich spinne. Aber dann hab ich mich auf Pornoportalen umgeguckt, was es da so gibt. Und das hat mich alles noch mehr angemacht.«

Sie nickt und versucht, nicht gekränkt auszusehen.

»Hast du das mit mir immer vermisst?«

»Nein! Ja? Vielleicht. Ich hab was vermisst, aber ich wusste nicht, was. Ich hab dich geliebt.«

Karlas Gesicht wird hart. »Du hast mich verlassen. Auf einem Zettel.«

Matthis seufzt. Nebenan ein anhaltendes Wimmern, manchmal ein Quietschen, dann wird das Wimmern lauter. Jemand lacht: »Du brauchst das!«

»Weil ich nicht wusste, ob das lediglich eine Phase ist. Ob es mich nur deshalb anmacht, weil ich noch nie vorher darüber nachgedacht hatte. Man wacht ja nicht morgens auf und entscheidet dann, devot oder masochistisch zu werden. Mir ist das ganz einfach passiert, und ich wollte wissen, was es überhaupt ist, bevor ich mit dir rede.«

»Du hast aber nicht mit mir geredet. Du bist einfach gegangen.«

»Weil es da schon zu spät für Verständnis war – und zu früh, um dir wirklich was Definitives zu sagen. Ich war hier im Club, um Kulissen für Super-Suzy II zu finden. Da bin ich Greta und Harald begegnet. Und das hat mich völlig aus der Bahn geworfen. Erst war es nur ein Experiment, aber dann wollte ich mehr, und das ging nur ohne dich. Ich weiß gerade gar nicht mehr, wer ich bin, was hätte ich dir da erklären sollen? Ich versteh's ja auch nicht.«

Das Quietschen aus der Nachbarbox wird lauter, dann spitze Schreie.

»Das ist jetzt keine Entschuldigung, aber Greta und Harald wollten auch nicht, dass ich mit dir spreche. Ich hab's bei der Show probiert, ich hab mich bei einer Probe unter die Kandidaten geschlichen, weil ich dachte, ich krieg dich da mal zu fassen. Aber sie sagten, sie würden dich bei der Show kündigen, wenn ich das noch mal versuche. Und ich weiß ja, dass du den Job finanziell brauchst.«

Karla schnaubt. »Die Show ist eh gestorben.«

Sie winkt ab, als er sie überrascht ansieht.

»Hör zu, ich hab mich die ganzen Wochen gefragt, was falsch an mir ist! Kapierst du das denn gar nicht?«

»An dir ist nichts falsch, gar nichts. Ich liebe dich.«

»Tust du das?«

»Ja. Aber ich liebe *mich* nicht, wenn wir zusammen sind.«

Matthis geht einen Schritt auf sie zu, bis er ganz nah vor ihr steht.

»Ich würde dich sehr gern in den Arm nehmen.«

Von der anderen Seite dringt jetzt ein Röcheln zu ihnen, eine Folge von Knack-Geräuschen, das Röcheln wird lauter und kehliger. Weiter hinten ruft jemand schrill: »Schnittlauch!« Offenbar ein Safeword.

Er grinst schief. Gegen ihren Willen muss Karla ebenfalls grinsen.

»Aber deine Hände sind gefesselt.«

»Küssen könnte ich dich.«

Sie überlegt einen Moment. Seine Augen sind dicht vor ihr, und darin liegt so viel, das sie kennt, und so viel, das sie nicht versteht, dass ihr ganz schwindlig wird. Er riecht so vertraut. Sie hebt ihr Kinn und schließt die Augen, und als sich ihre Lippen berühren, ist es fast wie früher. Sie schmeckt ihn, eine Flut von Erinnerungen strömt durch sie hindurch. Eine einzelne Träne fließt an seinem Mundwinkel vorbei. Sie küsst sie weg, schlingt ihre Arme um seinen Hals und die Beine um seine Hüften. Sie spürt, wie sich sein Schwanz aufrichtet und seine Küsse drängender werden. Ungeduldig zerrt sie sich die Panty herunter, zieht ihm eines der Kondome aus der bereitstehenden Schale über, hebt ein Bein und führt sich seinen Schwanz ein, ganz tief. Endlich sind sie wieder verbunden. Sie umklammert seinen Oberkörper, lehnt sich etwas zurück auf der eisigen Streckbank und spürt seine Stöße in ihrer Möse. Der Stahl unter ihrem Hintern erwärmt sich kaum, und wenn sie den Kopf hebt, sieht sie über sich den Rahmen mit den Fesseln, Schraubzwingen und medizinisch aussehenden Geräten. Matthis bewegt sich mechanisch in ihr, sie sieht die kleine Narbe auf seiner Brust und denkt an André. Sie kommen beide ohne großes Aufheben, es passiert, aber es hat nichts mehr zu bedeuten. Eine Weile stehen sie noch so da, der Schweiß auf Karlas Haut wird kalt, sie fröstelt. Er zieht sich zurück, und Karla pellt ihm das Kondom ab.

»Es tut mir alles so leid. Ich liebe dich …«, sagt er noch mal.

Sie nickt und vollendet seinen Satz: »… aber es ist vorbei.«

Einen Moment wartet sie auf ein Gefühl wie Verzweiflung oder Trauer, doch da ist nur Erleichterung. Sie trifft keine Schuld, sie braucht sich nicht zu schämen, alle diese Gedanken, die sie in den letzten Wochen wach gehalten haben, lösen sich auf wie Gewitterwolken.

Es gibt nichts mehr zu sagen.

Sie zieht ihm die Augenbinde wieder über und steckt ihm die Stöpsel in die Ohren. Ein letztes Mal streicht sie ihm über die Wange. Dann schiebt sie die Kerkertür auf, geht, lässt Matthis zurück und macht sich auf den Weg, um André abzuholen und diesen Ort zu verlassen.

ZWANZIG

Lovecoach-Tipp:
Lesen Sie keine Sex-Ratgeber.
Niemals.
Vor allem glauben Sie nichts,
was andere Ihnen über Sie erzählen,
die kennen Sie nur vom Hörensagen.

»Alle lächeln, wir sind online in drei, zwei, eins, Orbit!«

Ein Konfettiregen schwirrt auf Karla nieder, alle klatschen und johlen. Mieze hält einen Kuchen in Form eines aufgeschlagenen Buches vor sich. Noëma schwenkt eine Wunderkerze und wehrt sich nur ganz wenig, als Tilda ihr einen Blumenkranz um den Hals legt. Fine hält das Handy vor sich und dirigiert Karla zwischen die anderen, damit alle im Bild sind. Sie rudert mit der freien Hand, damit Karla anfängt zu sprechen. André reicht ihr schnell ein Sektglas, dann räuspert sich Karla.

»Liebe Leute! Das ist die erste Liveübertragung auf worldwidewords, der neuen Plattform von Lovecoach für schlaue Fragen und hoffentlich ebenso schlaue Antworten. Hier werdet ihr Bücher downloaden und lesen können, und rund um jedes Buch gibt es Interviews, interaktive Module wie Foren, Livechats, Streams und so weiter. Ich bin glücklich, die Erste zu sein …«, ein erneuter Konfettiregen geht auf die lachende Karla nieder, »… die Erste zu sein, die heute ihr Buch uploaden darf. Einige Monate hat es gedauert, aber jetzt ist es fertig, und ich hoffe, ihr könnt etwas damit anfangen. Ich danke Gemma, dem Genie hinter Lovecoach, dass sie das möglich gemacht hat. Also jetzt, live und in Farbe, geht mein Buch *Ready for love – coach dich selbst* online!«

Urs spielt per Handy einen Trommelwirbel ab, und Karla drückt dramatisch auf einen großen roten Buzzer, der ursprünglich zu einer Laderampe für Lastwagen gehörte und der auch mit nichts verbunden ist, aber es kommt ja auf den Effekt an.

Gemmas Techniker verfolgen den Livestream und schalten in der Zentrale gleichzeitig die Buchseite frei. Und dann kann es die Welt lesen. Karla ist so aufgeregt, dass sie die ganze Zeit hüpfen möchte. Alles hat sie in diesem Buch verarbeitet, die Trennung von Matthis, die Affären, das neue Glück mit André und alles, was um sie herum passiert ist: Mieze und Noëma haben bei Tildas Bruderknecht Sören eine Mediation angefangen und werden in einem eigenen Format über ihre Fortschritte mit Sörens Programm des *Liebespfads* berichten, bei dem sie für einen abgesprochenen Zeitraum verschiedene Beziehungsmodelle ausprobieren. Zurzeit leben sie monogam, was Mieze sehr freut, und probieren im Bett eine etwas härtere Gangart aus, was wiederum Noëma freut. Urs und Fine sind vor Kurzem zusammengezogen und posten fast täglich Fotos aus ihrem Alltagschaos, was ihnen einen Follower-Rekord und neue Sponsoren verschafft hat. Karla hatte noch keine Zeit, sie zu fragen, aber sobald sich der Trubel ein bisschen gelegt hat, will sie sie überreden, eine Fotolovestory auf ihrer worldwidewords-Seite anzufangen. Tilda ist schon voll dabei und hat in einem von Gemmas Studios Podcasts aufgenommen, in denen sie von ihrem ehemaligen Kommunenleben berichtet. Sie versucht immer noch, ihre Geistesgeschwister von der freien Liebe zu überzeugen, und so wie Karla Tilda kennt, wird sie das auch irgendwann schaffen.

Mrs. Dalloway, Urs' Wolpertingerhündin, kläfft, rennt im Kreis und springt immer wieder an Mieze hoch, die versucht, die Buchtorte zu retten. Fine wischt mit einer großen Armbewegung durch die Luft und beendet die Übertragung.

Alle klatschen noch mal. André zieht Karla an sich und küsst sie filmreif. Einen Moment lang vergisst Karla alles um sich herum, die Freunde, das Konfetti, das überall herumliegt, den bellenden Hund. Da sind nur noch André und sie in einer Schneekugel aus Glückshormonen.

Mit einem lauten *Ping* geht der erste Kommentar auf der worldwidewords-Seite ein: von Matthis.

Nur Gutes auf deinem Weg, liebste Karla, meiner ist schmerzhaft, und ein grinsendes Smiley dahinter. Karla denkt einen Moment an die Super-Suzy, die sie nie war, dann klappt sie den Laptop zu. Noëma und André schneiden die Torte an. Urs versucht, Mrs. Dalloway mit einem Ball abzulenken. Karla winkt ihre Freundinnen beiseite.

Vor ihr auf dem Tisch liegt das Manuskript, an dem sie die letzten Monate gesessen hat.

Die drei warten gespannt.

»Ihr habt ja die Widmung noch nicht gesehen«, sagt Karla und blättert die ersten Seiten auf.

Für meine großen Lieben,
meine Freundinnen Fine, Mieze und Tilda!
Wenn es euch nicht gäbe, müsste man euch erfinden!
In Liebe, Karla